EWiGES VERGESSEN

Nur Gott war Zeuge

BoD™

BOOKS on DEMAND

Das Gedächtnis spielt uns manchmal
seltsame Streiche

Katharina Kuntzer

Ewiges Vergessen

Nur Gott war Zeuge

Bibliografische Information der Deutschen Nationalbibliothek:
Die Deutsche Nationalbibliothek verzeichnet diese Publikation
in der Deutschen Nationalbibliografie; detaillierte bibliografische Daten sind im Internet über http://dnb.dnb.de abrufbar.

Illustration: **Katharina Kuntzer**

Herstellung und Verlag: BoD – Books on Demand, Nor-
derstedt

ISBN: 978-3-7528-8731-0

Vorwort

Tinas Leben verläuft sehr mysteriös. Erst verliert sie ihr Gedächtnis, dann gerät sie immerzu an die falschen Männer, nichtsahnend, daß sie von jemandem gesteuert wird, der offensichtlich über Leichen geht, um sie zu beschützen. Die Geschichte beginnt an einem beliebigen Sommertag, da ist Tina fünfundzwanzig Jahre alt. An diesem Abend tritt Jörg in ihr Leben. Jörg hat etwas vor; sein Vorhaben bleibt jedoch im Dunkeln. Genauso Tinas Kindheit. Klar wird nur: da war mal was und das war nicht schön. Im Verlauf fügen sich immer mehr Puzzelteile zusammen und Tina kommt der Wahrheit gefährlich nahe. Aber da ist noch jemand, der das um jeden Preis verhindern will. Alle um Tina herum verheimlichen ihr etwas - nur was? Das ist die große Frage.

Prolog

Es ist ein glasklarer Wintertag.

Der Himmel ist blau und wolkenlos. Die Bäume sind mit unzähligen glitzernden Eiskristallen überzogen. Es herrscht „Winterwonderland". Tina liebt solche Tage: kalt und trocken. Seit fast drei Wochen ist es nun schon so eisig. „Nur gut, daß es zuvor schon so viel geschneit hat und die Schneemänner schon gebaut sind", denkt sie. Mit diesem Eisschnee konnte man nichts mehr bauen; der zerbröselte sofort. Dafür würde sie aber bald auf dem See Schlittschuhlaufen können. Bestimmt war das Eis spiegelglatt und durchsichtig. Tinas großer Bruder Tom ging jedes Jahr mit ihr zum See runter und passte auf, damit sie sich nicht zu weit hinaus wagte. Wenn sie Eisprinzessin spielte, wurde sie vor lauter Pirouetten drehen nur allzu leicht unaufmerksam. Und das Eis war tückisch. Ihr Bruder kannte die Stellen, an denen sich Strömungen befanden und wo das Eis dünner war. Voller Vorfreude hopste Tina die Treppe hinunter und in die Küche, wo sie ihren Bruder anzutreffen hoffte, um ihn zu fragen, wann er sie dieses Jahr zum See begleiten würde. Aber als sie in die Küche kam, war nur ihre Mutter da. „Wo ist Tom?" „ Dir auch einen schönen Guten Morgen." „ Entschuldige, Mama. Guten Morgen. Wo ist Tom?" „Tom ist arbeiten." Ach ja. Das hatte Tina ganz vergessen. Tom war ja jetzt Azubi. Er hatte keine Schulferien mehr, so wie sie. Sie überlegte kurz:

heute war Donnerstag. Dann würde er frühestens Samstag Zeit haben. Das war eindeutig eine zu lange Wartezeit für Tina. Also nahm sie all ihren Mut zusammen und fragte: „ du-u, Mama, ich bin ja nun schon fünfzehn Jahre alt. Meinst Du nicht auch, das ist alt genug, um allein zum See zu gehen?" Ihre Mutter überlegte kurz und entgegnete: „Ich denke schon. Du mußt mir aber versprechen, daß du nicht zu weit mit deinen Schlittschuhen rausfährst!" Tina legte ihre linke Hand aufs Herz, hob ihre Rechte und sprach mit verstellter tiefer Stimme: „ ich gelobe feierlich, mich nicht mehr als zwei Meter vom Ufer zu entfernen." Ihre Mutter lachte, wurde aber sofort wieder ernst und meinte, es wäre ihr doch lieber, wenn sie nicht ganz alleine loszöge. „ Gut, dann rufe ich Trixi an."

Gleich nach dem Mittagessen zogen die beiden Mädchen los in Richtung See. Und tatsächlich, das Eis war fast wie ein Spiegel. Den wollten sie auf keinen Fall mit ihren Schlittschuhen zerkratzen. Aber testen wollten sie schon, ob es denn schon trug. Tom hatte, wenn er sie begleitete, immer so ein Messgerät dabei. Das hatten die beiden Mädels jetzt natürlich nicht. Tina schlug vor, zuerst zu gehen. Das war Trixi nur recht. Schritt um Schritt wagte sich Tina weiter aufs Eis. Sie sah vereinzelte, im Eis eingeschlossene, Luftblasen und sogar einen Fisch, aufgrund dessen sie die Dicke des Eises auf zehn Zentimeter schätzte. Sie wusste, daß fünf Zentimeter für sie allein ausreichten und für Gruppen brauchte es zehn Zentimeter, die Stärke war also ausreichend, das Eis würde sie sicher tragen. Daher winkte sie Trixi zu, ihr zu folgen. Zaghaft kam ihre Freundin heran. Jetzt hopste Tina ein wenig. Das Eis gab ein hohles Geräusch von sich, hielt aber stand. Deshalb wollte sie sich noch weiter hinauswagen. Trixi wollte lieber warten. Und dann ging alles ganz schnell. Zumindest für Trixi. Sie erzählte später, Tina wäre den einen Augenblick noch dagewesen und im nächsten hätte das Eis sie regelrecht verschluckt. Einfach so.

Für Tina lief alles wie in Zeitlupe ab: Sie hatte sich ungefähr zehn Schritte von Trixi entfernt, da war es, als verlöre sie den Boden unter ihren Füssen. Es muss wohl ein Loch im Eis gewesen sein. Als sie ins Wasser eintauchte, fühlte es sich an, wie tausend Nadelstiche, obwohl sie so dick angezogen war. Bevor sie ganz untertauchte, holte sie instinktiv noch einmal tief Luft. Sie hatte das Gefühl, als würde jemand sie an ihren Füssen nach unten ziehen. Aber sie ging nicht tief unter; sie glitt unter der Eisdecke entlang, mit ihrem Gesicht nach oben. Trixi sah sie unter sich hindurchgleiten und sprang vor Schreck zur Seite. Scheisse! Was sollte sie nun tun? Sie hatte gelernt, wie man einen Menschen, der eingebrochen ist, wieder herauszieht, aber nicht, wie man jemanden unter dem Eis wieder hervorholt. Während Trixi noch wie im Schock dastand und überlegte, ließ Tina langsam ein Luftbläschen nach dem anderen aus ihrem Mund entweichen. Sie fühlte Kälte und Hitze zugleich und dann - nichts mehr. Träumte sie oder war sie schon tot? Sie meinte den Himmel durch das Eis zu sehen. Eigentlich wusste sie nicht, wo oben oder unten war. Sie wusste, daß ihr Hirn spätestens nach fünf Minuten ohne Sauerstoff damit beginnen würde, abzusterben. Wie viel Zeit war schon verstrichen? Und wieder ließ sie eine kleine Luftblase entweichen. Es war so heiß hier. Das konnte aber doch gar nicht sein. Die Wassertemperatur war maximal 4°C. Noch eine Luftblase. Bald würde ihre Lunge leer sein. Und dann würde dieser Reflex einsetzen, der sie dazu zwingen würde, Wasser einzuatmen. Oder war das bei so kaltem Wasser anders? Drei weitere Bläschen entschwanden. Uups. Was war das? Jemand lief über sie hinweg. War das Trixi? Wieder zwei Bläschen. Viel war nicht mehr übrig. Obwohl ihre Lunge nun nahezu leer war, fühlte es sich paradoxerweise so an, als würde sie gleich platzen. „Wie schön der Himmel aussieht", denkt sie. Kleine Lichtkügelchen beginnen vor ihren Augen zu tanzen, wie Glühwürmchen. „Aber im Winter gibt es doch gar keine Glühwürmchen." Blub. Das einzelne Luftbläschen gleitet aus ihrem Mund und wäre fast wieder in ihr Nasenloch geschlüpft, schlich sich aber daran vorbei und blieb eine Weile unter der Eisdecke hängen, bevor es abtrieb. Blub. Blub. „Scheisse. Gleich zwei auf einmal. Ich muß doch sparsam sein, mit meiner Luft." Es wird immer schwerer, die Luft anzuhalten, ein Schwindelgefühl beginnt sich anzubahnen. Jetzt meint sie, aus großer Höhe in die Tiefe zu fallen, obwohl sie immer noch unverändert direkt unter der Eisdecke hängt. Sie fragt sich, warum sie nicht untergeht, freut sich aber gleichzeitig über diesen Umstand, sofern das überhaupt noch möglich war. Wirklich fühlen konnte sie eigentlich nichts, weder körperlich noch emotional. Das war alles eingefroren. Und dann blub, blub, blub, entwichen auch noch die allerletzten Bläschen durch ihre nun farblosen Lippen. Jetzt war ihre Lunge vollkommen leer. Sie kniff ihren Mund zu, so fest sie es vermochte. Auch ihre Augen. Dann schoss ein helles Licht durch ihren Kopf und dann – Finsternis.

„So also fühlt sich sterben an. Gar nicht mal so schlimm."

Fünf vor zehn. Tina sperrt ihren Laden auf. Sie betreibt eine kleine Änderungsschneiderei und verkauft nebenher ihre Kreationen. Sie näht alles Mögliche. Ihre Stofftiere sind der wahre Renner. Bären aus Cord oder Samt, aber auch mal aus Jeansstoff und gemustert. Phantasietiere, deren Namen nur die Kinder kennen, für die sie gemacht sind. Nur leider kann sie davon nicht leben. Als sie vor zwei Jahren den Mut gefasst und diesen Laden eröffnet hatte, lief es wirklich gut. Aber nicht für lange. Sie hatte von Anfang an viel zu wenig verlangt für ihre Arbeiten. Sie konnte nähen und war kreativ, aber von kaufmännischen Dingen hatte sie wenig Ahnung. Sie wusste wohl den Unterschied zwischen Soll und Haben und ihre Buchführung bekam sie auch hin soweit. Aber sie konnte sich selbst nicht gut verkaufen. Sie hielt sich selbst für zu gering und das merkten die Kunden und drückten sie jedes Mal im Preis. Dennoch wollte das Finanzamt seine Steuern und das Existenzgründungsdarlehen musste auch zurückbezahlt werden. Wenn nicht ein Wunder geschah, würde sie ihren Laden über kurz oder lang wieder schließen müssen.

Ding dong. Eine Kundin betritt den Laden. Das heißt eigentlich „betrampelt" sie ihn. Tina hasste sie jetzt schon. Sie sah die Einkaufstüten und wusste schon, was kommen würde. Es war immer das Gleiche. Die Kundin schnaufte wie eine alte Dampflokomotive. Ihr fettiges, aschblondes Haar, dessen Ansatz schon wieder dunkel hervortrat, klebte ihr am Kopf. Und sie hatte Mundgeruch. „Das auch noch". Die Kundin wuchtet ihre Tüten auf die Ladentheke und atmet dabei noch kräftig aus. Tina findet sich in einer Wolke aus undefinierbaren üblen Gerüchen wieder. Knoblauch ist auf alle Fälle mit dabei, und eventuell ein fauler Zahn? Egal, sie war eine Kundin und brachte Geld ins Haus. Also setzt Tina ihr schönstes Lächeln auf und fragt höflich, wie sie helfen könne. Und wie schon vorausgeahnt, hatte die Kundin ihre Kleidung in so einem Billigladen gekauft. Sie hätte die Sachen schon anprobiert und sie hätten auch gepasst gehabt, sonst hätte sie sie ja nicht gekauft. Aber zu Hause hatte sie dann festgestellt, daß dem doch nicht so war. „Wissen sie, das hängt alles wie ein alter Sack an mir dran, können sie da was machen"? „Natürlich, lassen sie mal sehen", sagt Tina freundlich während sie im Geheimen dachte „oh, mein Gott, was für ein Schund". Die Stoffe waren dünn und labberig und mit viel zu viel Elastan, wie so oft bei Übergrößen. Eine Stunde später öffnet Tina erst einmal die Ladentür und versprühte großzügig Raumspray. Die Anprobe und das Abstecken und Abmessen hatten die Kundin ins Schwitzen gebracht. Zum Mundgeruch hatte sich dann noch der Schweißgeruch gesellt. Die beiden Düfte harmonierten sehr miteinander, wirkten aber weit weniger harmonisch in Tinas Nase. Nur gut, daß die Kleidung noch neu war. Sie hatte auch schon gebrauchte Sachen ändern müssen, die Leute auf dem Flohmarkt erstanden hatten. Nicht immer waren die Kleidungsstücke vor dem Verkauf gewaschen worden. Oder sie bekam zerrissene Sachen zur Reparatur. Die waren auch ganz oft ungewaschen, weil die Leute Angst hatten, durch das Waschen noch mehr zu beschädigen. Tina hätte nie gedacht, daß Näherin ein so unhygienischer Beruf sein würde. Jetzt musste sie sich aber langsam an die Arbeit machen. Übermorgen wollte die Kundin ihre Sachen schon wiederhaben. Doch ihre anfängliche Eile war gar nicht nötig gewesen. Es kam keine weitere Kundschaft mehr an diesem Tag und so war sie bereits nach vier Stunden damit fertig. Sie sieht auf die Uhr. Noch zwei Stunden bis Ladenschluss. Es ist fast unerträglich schwül an diesem Tag. Die Sonne brennt auf ihre Schaufenster. Eine ordentliche Beschattung hatte das Darlehen nicht mehr hergegeben. Sie hätte innen ihre Vorhänge vorziehen können, aber sie dachte, wenn die Leute sie dann nicht mehr sehen, würden sie erst recht vorbeigehen. Wieder fällt ihr Blick auf die Uhr, deren Zeiger regelrecht festzukleben scheinen. Es waren noch keine fünf Minuten vergangen, seit sie zuletzt darauf gesehen hatte. Sie geht unruhig in ihrem Laden umher, zupft mal hier mal da etwas zurecht, drapiert dieses oder jenes um, aber die Zeit schleicht trotzdem nur so dahin. Endlich, der Ladenschluss rückt in greifbare Nähe. Schon ist es Zeit, den Schlüssel zu holen. Sie geht nach hinten und als sie wieder nach vorne kommt, steht *er* da. „Wow". Sie hält unvermittelt in ihrem Schritt inne und starrt ihn mit offenem Mund an, bis ihr aufgeht, wie dämlich sie aussehen muss. Doch er lächelt nur. Er sagt etwas, doch sie versteht kein Wort, so fasziniert ist sie von seiner Stimme. Sie klingt tief und sonor und bahnt sich ihren Weg direkt in ihren Bauch. Das war kein Flattern von Schmetterlingen, das vibrierte schon förmlich. Sie wusste, er hatte etwas gefragt und sie sollte antworten. Aber was? Jetzt stolpert sie auch noch – direkt in seine Arme. Er fängt sie auf, sie schaut zu ihm hoch, ihre Blicke treffe sich und sie taucht ein, in seine tiefblauen Augen. Noch nie in ihrem Leben hatte sie solch blaue Augen gesehen. Dann, auf einmal, wird sie sich seiner Arme bewusst, die sie immer noch umfangen. Erschrocken löst sie sich daraus und sagt brüsker, als sie es beabsichtigt hatte: „ich schließe gleich zu." „Ich weiß", sagt der Unbekannte und fügt hinzu: „deshalb bin ich hier."

Etwas später, als sie gemeinsam draußen vor einem Eiscafé saßen, erzählte er ihr, daß er sie schon, seit sie hier in den Laden gezogen war, beobachtet hatte, aber erst heute den Mut gefunden hätte, sie einzuladen. Er war sehr charmant. Das gefiel ihr. Aber ganz tief drinnen fühlte sie auch Gefahr. Sie unterdrückte es. Sie wollte endlich glücklich sein. Glücklich mit einem Mann. Sie war gerade einmal 25 Jahre alt und hatte noch nie eine Beziehung gehabt. Irgendwie hatte sie sich auch nie zu Männern hingezogen gefühlt. Auch nicht zu Frauen. Sie hatte es einmal ausprobiert, weil sie dachte, sie wäre lesbisch. Die Zeit zwischen ihrem 18. Geburtstag, an dem sie einfach von zu Hause abgehauen war, bis heute, hatte sie geglaubt, nicht für eine Partnerschaft geschaffen zu sein. Sie hegte bisher auch immer sehr zwiespältige Gefühle Männern gegenüber. Wiederholt riss Jörg sie aus ihren Gedanken. Irgendwie bekam sie nur die Hälfte mit, von dem was er sprach. Sie war so verwirrt. War das Liebe? War sie doch zur Liebe fähig? Auf einmal stand Jörg auf, nahm sie bei der Hand und sagte: „komm, es ist schon spät. Ich bringe dich nach Hause". Sie hatte gar nicht mitbekommen, wie er bezahlt hatte. Wie hypnotisiert stand sie auf und folgte ihm. Dann standen sie auf einmal vor dem Wohnblock in dem sie hauste. Was Besseres hatte sie sich nicht leisten können. „Oh, Gott", denkt sie erschrocken, „was jetzt? Bestimmt will er noch mit hoch!" Nein, wollte er nicht. Also, er wollte schon, aber er wusste, sie war anders als all die Huren, die er vor ihr gehabt hatte. Sie war etwas Besonderes. Das hatte er sofort bemerkt, als er sie vor zwei Jahren in diesen Laden einziehen sah. Jeden Tag war er Stunden lang davor gestanden und hatte sie durch ihr großes Fenster beobachtet. Oft war sie abends direkt an ihm vorbei gegangen, ohne ihn zu bemerken. Sie hatte auch nie bemerkt, wenn er ihr nach Hause gefolgt war. Sie wohnte ganz oben im fünften Stock. Leider. Keine Chance für ihn, sie hier auch durchs Fenster zu beobachten. Das Haus gegenüber war nicht so hoch, sonst wäre er glatt dort eingezogen. Er bemerkte, daß sie etwas unentschlossen dastand und wohl erwartete, daß er etwas sagte oder tat. Da nahm er galant ihre Hand, hauchte einen Kuß darauf, drehte sich um und ging, ohne sich noch einmal umzudrehen. Ihre Hand glühte, obwohl seine Lippen sie kaum berührt hatten. Völlig verdattert blickte sie ihm nach. Das hatte sie nicht erwartet. Obwohl sie eigentlich keine Erfahrung mit Männern hatte, zumindest erinnerte sie sich an keine. Manchmal träumte sie von Männern, aber das waren keine wirklich schönen Träume. Sie war, wenn sie aus so einem Traum erwachte, immer total verunsichert und hatte sich daher angewöhnt, alles immer ganz schnell wieder zu verdrängen. Sie sah ihm noch nach, bis er um die Ecke verschwand, straffte schließlich ihre Schultern, drehte sich um und ging hinein. Der Aufzug war wieder einmal defekt. Aber das war egal. Die fünf Stockwerke schaffte sie leicht. Heute sogar noch lockerer, als sonst. Sie schwebte fast nach oben. Die Wohnung selbst war ja nicht so besonders. Zweckmäßig eben, aber sauber und ordentlich. Dafür hatte sie Zugang zum Dach und hatte sich da oben eine kleine Gartenoase geschaffen. Alles in Kübeln und Pflanztrögen, aber ihre Pflanzen gediehen prächtig, und ganz ohne Schnecken, sogar Tomaten und Paprika. Mit einem Glas Wein in der Hand setze sie sich in ihre Hollywoodschaukel, die noch von einem ihrer Vormieter stammte und schon recht quietschte, und hing ihren Gedanken nach. Ganz kurz wunderte sie sich dann doch, woher er wusste, wo sie wohnte. Aber sie war so lange alleine gewesen und nun zu glücklich, um diesem Gedanken mehr Aufmerksamkeit zu schenken. Schnell weg damit, in die hinterste Ecke ihres Gehirns. Im Verdrängen war sie eine Meisterin. Nur weil sie diese Kunst bestens beherrschte, lebte sie noch. Andernfalls hätte sie sich wohl längst schon von diesem Dach gestürzt. Sie versuchte sich zu erinnern, was dieser Jörg ihr vorhin so alles erzählt hatte. Sie schaffte es nicht. Aber sie erinnerte sich an seine tiefgründigen Augen, seinen milden und gütigen Blick, seine vollen, für einen Mann schon fast zu vollen, Lippen. Sie mochte seine Lippen. Wie sie sich wohl anfühlten, wenn sie mit ihren eigenen Lippen in Berührung kamen? Bestimmt so weich und sanft, wie sie aussahen. Wieder vibrierte es in ihr. Aber diesmal nicht in ihrem Bauch, sondern tiefer. Ihre Hand glitt zwischen ihre Beine, sie schloß die Augen und streichelte sich selbst. Es kribbelte noch mehr und dann geschah etwas, was noch nie geschehen war, wenn sie das getan hatte. Sie wurde so heftig von einem Orgasmus überrollt, daß sie fast laut aufgeschrien hätte. Es dauerte eine ganze Weile, bis sie wieder zu Atem kam.

Die halbe Nacht bleibt sie draußen in ihrer Hollywoodschaukel sitzen und gibt sich diesem immer noch wohligen Gefühl hin. Als sie dann doch irgendwann ins Bett geht, ist sie sicher, sie will diesen Mann unbedingt wiedersehen, und zwar bald.

Ihm schien es ähnlich zu ergehen, denn in den folgenden Wochen holte er sie täglich nach Ladenschluss ab. Aber niemals kam er zu ihr in die Wohnung mit. Warum nicht? Sie wagte nicht, ihn zu fragen. Aber langsam begann sie ungeduldig zu werden. Sie wollte mehr als nur reden. Er hatte ein Begehren in ihr geweckt, welches sie so noch nicht kannte. Er hatte das wohl bemerkt und fand dann endlich, nach drei Monaten, daß es an der Zeit war, für den nächsten Schritt. Den ersten Kuss. Wie üblich standen sie wieder unten vor ihrem Wohnblock, sie hatte ihm schon ihre Hand entgegen gestreckt, er ergriff sie auch, aber dieses Mal zog er Tina ganz zu sich heran. Er spürte, wie sie in seinen Armen erzitterte, als sein Gesicht sich dem ihren näherte. Er musste grinsen. Das sah sie aber nicht, weil sie ihre Augen schon in freudiger Erwartung seines Kusses, geschlossen hatte. Anhand ihrer Vorgeschichte hätte er nicht gedacht, daß es so einfach sein würde, sie zu erobern. Trotzdem durfte er jetzt nicht voreilig werden.

Er musste sie weiterhin äußerst behutsam behandeln. Er wusste, sie war im Grunde sehr zerbrechlich und eigentlich scheu, wie ein Reh. Endlich trafen sich ihre Lippen. Jetzt war er es, der erstaunt war. Er fühlte sich wie elektrisiert. Ihre Lippen waren weich und doch auch fest und sie waren hungrig. Sie fraßen ihn auf. Ihre Zungen suchten und fanden sich und bald wusste keiner von beiden mehr welche Zunge zu wem gehörte. Sie verschmolzen ineinander. Plötzlich löste er sich von ihr, murmelte eine Entschuldigung und ging schnellen Schrittes davon. Noch völlig außer Atem blickte sie ihm nach. „Was war das denn jetzt?" Hatte sie etwas falsch gemacht? Niedergedrückt schleppte sie sich zu ihrer Wohnung hoch, der Aufzug würde wohl nie mehr repariert werden. Jörg war in der Zwischenzeit umgedreht und stand jetzt unten, einen Finger nur wenige Millimeter von ihrem Klingelknopf entfernt. Er zögerte noch. Er wusste, wenn er nach oben ging, würde der nächste Schritt folgen. Doch dafür war es noch zu früh. Er musste sich zwingen, nicht zu klingeln. Seine linke Hand umfasste seine rechte und zog sie förmlich weg. Es kostete ihn unbeschreiblich viel Kraft, einen Schritt nach hinten zu tun, sich umzudrehen und endgültig nach Hause zu gehen. Tina hingegen weinte sich oben die Augen aus. Nur gut, daß der folgende Tag ein Sonntag war. Sie stand nur kurz auf um aufs Klo zu gehen, trank ein Glas Wasser und verkroch sich gleich wieder in ihr Bett. Fast war sie wieder eingeschlafen, als es klingelte. Sie schreckte hoch und wusste erst nicht so recht ob sie richtig gehört hatte. Wie spät war es? Und was war heute überhaupt für ein Tag? Hatte sie womöglich verschlafen? Bevor sie sich all diese Fragen beantworten konnte, klingelte es erneut. Mühsam krabbelte sie aus dem Bett und schlurfte zur Gegensprechanlage: „ja?" krächzte sie hinein. „Ich bin es, Jörg", kam ihr als Antwort entgegen. Ihr Herz tat einen Luftsprung. „Oh, Gott, er ist hier!" Sie sah auf die Uhr. Fast schon Mittag. Sie musste wohl doch nochmal eingeschlafen sein. Hatte sich gar nicht so angefühlt. „Bist du noch da?" ertönte es aus dem Lautsprecher und „hab ich dich etwa geweckt?" „Ja", sagte sie. Mehr brachte sie nicht heraus. „Lass dir Zeit, ich warte im Café um die Ecke, okay?" „ Ja, gut, ich beeil mich." Ihre Niedergeschlagenheit war wie weggeblasen. Hüpfend und tanzend machte sie sich schick und hätte das Treppenhaus ein Geländer gehabt, wäre sie wohl daran hinunter gerutscht. Wobei nach fünf Stockwerken wäre ihr da wohl das Höschen durchgebrannt. Sie musste fast laut lachen, bei diesem Gedanken. Sie sah ihn schon von weitem sitzen. Er hatte sich so platziert, daß er sehen konnte, wenn sie kam, tat aber erst so, als würde er sie nicht bemerken. Im ersten Moment kam dann auch die Befürchtung in ihr hoch, er könnte doch böse auf sie sein, obwohl es dafür eigentlich keinen Grund gab. Doch dann blickte er auf und schenkte ihr ein strahlendes Lächeln. Wie gut er doch aussah. Sie fragte sich erneut, was er eigentlich an ihr fand. Sie selbst war zwar ganz zufrieden mit sich, aber sie hielt sich doch eher für durchschnittlich. Nicht hässlich aber auch nicht gerade hübsch. Jörg hingegen dachte bei sich, daß wenn er nicht aufpasste, er sich noch wirklich ernsthaft in diese Frau verlieben würde. Sie hatte absolut keine Ahnung, wie schön sie war und wie sie auf Männer wirkte. Ihre Schönheit strahlte von innen heraus. Sie war manchmal kindlich unschuldig und ließ gleichzeitig erahnen, daß da doch noch viel mehr in ihr steckte. Dieser Kuß gestern hatte das bewiesen. Er hatte bewirkt, daß er sie besitzen wollte. Aber das durfte er nicht. Noch nicht. Das würde sie verschrecken. Es würde Erinnerungen in ihr wecken, an eine Zeit, die sie doch vergessen wollte. Mit Schrecken fiel ihm sein erster Fehler ein: er hatte sie nach Hause gebracht, damals, nach ihrem ersten Rendezvous. Aber sie hatte nie danach gefragt, woher er ihre Adresse wusste. Er war nochmal davon gekommen. Aber erneut durfte ihm so etwas nicht passieren. Sie hatte sich zu ihm gesetzt und sah ihn fragend an. Scheinbar hatte sie etwas zu ihm gesagt. Er räusperte sich verlegen und sagte: „ entschuldige bitte, ich war gerade so hingerissen von deinem Guten Morgen. Obwohl Mahlzeit inzwischen wohl angebrachter wäre", antwortete er, immer noch lächelnd. Der Kellner kam und sie bestellten sich beide ein großes Frühstück. Er plauderte mit ihr, als wäre nichts gewesen und langsam löste sich ihre innere Spannung. Nach dem Frühstück schlug er vor, einen kleinen Ausflug zu machen. Und zum ersten Mal nahm er sie mit zu sich, führte sie aber nicht in sein Haus hinein, sondernd bedeutete ihr, kurz zu warten, er käme gleich wieder. Dann verschwand er im Haus und etwa eine viertel Stunde später, als sie schon glaubte, er hätte es sich anders überlegt, öffnete sich wie von Geisterhand das Garagentor. Ein großer Mercedes fuhr heraus, die einzige Automarke, die Tina auf Anhieb und schon von weitem erkannte. Er hielt neben ihr an und sie stieg ein. Der Wagen roch neu. Das Haus sah auch ziemlich neu aus. Er schien wohl Geld zu haben. Ihr fiel auf, daß sie trotz der häufigen Treffen noch viel zu wenig, eigentlich nichts, über diesen Mann, in dessen Auto sie gerade gestiegen war, wusste. Obwohl er immer viel geredet hatte, hatte er nie wirklich etwas gesagt. Und sie hatte auch nicht gefragt. Andererseits wusste er auch nicht viel über sie, so dachte sie zumindest. Auch sie hatte nicht über sich selbst geredet. Sie konnte nicht ahnen, daß er in Wahrheit alles über sie wusste, oder zumindest zu wissen glaubte. Und sie konnte ebenso wenig ahnen, daß alles was er tat, wohl durchdacht und geplant war. Sie fuhren aus der Stadt. Es wurde grüner. Auf der Fahrt sprachen sie kaum. Jeder hing seinen eigenen Gedanken nach. Jörg blickte immer wieder verstohlen auf ihre wohl geformten Beine. Der Saum ihres Kleides war hochgerutscht. Sie schien es nicht bemerkt zu haben, denn sie zog ihn nicht wieder hinunter. Sie schien ihn aber auch nicht mit Absicht so zu lassen. Sie war so kindlich, so unbefangen. Das war gefährlich für ihn. Denn das machte sie liebenswert. Und wenn er sie liebte, dann konnte er nicht tun, was er zu tun gedachte. Er musste geduldig sein. Musste sich zügeln. „Verdammt!" Dieses Picknick allein mit ihr im Grünen würde es ihm nicht leichter machen. Aber wieder umkehren ging jetzt nicht mehr, obwohl sie ja noch gar nichts davon wusste. Er wollte sie überraschen. Wie gerne würde er jetzt eine Hand auf ihren Oberschenkel legen. Vielleicht auf der Rückfahrt? Würde er es dann wagen können? Tina sah aus dem Seitenfenster und betrachtete die fast schon herbstliche Landschaft. Es war ein schöner Septembertag. Sie erwacht aus ihrem Tagtraum, als die Fahrt auf einmal holpriger wird. Er war in einen Feldweg eingebogen. Sie sagt aber immer noch nichts. Sie fühlt, daß das Ziel eine Überraschung sein soll. Endlich hält er an. Sie parken vor einem kleinen Hain, mitten zwischen den Feldern. Lächelnd sagt er: „da sind wir." Sie antwortet ihm nicht, sondern steigt einfach aus und sieht sich um. Viel gibt es jedoch nicht zu sehen, weil die Maisfelder um sie herum die Sicht versperren. Als sie sich darüber klar wird, daß sie hier niemand sehen konnte, wird ihr doch etwas mulmig. Dann sieht sie, wie er einen Picknickkorb und eine Decke aus dem Kofferraum nimmt. Es freute sie einerseits, aber das mulmige Gefühl in ihr wird dadurch nicht verscheucht. Jörg ging auf sie zu, nahm ihre Hand und führte sie auf einem fast unsichtbaren Trampelpfad in den Hain hinein. Blätter raschelten unter ihren Füssen. Über ihnen zwitscherten fröhlich die letzten Vögel, die sich noch nicht in den Süden aufgemacht hatten. Wahrscheinlich würden sie sogar den Winter über hier bleiben. Es war ein schöner Ort. Er hatte ihre Hand inzwischen los gelassen, damit er Zweige und Gestrüpp beiseiteschieben konnte. Das ging eher schlecht als recht, weil er ja nur eine Hand frei hatte. In der anderen trug er den Korb. Die Decke hatte Tina übernommen. Sie kam sich langsam vor, als wären sie im tiefsten Wald, weil sie so schlecht vorankamen. Aber dann blieb Jörg auf einmal stehen. Sie hatte es gar nicht gleich gemerkt, weil sie nur auf den Boden gesehen hatte, aus Angst auf eine Schlange zu treten. Ihre Mutter hatte ihr als Kind eingebläut, niemals in einen Wald zu gehen, weil es da Unmengen an Schlangen gäbe. Inzwischen wohl auch noch Wölfe und weiß Gott noch für Ungeheuer. Dann hob sie den Kopf und was sie sah, ließ sie all ihre Ängste, Zweifel und das mulmige Gefühl vergessen. Vor ihnen war ein kleiner Teich. Eine winzige Hütte, nur wenig größer als ein Gartenhäuschen, stand am Ufer. Vor der Hütte befand sich eine kleine Veranda mit angebautem Steg zum Teich. Sie sah ihn fragend an. „Ja, dieses kleine Stückchen Paradies ist mein. Ich habe es vor Jahren schon gepachtet. Gefällt es dir?" „Ob es mir gefällt? Ich liebe diesen Ort jetzt schon. Wie hast du ihn gefunden?" Er antwortete nicht, sondern führte sie nun auf die Veranda. Sie setzte sich in einen der Stühle, ohne zu bemerken, wie sauber er war. Die Sonne beleuchtete ihr Gesicht und sie wirkte auf ihn noch schöner und strahlender. Er sah schnell weg, weil er fühlte, daß wieder Gefahr für ihn bestand, sich zu verlieben. Er stellte den Korb auf den Tisch, dann sperrte er die Hütte auf. Obwohl die Wahrscheinlichkeit, daß jemand sie entdecken könnte gering war, hatte er ein Vorhängeschloss angebracht. Tina genoss derweil die Aussicht und die Stille. Kein Stadtlärm. Nur die Geräusche der Natur. Sie bewunderte die Seerosen auf dem Teich. Auch um den Teich blühten noch allerlei Blumen. Weil es so schön warm war, summten sogar noch Bienen um sie herum. Nach einer Weile merkte sie, daß Jörg immer noch in der Hütte drin war. Was mochte er so lange da drin machen? Sie wollte gerade aufstehen und nach ihm sehen, da kam er auch schon wieder heraus. Sie fragte nicht, was er gemacht hatte. War auch besser so. Er hätte ihr schlecht sagen können, daß er sich gerade einen runter geholt hatte, weil er sich sonst auf sie gestürzt hätte. Gott, diese Frau hatte keine Ahnung, wie sexy sie in diesem Kleid aussah. Das Kleid war nichts Besonderes, aber der Stoff umschmeichelte ihren wohlgeformten Körper in einer Weise, die einen Mann einfach verrückt machen musste. Es betonte gewisse Stellen an ihr so sehr, daß es ihm selbst jetzt noch seine ganze Selbstbeherrschung abverlangte, die es aufbringen konnte. Lange würde er das nicht aushalten, so viel war sicher. Um auf andere Gedanken zu kommen, riss er seinen Blick von ihr los und begann den Korb auszupacken. Gespannt, sah sie zu, was da so alles für Leckereien zum Vorschein kamen. Antipasti, Trauben, Weißbrot, Wein, Trüffelpralinen; ihre Lieblingssorte. Als sie das sah, stutzte sie kurz. „Bestimmt nur Zufall", dachte sie. Aber Jörg überließ nie etwas dem Zufall. Doch das konnte sie jetzt noch nicht wissen. Endlich war der Tisch gedeckt und er setzte sich in den Stuhl gegenüber. Nicht neben sie. Nur nicht zu viel Nähe. Seine Hose spannte sich auch so schon wieder, weil er jetzt genau auf ihre Brüste blickte. Rund und fest zeichneten sie sich unter dem dünnen Stoff ab. Sie trug keinen BH. Unbewusst leckte er sich über die Lippen. „Gott, reiß dich zusammen", tadelte er sich in Gedanken. Fast hätte er angefangen zu sabbern. Tina schien nichts von alldem zu bemerken. Fröhlich plapperte sie, wie schön und romantisch es hier wäre und wie ruhig und... er hörte gar nicht richtig hin. Erst als sie aufhörte zu reden, wurde ihm klar, wie unhöflich sein Verhalten auf sie wirken musste. Doch was sollte er sagen? Hatte sie ihn was gefragt? Wieder zog er sich mit einem Lächeln und der Bemerkung, daß er so hingerissen von ihr sei, aus dieser peinlichen Situation. Und wieder fiel sie darauf herein und lächelte verzückt zurück. Dann stand sie auf und fragte, wo sie sich hier in der Wildnis die Nase pudern könne. Er verstand nicht sofort, was sie meinte, doch dann fiel der Groschen und er sagte, sie müsse sich wohl oder übel hinter einen Busch begeben; was sie dann auch tat. Er nutze die Gelegenheit um sich selbst den Kopf zurechtzurücken und seinen Plan nochmal im Geiste durchzugehen. Schon am Vortag hatte er diesen Platz hier vorbereitet, von Spinnweben und sonstigem Schmutz gereinigt, ja sogar Bettwäsche hatte er dabeigehabt, diese dann aber doch nicht aufgezogen. Das hätte zu sehr nach Plan gerochen. Und eigentlich wollte er das ja noch gar nicht. Doch dann kam sie wieder um die Ecke gebogen. Ihr Gang war jetzt anders als vorhin. Lasziver. Sie steuerte geradewegs auf ihn zu und setzte sich auf seinen

Schoß. Er kam nicht dazu, dagegen zu protestieren, weil sie ihm als Nächstes eine Olive in den Mund schob. Er war so darauf bedacht, seinen Ständer vor ihr verborgen zu halten, daß er darüber ganz zu kauen vergaß. Sie lachte, als sie sah, wie er die Olive lutschte. Sie schob sich selbst eine Traube in den Mund. Er schluckte seine Olive im Ganzen hinunter. Ihre Augen tauchten ineinander und wie von selbst näherten sich ihre Münder. Seine Hand wanderte zu ihrer Brust. Sein Daumen streichelte über ihre Brustwarze. Er begehrte sie. Er wollte sie. Und sie wollte ihn. Jetzt. Sofort. Hier draußen in diesem Hain, wo niemand sie sehen und hören konnte. Er hatte gar nicht gemerkt, daß er ihr Kleid geöffnet hatte. Seine Hände arbeiteten völlig selbstständig. „Ich liebe dich" murmelte er zwischen ihren Lippen. „Aber du kennst mich doch gar nicht!" rief sie plötzlich und sprang auf. Gott sei Dank. Der Bann war gebrochen. Noch eine Sekunde länger und er hätte sich mitreißen lassen. Geistesgegenwärtig ergriff er ihre Hände, sah ihr tief in ihre schönen, großen, braunen Rehaugen und sagte sanft: „aber es ist, als würde ich dich schon ein Leben lang kennen." Und während er das sagte, wurde ihm klar, daß er es dieses Mal auch so meinte. Ob sie ihm glaubte? Es schien so, denn sie setzte sich wieder auf seinen Schoß. Doch nun hob er sie wieder hoch, drehte sie um und schloss ihr Kleid. Sie ließ es wortlos geschehen, als wäre sie froh, daß sie nicht bis zum Äußersten gegangen waren. Etwas verschämt setze sie sich in den Stuhl neben ihm. Keiner von beiden wusste was er nun sagen sollte. Da nahm er einfach die Weinflasche, öffnete sie und schenkte zwei Gläser voll. Sie stießen an und nach ein paar Schlucken lockerte sich ihre

22

Stimmung wieder etwas auf. Als sie die Flasche geleert hatten, waren sie beide nur noch am Kichern. Tina hatte gar nicht gewusst, daß Männer auch kichern können. Eigentlich hätten sie zurückfahren müssen, weil morgen ja Montag war. Aber Jörg war nicht mehr fahrtauglich. Das war so nicht geplant gewesen. Hier mit Tina zu übernachten, war das Gefährlichste, was er je getan hatte. Gefährlich deshalb, weil er echte Gefühle für sie hegte. Bisher war es ihm gelungen, diese zu unterdrücken. Aber nach diesem Kuss heute Nachmittag? Fieberhaft überlegte er, wie er die Situation entschärfen könnte. Er konnte auf gar keinen Fall alleine mit ihr in dieser Hütte schlafen. Sie würde bestimmt ihr Kleid ausziehen, damit es nicht verknitterte. Dann gäbe es kein Halten mehr für ihn. Es gab eigentlich nur eine Lösung. Er schlug also vor, sie solle sich in die Hütte begeben und er würde hier draußen Wache schieben. Sie wirkte erst etwas enttäuscht, nahm den Vorschlag dann doch dankend an und verschwand umgehend in der Hütte. Die Tür ließ sie allerdings offen. Wohl weil das kleine Fenster nicht zu öffnen war, bestimmt nicht, um ihn zu locken. Er hörte ihr Kleid rascheln, als sie es auszog. Er ahnte nicht, daß Tina es absichtlich so geräuschvoll auszog. Sie wollte ihn so sehr, wie noch nie einen Mann zuvor. Eigentlich hatte sie vorgehabt, ihr Leben alleine, ohne Mann, zu verbringen. Vor Männern hatte ihr bisher nur gegraut. Wie sie da so in dieser Hütte lag, dachte sie nach, warum eigentlich. Sie begab sich in die Tiefen ihres Gehirns, bis sie vor der Tür ihrer schlimmsten Geheimnisse stand. Sie hatte diese Tür versperrt. Dahinter lag ihre Vergangenheit. Nein. Sie wollte nicht daran rütteln. Sie hatte so erfolgreich alles verdrängt und es war so schön heute. Das wollte sie sich auf keinen Fall verderben, dadurch, daß sie ausgerechnet jetzt ihre Vergangenheit ausgrub. Irgendwann würde sie sich damit befassen müssen, das wusste sie wohl. Aber nicht heute und nicht hier. Sie dachte auch nicht darüber nach, wieso Jörg diese Decke mitgenommen hatte, unter der sie nun lag. Nicht einmal im Traum dachte sie daran, daß Jörg etwas Böses im Schilde führen könnte. Jörg saß draußen, die Füße auf jenem Stuhl in dem Tina zuvor noch gesessen hatte. Er meinte, ihre Wärme noch zu fühlen. Er hörte sie atmen. Wie sollte er diese Nacht überleben? Jetzt, wo er sich eingestanden hatte, daß er sie wirklich liebte, konnte er nicht mehr das mit ihr tun, was er geplant gehabt hatte. Andererseits, vielleicht musste er das ja gar nicht mehr tun. Vielleicht war sie ja die Richtige. Womöglich war sie nicht so eine Hure, wie alle anderen, allen voran seine Mutter. Aber war er auch der Richtige für sie? Würde sie bei ihm bleiben?

Auf einmal wusste er, daß er wollte, daß sie seine Frau wurde. Er wollte sie heiraten. Ja, er liebte sie wirklich. Tina lag drinnen in der kleinen Koje und wollte nur eins: ficken. Sie war über sich selbst erschrocken, als sie genau das dachte. Noch nie in ihrem Leben hatte sie so etwas gedacht, und schon gar nicht hatte sie es gewollt. Sie war schon drauf und dran gewesen, sich für frigide zu halten. Bis zu dem Tag, wo er sie zum ersten Mal geküsst hatte. Und heute, als er ihre Brust berührt hatte. Noch nie hatte sie so gefühlt. War das jetzt Liebe oder nur Lust? Sie wusste es nicht. Woher auch. Er hörte, wie sie sich unruhig hin und her wälzte. Abrupt stand er auf und entfernte sich ein paar Meter. Dies würde eine lange Nacht werden. Länger als jemals eine Nacht gewesen ist und es je wieder sein würde. Das war beiden klar. Nichts desto trotz musste er ein paar Stunden schlafen, um wenigstens etwas von dem Alkohol abzubauen. Er begab sich zum Auto, legte sich auf den Rücksitz und schlief, da er nun etwas Abstand von ihr hatte, augenblicklich ein. Auch Tina wurde letztendlich vom Schlaf übermannt. Als sie erwachte, saß Jörg schon wieder in seinem Stuhl und wartete. Sie zog ihr Kleid über und trat hinaus in die Morgensonne. Ein kurzer Blick auf ihre Armbanduhr zeigte ihr, daß es schon fast neun Uhr war. Sie würde es nicht mehr rechtzeitig schaffen, ihren Laden heute zu öffnen. Egal. Dann blieb er eben mal zu. Es kamen ja eh kaum Kunden zu ihr. Jörg starrte sie nur an. Sie meinte, er täte dies, weil sie bestimmt schrecklich aussah. Doch dann sagte er: „ Oh mein Gott, du bist so wunderschön." Sie fühlte sich geschmeichelt aber auch verlegen. Wie konnte er sie schön finden, wo sie doch nicht einmal ihre Haare hatte kämmen können? Und wahrscheinlich war ihr Gesicht ganz zerknautscht. Er hingegen sah trotz oder vielleicht gerade wegen seines zerknitterten Hemdes, geradezu blendend aus. Er stand auf, und gab ihr einen Gute-Morgen-Kuss. Der Zauber von gestern war immer noch da. Er war, als er erwachte, so blauäugig gewesen, zu denken, er hätte sich wieder im Griff. Aber kaum daß seine Lippen die ihren berührten, schwanden ihm schon fast wieder die Sinne. Er hatte die Reste vom Picknick schon wieder in den Korb gepackt, während sie noch geschlafen hatte, und so drängte er jetzt zur Rückfahrt. Er könne zwar etwas später im Büro erscheinen, meinte er, aber nicht einfach so ganz weg bleiben. „Oh" sagte sie nur und setzte sich ins Auto. Er stellte noch den Korb in den Koffer-raum und dachte dabei nach, was dieses -oh- zu bedeuten hatte. Als er sich hinters Steuer setzte, sagte sie dann: „ ich hätte heute blau gemacht, da ich eh schon zu spät dran bin." Da war ihm klar, was sie vorhin gemeint hatte. Er wendete und während sie zur geteerten Straße zurück hol-perten, überlegte er, was er tun sollte. Dann, als sie wieder festeren Boden unter den Rädern hat-ten, hielt er an und zog sein Handy heraus. Kein Empfang. Sie würden wohl noch ein Stück fahren müssen. Gut so. Dann hatte er noch etwas Zeit zu überlegen, was er nachher, wenn er seinen Ar-beitgeber anrief, sagen sollte. Er sah Tina vorsich-tig aus den Augenwinkeln an und fand, daß sie traurig aussah. Er wollte sie nicht traurig sehen. Er liebte ihr Lächeln und noch mehr liebte er ihr Lachen. Sie kamen durch einen Ort. An einer Bus-haltestelle hielt er kurz an und zückte erneut sein Handy. Als er sein Gespräch beendet hatte, strahlte sie ihn an. Er hatte sich tatsächlich krank gemeldet. Ihretwegen! Ihr Herz hüpfte ihr fast aus der Brust. Am liebsten hätte sie ihn auf der Stelle umarmt und geküsst, aber von hinten nä-herte sich ein Bus. Sie mussten erst einmal weg hier. Während Tina überglücklich vor sich hin strahlte, überlegte Jörg fieberhaft, was er nun mit diesem Tag anstellen sollte. In die Stadt zurück-fahren ging nicht. Wenn sie gesehen würden, könnte das unangenehme Folgen für ihn haben. Da fiel ihm diese Gaststätte ein. Er war sehr lange nicht dort gewesen. Mit seiner ersten Frau war er zuletzt dort gewesen. Diese Kuh. Hatte ihn ein-fach Knall auf Fall verlassen. Obwohl er sie auf Händen getragen hatte. Alle Frauen hatten ihn verlassen und er wusste nicht warum. Aber diese hier würde er nicht mehr entkommen lassen. Dieses Mal hatte er sich vorbereitet. Er hatte gründlich recherchiert. Manchmal auf nicht ganz legalen Wegen. Aber das musste sein. Nur, weil er sich dieses Wissen um Tina angeeignet hatte, konnte er sie für sich gewinnen. Und dieses Wissen sagte ihm, daß er wirklich nichts überstürzen durfte, sonst war sie weg, bevor die Falle zuschnappen konnte. Das durfte nicht geschehen. Er bemerkte, daß ihr Rock wieder hoch gerutscht war. Konnte er es jetzt wagen? Sie schien seine Gedanken erraten zu haben und sah ihn aufmunternd an. Also gut. Vorsichtig legte er eine Hand auf ihr Knie. Und, sie schob ihn weder weg, noch zuckte sie zurück. Stattdessen legte sie ihre Hand auf seine. Eine Weile fuhren sie so dahin. Als er dann schließlich doch mal schalten musste, nahm er seine Hand weg und legte sie auch nicht wieder drauf. Sein Schwanz meldete ihm, daß dies doch zu riskant sei. Hoffentlich merkte sie es nicht. Die Gaststätte kam in Sicht. „Wirklich schön gelegen" meinte Tina, als sie ausstiegen. Sie suchten sich einen Platz im Biergarten unter den Kastanienbäumen. Kaum saßen sie, fiel Jörg auch schon eine der stacheligen Früchte auf den Kopf. „Aua." Tina konnte nicht anders, sie musste lauthals lachen und er fiel sogleich mit ein. Auch die Leute an den anderen Tischen lachten mit. Es fielen noch so einige Kastanien herab, aber Gott sei Dank nicht mehr von dem Baum unter dem sie saßen, aber eine landete mit einem Platsch im Bierkrug eines Gastes am Nebentisch, was auch sehr zur Erheiterung aller Gäste beitrug. Das Essen war, ganz anders als Tina es in einem Biergarten erwartet hätte. Es war sehr köstlich und passte so gar nicht zur eher rustikalen Umgebung. Als sie fertig waren, fuhr Jörg doch zurück in die Stadt, aber in einen anderen Stadtteil. Durch Zufall parkten sie direkt am Eingang des Stadtparks. Beide waren noch nie hier gewesen und schlenderten nun, Händchen haltend, zwischen japanischen Touristen und heimischen Rentnern hindurch. Sie fütterten die Schwäne und machten sogar eine Fahrt mit dem Tretboot auf dem, einst künstlich angelegten, See. Tina war so glücklich, wie schon lange nicht mehr. Und erstmals erzählte Jörg auch etwas über sich. Über seine Kindheit und Jugend, ein wenig über seine Arbeit, und er sagte ihr auch, daß er schon eine gescheiterte Ehe hinter sich hätte. Natürlich war fast alles erstunken und erlogen. Alles war nur Mittel zum Zweck. Er wusste, Tina war ihrerseits noch nicht bereit über ihre Kindheit zu reden. Wahrscheinlich wusste sie vieles gar nicht mehr, hatte es verdrängt. Das hätte er auch getan, wäre ihm das zugestoßen, was sie durchleiden hatte müssen. Sie war krank ohne es zu ahnen. Ihre Seele war zerstört worden. Sie meinte, stark zu sein. Sie meinte ganz gut alleine zurechtzukommen. Nun, bald würde sie pleite sein und dann würde er zur Stelle sein. Er würde sie großzügig in sein Haus aufnehmen…

Ein Ball, der vor seinen Füssen landete, riss ihn aus seinen Gedanken. Er hob ihn auf und warf ihn den Kindern zu, die sogleich damit weiter spielten. Er liebte Kinder. Hoffentlich bekamen sie mal ganz viele davon. Als Tina ihn so sah, wie er den Kindern nachsah, gab es ihr einen Stich. Sie konnte an seinem Blick erkennen, daß er Kinder würde haben wollen. Aber sie wollte keine. Oder doch? Sie war verwirrt. Eigentlich hatte sie sich noch nie Gedanken darum gemacht. Es war ja auch nie nötig gewesen. Sie hatte ja nicht einmal einen Mann gehabt. Sie schüttelte diesen Gedanken auch gleich wieder ab. Noch waren sie nicht so weit, um sich darüber sorgen zu müssen. Sie war ja noch jung. Ihre biologische Uhr würde noch ein Weilchen ticken. Sie kamen an einen kleinen Eiswagen heran. Da es ein richtig schöner Altweibersommertag war, gönnten sie sich je zwei Kugeln. Tina fühlte sich so verliebt, wie ein Teenager. Obwohl, das konnte gar nicht sein, weil wenn sie genau überlegte, war sie als Teenager gar nie verliebt gewesen, zumindest konnte sie sich nicht entsinnen. Eigentlich wusste sie gar nicht, wie sich Verliebtsein anfühlte. Sie konnte nur vermuten, daß es sich so anfühlte, wie gerade eben. Auch Jörg schien verliebt zu sein. Er nahm wieder ihre Hand, führte sie auf eine Wiese und sie setzten sich ins Gras. Schweigend beobachteten sie die Menschen um sich herum. Dann drückte er sie ganz ins Gras, legte sich halb auf sie und küsste sie lange und ausgiebig. Die Welt um sie herum versank im Nebel ihrer Liebe zueinander. Schließlich löste er sich von ihr, erhob sich und reichte ihr seine Hand um ihr aufzuhelfen. Ihre Lippen waren ganz geschwollen. Etwas verschämt glättete sie ihr Kleid und blickte sich verstohlen um, ob nicht jemand Anstoß an ihnen genommen hatte. Aber keiner schien Notiz von dem Pärchen genommen zu haben. Naja, sie hatten sich ja nur geküsst. Seine Hände waren nicht auf Wanderschaft gegangen. Langsam traten sie ihren Rückweg zum Auto an. Das erwies sich jedoch als gar nicht so leicht, weil sie beide noch nie in diesem Park gewesen waren und auch nicht so sehr darauf geachtet hatten, wo sie das Auto abgestellt hatten. Der Park hatte mehrere Ausgänge und erst der Dritte erwies sich dann als der richtige. Aber das war egal. Es war so ein wunderschöner Tag. Tina würde später diesen Tag in ihrem Tagebuch als „ein gestohlener Tag" bezeichnen. Sie schrieb alles auf, was sie so erlebte. Mit den Jahren hatte sie schon eine ganze Kiste voller Tagebücher. Manchmal las sie auch in ihren alten Geschichten. Nur nicht in den ganz alten. Vor denen fürchtete sich aus irgendeinem Grund. Jörg hingegen hatte sie gelesen. Alle. Er hatte ja auch zwei Jahre Zeit gehabt. Er hätte sich auch drei Jahre Zeit genommen, wenn es nötig gewesen wäre. Aber zwei hatten gereicht. Erst als er alles wusste, hatte er Kontakt zu ihr aufgenommen. An ihre Tagebücher zu kommen war leicht gewesen. Er brauchte dafür nur den Hausmeisterjob. Dadurch bekam er dann auch den Generalschlüssel, mit dem er sich Zugang zu ihrer Wohnung verschaffen konnte, wann immer er wollte. Sie war ja den ganzen Tag nicht da und würde auch nie überraschend zurückkommen. Trotzdem blieb er nie lange dort. Er schnappte sich immer nur ein oder zwei Tagebücher und wenn er sie gelesen hatte, brachte er sie zurück und holte sich die nächsten. Nur einmal, da hatte er seine Neugier nicht zügeln können und deshalb noch in ihrer Wohnung angefangen zu lesen. Die Aufzeichnungen stammten aus ihrer Pubertätsphase. Es las sich fast wie ein Liebesroman. Sie schrieb immer so, als wäre ihr Tagebuch eine Freundin, die ihr gerade gegenüber sitzt und der sie nun alles erzählt. So fing sie auch diesen Eintrag mit „liebes Tagebuch" an. Dann entschuldigte sie sich dafür, es nicht mitgenommen zu haben, aber sie hätte es auf diesem Campingplatz nicht sicher verste-

cken können. Dann erzählte sie, wie sie sich verliebt hatte.

Er ist verheiratet und neunzehn Jahre älter
als ich. Seine Frau und Mama haben sich
auf Anhieb gut verstanden und die Männer
sowieso, hatten sie doch dasselbe Hobby: Bier
trinken. Erst dachte ich ja, das ist nur für
eine Schwärmerei, das wird schon wieder
vergehen.

Aber jetzt mal von Anfang an. Ankunft. Un-
ser Platz war ganz hinten. Papa hatte wohl-
weislich reserviert, denn das war in jeder
Hinsicht, der letzte Platz. Somit hatten wir
aber auch nur einen Nachbarn, hinter uns
und an der anderen Seite waren Büsche
und Bäume. So brauchte ich nicht immer
vor zu den Toiletten und Duschräumen lat-
schen, wenn ich nur „ein kleines Geschäft"
verrichten musste. Das Nachbarpärchen hat-
te eine kleine Tochter. Auf die musste ich
dann immer aufpassen. Ich musste sogar
zeitig mit ihr zusammen schlafen gehen,
weil sie sich allein im Zelt fürchtete. Aber ich
hab ihr dann jeden Abend eine schaurig
gruselige Geschichte erzählt und nach einer
Woche wollte sie auf einmal doch lieber al-
lein im Zelt bleiben. Keiner fragte sie nach
dem Grund. Und so durfte ich fortan auch
mit am Lagerfeuer sitzen, so lange ich Lust
dazu hatte.

Jörg schloß kurz seine Augen und stellte sich die
gerade zur Frau erwachende, vierzehnjährige

Tina, im Schein dieses Feuers vor. Er konnte gut nachvollziehen, daß sich dieser B.J. damals in seine Tina verguckt hat. Er liest weiter: *am zweiten hat er mich fast den ganzen Abend angestarrt, hatte schon Angst Papa merkt was. Aber der war mit den beiden Frauen beschäftigt. Keiner hat auf uns geachtet. Als ich dann zu den Toiletten bin, ist er mir gefolgt. Nicht sofort, das wäre aufgefallen. Aber als ich wieder rauskam, stand er lässig an die Wand gelehnt da. Erst hat er nichts gesagt und dann ganz unvermittelt. „ich liebe Dich."*
Ich hab geantwortet „Du spinnst. Und überhaupt Du bist doch verheiratet." Dann bin ich zurück und hab mich in mein Zelt verkrochen. Am nächsten Tag sind die Frauen mit der Kleinen zum Shoppen und die Männer legten sich mit dem obligatorischen Dosenbier an den See, wo Papa bald einschlief. Da hat B.J. sich zu mir geschlichen und wir haben lange geredet. Und dann, einen Abend später hab ich mich dann auch in ihn verknallt, und ihm das auch gesagt. Von da an, hat er jede Gelegenheit genutzt, mich allein zu erwischen und mich dann geküsst. Ganz oft hinter den Büschen. In mein Zelt ist er aber nie gekommen, obwohl ich es mir schon gewünscht hätte. Andererseits dachte ich immer wenn seine Frau das merkt, bringt sie mich um, und wenn Papa was merkt, dann bringt er ihn um. Trotz-

dem lauerte er mir immer wieder auf. Er konnte wirklich gut küssen.

Die folgenden Seiten überflog er dann, es stand im Grunde immer dasselbe drin. Bis zu der Stelle wo sie schrieb: *er war da!!! Es hat sich rausgestellt, daß sie in einem Dorf keine zehn Kilometer von hier wohnen. Hab das im Urlaub gar nicht mitbekommen. Sie werden uns wohl öfter besuchen.*

Mist, fast hätte er die Zeit vergessen. Er packte das Buch ein und sah zu, daß er verschwand. Aber kaum zuhause, las er weiter, in der Hoffnung, sie würde irgendwann den Namen des Mannes preisgeben, der sie offensichtlich mit auf dem Gewissen hatte. Aber das tat sie nicht.

Die folgenden Einträge waren voller Hoffnung und Freude über das Wiedersehen. Sie hatten auch heimliche Treffen arrangieren können, wo es aber nie zu mehr gekommen war. Sie schrieb, daß sie nicht verstand, warum er sie nicht wollte. Und dann schrieb sie:

Er war tatsächlich da und dieses Mal hat er meine Brüste berührt. Das war schön.

Aber nur wenige Tage später schrieb sie, daß sie gehört hätte, wie seine Frau ihrer Mutter erzählt hatte, daß er sich mit einer anderen in einem Hotel getroffen hätte. Und die war nicht mal hübsch gewesen. Im Gegenteil. So eine fette, alte Kuh. Die hatte wohl auch das Zimmer bezahlt. Sie schrieb alles immer so bildhaft auf, daß er jede Situation vor seinem inneren Auge wie einen Film ablaufen sah. Jörg hätte zu gerne gewusst, wer dieser Mann war, der ihr solches Leid angetan hatte. Er hatte mit ihren Gefühlen gespielt, ihr immer wieder Hoffnung auf mehr gemacht. Irgendwann schrieb sie dann:

Es hilft nichts, ich werde mich wohl endlich damit abfinden müssen, daß er sich nicht meinetwegen scheiden lassen wird. Eigentlich will ich das auch gar nicht. Man kann sein Glück nicht auf dem Unglück anderer aufbauen.

Nicht lange danach, hatten die beiden sich doch scheiden lassen, nicht seinetwegen, sondern weil seine Frau ein Verhältnis mit dem Nachbarn angefangen hatte. Da hatte sie erneut Hoffnung geschöpft. Aber sie hatte vergebens gewartet. Er war nie zu ihr gekommen, hatte nie Kontakt aufgenommen. Und sie hatte sich nicht getraut, zu ihm zu gehen. Manchmal stand sie, so schrieb sie, vor seinem Wohnblock und wartete darauf, daß er herauskäme und sie ihm dann „zufällig" über den Weg laufen könne. Aber dazu war es wohl nie gekommen, sonst hätte sie das sicher aufgeschrieben. Im Winter des gleichen Jahres war es dann zu diesem Unfall gekommen und die Einträge über den Unbekannten, nur aus der Ferne geliebten, hörten auf. Stattdessen versuchte sie wohl verzweifelt, sich an Zeiten vor dem Unfall zu erinnern. Jörg interessierten hauptsächlich die Einträge, die sie nach ihren Besuchen bei der Therapeutin gemacht hatte. Die waren nicht ganz so verworren und für ihn sehr aufschlussreich. Und was

34

er so zwischen den Zeilen zu lesen glaubte, brachte sie ihm nahe. Wäre Jörg eine Frau, hätte er wohl des Öfteren vor Rührung beim Lesen dieser Zeilen geweint. Obwohl sie nie direkt darüber geschrieben hatte, war er sich ziemlich sicher, daß sie missbraucht worden war. Nur von wem? War es der Typ gewesen, in den sie verliebt war oder ihr Vater? Letzteren hatte er doch arg in Verdacht, obwohl er in ihren Aufzeichnungen kaum Erwähnung fand. Vielleicht gerade deswegen. Sie stellte immer wieder dieselben Fragen: Wer war mein Vater? Und: Warum ist er nicht mehr da? Ihre Vergangenheit war voller Geheimnisse und doch auch wieder nicht, wenn man zwischen den Zeilen zu lesen verstand.

Nun, er hatte auch so seine Vergangenheit. Auch wenn er die seine nicht aufgeschrieben hatte, so erinnerte er sich sehr wohl an vieles. Zum Beispiel daran, wie seine Mutter gewesen war. Sie war schön. Und sie hatte ihn geliebt, dessen war er sich sicher. Und daher hatte ihn das, was sie getan hatte auch besonders schmerzlich getroffen. Er war von der Schule gekommen, da hatte dieser Brief auf dem Küchentisch gelegen. >Für Paul< stand drauf. Paul war sein Vater. Er hatte sich hingesetzt und pausenlos dieses Kuvert angestarrt, als wolle er versuchen hindurchzusehen, um lesen zu können, was darin stand. Natürlich ging das nicht, er hatte ja keinen Röntgenblick. Kurz hatte er überlegt, das Kuvert über Wasserdampf zu öffnen. Aber sie hatten einen Gasherd und es war ihm nicht erlaubt, diesen ohne Aufsicht anzufeuern. Also hatte er es sein lassen. Und ausgerechnet an diesem Tag kam sein Vater auch noch besonders spät nach Hause. Jörg hatte bis dahin weder gegessen noch getrunken, geschweige denn seine Hausaufgaben gemacht. Er hatte einfach nur dagesessen und gewartet. Sogar seine Jacke und seine Straßenschuhe hatte er noch an. Aber das bemerkte sein Vater gar nicht. Er starrte, wie er, auf das Kuvert. Jörg hatte damals nicht begriffen, was da eigentlich los war. Seine Eltern hatten nie gestritten; zumindest nicht in seiner Gegenwart. Somit war er immer davon ausgegangen, daß sie sich liebten und alles in Ordnung war. Nun, sein Vater machte nun den Eindruck, als wüsste er schon, was in diesem Brief stehen würde. Mit zitternder Hand nahm er ihn und ging damit in sein Privatbüro. Seinen Sohn hatte er völlig ignoriert. Jörg stand nun auf, ging ebenfalls zum Bürozimmer, blieb aber vor der Tür stehen. Vorsichtig legte er sein Ohr daran und versuchte etwas Verwertbares zu erlauschen. Erst hörte er nichts, dann ein Stöhnen gefolgt von einem Aufschluchzen und dann ein Geräusch, das er nicht zuordnen konnte. Schnell entfernte er sich wieder, wusste erst nicht so recht wohin, ging dann in sein Zimmer und versuchte zu verstehen, was geschehen war. Aber er verstand nicht. Am nächsten Morgen fragte er dann ganz leise und schüchtern: „Kommt Mama wieder?" Woraufhin sein Vater nur antwortete: „diese Hure kann bleiben, wo der Pfeffer wächst!" Von da an ward seine Mutter, wenn die Rede auf sie kam, immer nur „die Hure" genannt. Er hatte nie erfahren, was genau passiert war und warum, hatte diesen Brief nie zu Gesicht bekommen, vermutlich hatte sein Vater ihn zerrissen. Er hatte nie wieder geheiratet. Jörg wusste auch gar nicht, ob er überhaupt geschieden worden war. Nie wieder hatte eine

Frau die Schwelle ihres Hauses übertreten. Wenn sein Vater einen gewissen Druck in seinen Lenden verspürte, dann ging er ins Puff. Daraus machte er nie einen Hehl. Und er lehrte seinen Sohn, daß alle Frauen Huren waren. Das hatte sich in Jörgs Gehirn eingebrannt. Aber er hasste dieses innerliche Tattoo. Er wollte es nicht glauben. Sein Vater hatte Unrecht. Immerhin waren die Eltern seines damals besten Freundes, heute, nach inzwischen zwanzig Ehejahren, immer noch zusammen. Obwohl, seine eigenen Erfahrungen waren da wieder ganz anders. Egal was er gesagt oder getan hatte. Am Ende war ihm noch jede Frau davongelaufen. Aber bei Tina würde es anders werden. Weil sie anders war. Sie war wie er. Auch sie suchte nach wahrer Liebe. Und auch sie war verletzt worden und enttäuscht. Er würde sie halten, mit allen ihm zur Verfügung stehenden Mitteln. Notfalls würde er sie sogar einsperren. Nur für so lange, bis sie einsah, daß er der einzig Richtige für sie war. „Ja genau". Schließlich hatte Gott ihn zu ihr geführt. Davon war er felsenfest überzeugt. „Und was Gott zusammengeführt hat, darf der Mensch nicht wieder trennen! Niemals!" Er musste nur behutsam vorgehen. Was ihn zu der Frage brachte, wie er sich nun weiterhin verhalten sollte. Sie waren fast schon bei ihrer Wohnung angekommen. Bestimmt erwartete sie von ihm, daß er noch mit hoch kam. „Oder nicht?" Er war sich unsicher, obwohl er glaubte, alles über diese Frau zu wissen. Mehr als sie selbst über sich wusste. Und da waren sie auch schon und sogar freier Parkplatz direkt vor dem Haus. Er stoppte den Wagen, zog den Zündschlüssel aber nicht ab. Sie sah ihn an. „Warum zögert er?" Auch sie ist unsicher, was nun geschehen soll. Einerseits will sie mehr, andererseits soll es nicht zu schnell gehen. Nun zieht er doch den Schlüssel ab und steigt aus. Er geht ums Auto herum und öffnet ihr- ganz Gentleman - die Wagentür. Er reicht ihr sogar seine Hand um ihr beim Aussteigen behilflich zu sein. Da muß sie dann doch grinsen und das bricht den Bann. Beide fangen an zu lachen. Sie wissen gar nicht warum, aber sie lachen, bis ihnen schließlich die Tränen kommen. Und schon sind sie im Haus und dann in ihrer Wohnung. Plötzlich läuft alles wie selbstverständlich. Wie Ertrinkende fallen sie übereinander her. Er wollte ihr gerade ihr Höschen herunter reißen, da klingelt es an der Tür. Erschrocken fahren beide hoch. Tina legt ihren Zeigefinger an ihre Lippen um ihm zu bedeuten leise zu sein. Vielleicht würde der Störenfried ja wieder verschwinden und sie könnten da weitermachen, wo sie gerade unterbrochen worden waren. Aber das Klingeln wurde energischer und noch durch lautes Klopfen unterstützt. „Fräulein Tina!" rief da jemand. Jörg sah Tina fragend an. „Das ist die Alte von nebenan. Die hat immer noch nicht mitgekriegt, daß man Fräulein nicht mehr sagt" flüstert Tina. Jetzt folgte ein Dauerklingeln und aus dem Klopfen wurde ein heftiges Pochen mit der Faust. „ Ich weiß, daß sie da sind! Wollte heute in Ihren Laden kommen. Aber der war zu!" „Ausgerechnet. Jahr und Tag war die noch nicht bei mir im Laden. Und heute, wo ich mal geschwänzt habe, da fällt es ihr ein". Tina wurde klar, daß die Alte nicht freiwillig das Feld räumen würde und begann sich anzuziehen. Jörg schickte sie kurzerhand ins Bad um dann, widerwillig, die Tür zu öffnen; allerdings nicht ohne vorher vorsichtshalber den Riegel vorgelegt zu haben. Diese Maßnahme erwies sich auch sogleich als sehr weise, denn die Alte wäre sonst sofort in ihre Wohnung gestürmt. So aber, blieb sie, buchstäblich auf halbem Wege, hängen. Sie war ziemlich erbost darüber, zum zweiten Mal an diesem Tag vor einer verschlossenen Tür zu stehen und tat ihren Unmut darüber, lauthals kund. Tina wartete geduldig, bis sie genügend Luft abgelassen hatte um dann freundlich zu fragen, was sie denn gewollt hätte. „Nichts, ich wollte nur sehen, was los ist. Sind sie krank?" Die Alte versuchte in die Wohnung zu spähen, aber der Türspalt war zu schmal. Das ärgerte sie erneut. Tina ließ sich dadurch nicht beirren, meinte nur, sie hätte sich spontan einen freien Tag gegönnt und sie könne ja morgen in ihren Laden kommen, da wäre wieder geöffnet. Dann wünschte sie Frau Weber noch einen schönen Abend und machte die Tür zu. Frau Weber blieb dann noch für circa eine Minute etwas konsterniert dreinblickend vor der Tür stehen, wie Tina durch den Spion sehen konnte, ging aber dann endlich zurück in ihre eigene Wohnung.

„Du kannst wieder rauskommen;" rief Tina in Richtung ihres Badezimmers. Jörg kam angezogen und ernüchtert wieder hervor. Der Zauber war verflogen. Ohne Worte schritt er an ihr vorbei zur Tür, öffnete sie und ging. Jetzt war sie es, die konsterniert schaute. Wie angeklebt stand sie da, unfähig auch nur mit einem Auge zu zucken, geschweige denn, einen Fuß zu rühren. Irgendwann, es kam ihr wie Stunden später vor, schüttelte sie ihren Kopf, wie um wieder Ordnung in ihre Gedanken zu bringen, ging zur Tür und blickte hinaus um zu sehen, ob er vielleicht doch noch dort im Flur stand. Aber er stand nicht da. Er war gegangen. Einfach so. Klar, die Alte hatte gestört, aber sie war ja wieder fortgegangen. Sie hätten ein Gläschen Wein trinken können und dann …

Aber es gab kein „dann" mehr. War es jetzt vorbei? Tina hatte keine Erfahrungen mit Beziehungen. Sie wusste nicht, ob er wiederkommen würde.

Jörg war inzwischen unten angekommen. Er hatte die Treppe genommen. Jetzt saß er in seinem Auto und schlug mit seinen Händen auf das Lenkrad ein. „Verdammt!"" Einerseits. „Gott sei Dank!" Andererseits. Es wäre viel zu schnell gegangen, in jeder Hinsicht. Als er im Bad war, hatte er sich wieder einen runtergeholt, so einen Druck hatte er gehabt. Diese Frau war reines Dynamit und war sich dessen vollkommen unbewusst. Das machte sie noch explosiver. Er wollte doch bis nach der Eheschließung warten. Das war wichtig, gehörte zu seinem Plan. Nur so glaubte er, sie halten zu können. Nur indem er sich zurückhielt, konnte er sie für sich gewinnen. Und es funktionierte. Tina war bereit, alles zu tun, um diesen Mann zu bekommen. Sie hatte schon vergessen, daß es die Nachbarin war, die sie gerettet hatte.

Jörg nimmt nun sein Handy und tippt:

>Es tut mir leid. Will dich wieder sehen. Ich liebe Dich Kuss Jörg<.

Tinas Herz vollführt einen regelrechten Hüpfer, als sie die Nachricht liest. Sie eilt zum Fenster, sein Auto ist nicht mehr da. Aber er würde wiederkommen.

Jörg ist nicht wirklich weg gefahren. Er hat sein Auto nur umgeparkt und steht nun wieder dort unten, wo sie ihn nicht sehen kann. Er sie auch nicht, aber er sieht noch lange ihr Licht brennen. Doch selbst als es längst erloschen ist, fährt er nicht nach Hause. Er bleibt bis zum Morgengrauen. Er hat Sehnsucht. Dieses Gefühl hatte er noch nie zuvor gehabt. Nur so ein ähnliches, damals, als er sich seine Mutter zurück wünschte. Diese Hure. Er dachte das immer noch, obwohl er inzwischen wusste, daß zu einer Trennung immer zwei gehörten und seine Mutter nicht die alleinige Schuld daran zu tragen hatte. Die Jahre, die sein Vater ihn allein großziehen musste, hatte er Gelegenheit genug gehabt, ihn wirklich kennen zu lernen. Und er mochte nicht wissen, was hinter der geschlossenen Schlafzimmertür so alles geschehen war. Er würde es besser machen, als sein Vater. Viel besser als alle anderen Ehemänner zusammengenommen. Sie würden schon sehen. All die blöden Weiber, die abgehauen waren, würden sich ihn zurückwünschen, aber dann würde es zu spät sein. Dann gehörte er Tina und sie würde ihm gehören.

Dienstagmorgen.

Tina fühlt sich wie gerädert, als ihr Wecker sehr nachdrücklich zu verstehen gibt, daß es an der Zeit ist, aufzustehen. Aber da half alles nichts. Heute musste sie raus. Nochmal schwänzen ging auf gar keinen Fall, auch wenn wieder niemand kommen würde. Obwohl, eine würde sicher kommen. Die Fette war inzwischen Stammkundin und würde erneut ihre geänderten Fetzen abholen kommen. Sie schauderte bei dem Gedanken an die zu erwartende Geruchsbelästigung. Iiihh. Tina schüttelt sich und macht sich daran ihren Kaffee aufzubrühen. Sie stand dafür jeden Tag extra etwas früher auf. Frisch gebrüht schmeckte einfach am besten. Kaffeemaschinen waren für sie die reinsten Bakterienbrüter. Es gab immer Stellen, die nicht zu reinigen waren. Und billiger war ihre Methode auch. Einen Latte Macchiato konnte sie auch so zaubern, dafür genügte der kleine Quirl aus dem Euro-Shop. Überhaupt hielt sie viele Küchenmaschinen für überflüssig. Vielleicht änderte sich das ja, wenn sie mal Kinder hatte. Da war er schon wieder: dieser Gedanke an Kinder. Wieso nur dachte sie auf einmal so? Dieser Jörg war wohl ihr persönlicher Deckel. Ihre Mutter hatte das immer gesagt: „ jeder Topf findet mal seinen Deckel.“ Sie hatte wohl recht damit. Beschwingt durch diese Erkenntnis hopste sie eine halbe Stunde später, alle fünf Stockwerke die Treppe hinab. Fast wäre sie auf der Straße noch weiter gehopst, aber ihre Nachbarin kam gerade von der anderen Seite auf das Haus zu, da ließ sie es doch lieber sein. Stattdessen ging sie gemäßigten Schrittes und freundlich grüßend an Frau Weber vorüber. Diese grüßte auch ebenso freundlich zurück, als hätte es den gestrigen Vorfall nie gegeben. Und natürlich kam sie nicht nochmal im Laden vorbei. Das fette Stinktier allerdings schon. Sie wusste, es war nicht recht, eine Kundin als solche, wenn auch nur in Gedanken, zu betiteln. Nur leider stimmte es halt. Gott sei Dank hatte sie es eilig gehabt und es hatte genügt, die Tür eine Welle offen stehen zu lassen, um den Duft, den besagte Dame hinterlassen hatte, wieder zu vertreiben. Bis zur Mittagspause blieb es ruhig. Sie hatte gerade abgeschlossen und war nach hinten gegangen, als es klopfte. Kurz war sie geneigt, es zu ignorieren, da kam ihr in den Sinn, daß es ja Jörg sein könnte und daher lugte sie vorsichtig um die Ecke. Da war er tatsächlich! Sie war schon drauf und dran nach vorne zu springen und ihm zu öffnen, als ihr einfiel, wie schmählich er sie am Vortag verlassen hatte – ohne ein Abschiedswort. Vielleicht sollte sie doch so tun, als wäre sie zum Mittagessen weg. Aber er war beharrlich, klopfte nochmal. Er hatte sie ja längst gesehen. Das wurde ihr dann auch schnell klar. Sie schnappte sich ihre Tasche und ging nach vorne. Er begrüßte sie mit einem Kuß auf die Wange und tat, wie zuvor ihre Nachbarin, so, als hätte es ein Gestern nie gegeben. Das war komisch. Er fragte sie, ob sie Essen gehen wolle und wohin und sie meinte: „

gerne zum Chinesen, dort gibt es günstiges Mittags Buffet." „Einverstanden. Auf zum Chinesen." Der Chinese war in Wirklichkeit Koreaner, aber das war egal, das Essen war lecker. Tina liebte die Suppen und noch mehr die gebackenen Bananen. Den Reis ließ sie immer weg, dann passte mehr von den anderen guten Sachen in sie rein. Und zu zweit, stellte sie fest, schmeckte es nochmal so gut. Früher saß sie oft allein am Tisch oder, wenn es sehr voll war, dann wurde sie irgendwo zu fremden Leuten dazugesetzt. Manchmal entwickelten sich daraus ganz nette Gespräche und auch Bekanntschaften aber manchmal war es auch peinlich, weil sich die Gäste durch sie gestört fühlten. Einmal war es so schlimm, daß sie, ohne etwas zu essen, wieder gegangen war. Die hatten schlagartig aufgehört zu reden und sie nur alle angestarrt. Da hätten sie lieber gleich sagen sollen, daß der Platz besetzt ist und nicht erst nicken und „jaja, schon okay" sagen. Sie erzählte Jörg beim Essen all diese kleinen Anekdoten, die sie bisher in diesem Lokal erlebt hatte. Das waren so einige, weil sie jede Woche einmal herkam, obwohl sie es sich eigentlich nicht leisten konnte. Sie sparte dafür an anderer Stelle. Im Sparen war sie gut. Sie war eine wahre Sparfüchsin. Jede Tube, jede Plastikflasche wurde aufgeschnitten, um auch noch das letzte Tröpfchen vom Inhalt rauszuholen. Noch kaltes Wasser fing sie auf, bis es warm aus der Leitung kam und verwendete es dann zum Blumen gießen oder zum Kochen.

Auch kalten Tee oder Kaffee schüttete sie in ihre Blumentöpfe. Das sparte den Dünger. Es gab keinen besseren Dünger als Kaffee. Selbst das Eierkochwasser oder Nudelwasser bekamen ihre Pflanzen. Nichts wurde verschwendet. Jörg wusste das alles und liebte sie auch dafür. Die Mittagspause verging wie im Flug und vor lauter erzählen hätte sie beinahe die Zeit übersehen. Jörg hingegen hatte die ganze Zeit über seine Uhr im Blick gehabt. Er musste pünktlich zurück ins Büro. Auch er konnte sich so schnell keinen „blauen Tag" mehr erlauben. Sein Chef hatte gestern, nachdem er sich krank gemeldet hatte, eine Kollegin losgeschickt, um nach ihm zu sehen. Diese hatte natürlich bemerkt, daß er nicht zu Hause war und das dem Chef auch gesagt, die blöde Kuh. Dafür würde er sich bei Gelegenheit noch revanchieren. Aber nicht mehr in diesem Jahr. Es sollte sie völlig unvorbereitet treffen und sie sollte nicht auf die Idee kommen können, es hätte etwas mit ihm zu tun. Außerdem hatte er jetzt keinen Kopf dafür. Seine oberste Priorität war: Tina heiraten. Und er wollte Kinder mit ihr haben. Ganz viele Kinder. Aber alles der Reihe nach. Ein Schritt nach dem anderen. Nur nichts übereilen. Er atmete tief durch und ging erst mal wieder seiner Arbeit nach, von der Tina immer noch nichts wusste. Ihr war das auch egal. Sie liebte diesen Mann. Das reichte. Ihr Nachmittag verging wieder quälend langsam, obwohl sie hinten eine neue Tasche kreierte. Es war wieder ein wundervolles Einzelstück geworden. Aber niemand würde es zu schätzen wissen. Die kauften lieber eine Ledertasche aus Massenproduktion für 20€, die von Kindern oder Sklavinnen – anders konnte man diese armen Näherinnen nicht bezeichnen – und unter menschenunwürdigen Bedingungen, genäht wurden. Hauptsache billig. Ist doch egal ob die dann vier Wochen oder vier Monate halten (meist ist dann der Reißverschluss kaputt oder der Riemen gerissen), dann gibt es eben eine Neue. Kaum einer legt mehr Wert auf Qualität und Nachhaltigkeit. Während sie so näht und darüber nachdenkt sagte sie auf einmal laut zu ihren Taschen gewandt: „diese Tussen da draußen sind es gar nicht wert, Euch auch nur anschauen zu dürfen." Wütend und enttäuscht schleudert sie ihr aktuelles Werk in die Ecke.

Da geht ihre Ladentür auf, und als sieht wer hereingekommen ist, verpufft ihre schlechte Stimmung augenblicklich, so schnell wie ein Schmetterlingsfurz (furzen Schmetterlinge eigentlich?). Jörg war da. Keine Sekunde zu spät. Andernfalls hätte sie womöglich noch ihre Schere genommen und all ihre Kreationen zerstört. Dabei war sie anfangs so euphorisch gewesen und jeder den sie kannte, hatte sie darin bestärkt, diesen Laden hier aufzumachen. „Du machst tolle Taschen" haben sie gesagt. Nur gekauft hat sie noch keiner. Zuvor, als sie sie noch verschenkt hatte, da wollte jede eine haben. Aber dafür bezahlen?! Ein paar wenige kamen ab und zu vorbei oder schickten andere Bekannte, die kauften dann auch was. Aber es waren einfach zu wenige um auf Dauer davon leben zu können. Als sie damals von zu Hause weggegangen war, war sie nicht weit gekommen. Mit gerade einmal achtzehn Jahren hatten ihr einfach die Mittel dazu gefehlt. Sie hatte eine Lehre als Näherin begonnen und hatte das Glück gehabt, daß im Haus ihres Chefs ein kleines Zimmer leer stand. Der Streit mit ihrer Mutter hatte sich in der Kleinstadt schnell herumgesprochen und man hatte Mitleid mit ihr gehabt. Als sie dann zwei Jahre später mit der Lehre abgeschlossen hatte, war sie endgültig weg gezogen. Da ihr Chef nichts für das Zimmer genommen hatte und sie meistens auch noch verköstigt wurde, hatte sie fast ihr gesamtes Lehrgeld sparen können. Dann hatte sie bei verschiedenen Modelabels gearbeitet, erstens um Erfahrungen zu sammeln und zweitens, weil sie sehr reisefreudig war. Wirklich befriedigt hatte sie das aber nicht. Sie wollte mehr. Um eigene Mode zu kreieren, fehlte ihr allerdings das Talent. Dann war ihr die Idee mit den Taschen gekommen. Das machte ihr Spaß. Hier konnte sie ihrer Kreativität freien Lauf lassen. Und sie musste dabei nicht so haargenau arbeiten. Am Ende hatte sie es geschafft, ihren eigenen Laden zu eröffnen. Auch wenn er nicht so gut lief, wie erhofft, war sie doch irgendwie Stolz darauf. Aber über all das wollte sie sich jetzt keine Gedanken mehr machen. Das konnte warten. Jetzt war er da. Und wie toll er wieder aussah, selbst nach einem langen Arbeitstag. Sie hingegen, sah bestimmt schrecklich aus. Es waren noch fünfzehn Minuten bis Ladenschluss. Sie spielte kurz mit dem Gedanken, trotzdem schon abzuschließen, aber nachdem sie gestern gar nicht erst aufgemacht hatte, wagte sie es nicht. Obwohl sie ihre eigene Chefin war. Und tatsächlich, es kam noch jemand. Es war eine großgewachsene, schlanke Frau. Schon etwas älter, aber noch recht jugendlich in Jeans gekleidet. Sie hatte die Haare schwarz gefärbt und war ein wenig zu grell geschminkt, für Tinas Geschmack. Aber Kleidung und vor allem die Schuhe wirkten teuer. „Da könnte was gehen", dachte Tina und begrüßte die Kundin aufs herzlichste. Diese erwiderte ihren Gruß und steuerte sogleich auf ihre, wie sie selbst fand, schönste Tasche zu. Auf die Frage nach dem Preis antwortete Jörg, der sich bisher im Hintergrund gehalten hatte mit:

„ 450 €. Ein absolut einzigartiges Designerstück. Sie werden keine zweite dieser Art auf der ganzen weiten Welt finden, gnädige Frau." Tina und die Kundin drehten sich gleichzeitig zu Jörg um und blickten ihn erstaunt an. Tina war buchstäblich die Spucke weggeblieben, sie brachte keinen Ton heraus, weder um zu widersprechen, noch um seine Forderung zu bestätigen. Sie war vollkommen perplex. Die Kundin hingegen schien den Preis für angemessen zu halten und sagte: „ Sie haben vollkommen Recht junger Mann. Gekauft." Jörg räusperte sich kurz um Tina aus ihrer Lethargie zu wecken. Diese hüstelte nun ebenfalls vor lauter Verlegenheit, eilte dann zu ihrer Kasse, nahm die 450€ entgegen, die die Kunden so locker aus ihrer Tasche zog, als wäre das Nichts, tippte, legte wie in Trance die Scheine in die Schublade, schob diese zu und klemmte sich dabei fast einen Finger ein. Sie schaffte es noch, die Kundin zu fragen, ob sie eine Tüte wolle, was diese dankend ablehnte um dann wieder aus dem Laden zu entschweben. Tina starrte ihr noch eine ganze Weile hinterher, so lange, bis sie um die nächste Ecke bog, dann drehte sie sich zu Jörg und wusste nicht recht, ob sie ihn ausschimpfen sollte, ob seiner Frechheit oder küssen. Sie entschied sich kurzerhand fürs Küssen. Immerhin hatte sie im ganzen Monat nicht so viel eingenommen wie in den letzten zehn Minuten dieses Arbeitstages. Und dann, zwischen zwei Küssen, da stellte er ihr die Frage aller Fragen: „Tina, willst Du meine Frau werden?" Und sie antwortete während eines weiteren Kusses mit ihrer Zunge in seinem Mund: „ Jall, ill will."

Sechs Monate später war es dann soweit. Es war nur eine kleine Hochzeit, weil sie beide keine große Familie hatten und auch nicht erpicht darauf waren, die paar Verwandten, die es gab, auf ihre Kosten durchzufüttern. Nur Eltern, Paten und ein paar Freunde und Freundinnen natürlich. Eltern war auch nicht so ganz richtig, weil es sich dabei nur um Tinas Mutter und Jörgs Vater handelte. Die beiden verstanden sich komischer Weise auch auf Anhieb gut. Jörg scherze, sie sollen es sich nicht einfallen lassen, ebenfalls zu heiraten, weil dann ihr Verwandtschaftsverhältnis zueinander etwas komisch wäre. Tina überlegte kurz und sagte darauf: „dann wären wir ja Geschwister, oder?" Das fanden alle recht lustig, außer Jörg. Er lachte nicht. Diese Vorstellung gruselte ihn. Er war sich nicht sicher, ob ihre Ehe dann nicht annulliert werden würde. Obwohl, sie waren ja nicht blutsverwandt. Und gab es da nicht diesen Song, wo es darum ging, daß einer am Ende sein eigener Großvater war? Er hatte sowas immer für unmöglich gehalten, aber nun wurde im klar, daß es wohl doch möglich war. Wie auch immer. Es war egal. Das einzige was zählte war, daß er heute endlich tun durfte, wonach ihn schon so lange verlangte. Er hatte aber auch ein wenig Angst davor. Also nicht vor dem Sex an sich, sondern vor ihrer Reaktion. Was, wenn er damit ihre Schutzmauer des Vergessens zum Einsturz brachte? Andererseits war ihr Petting in letzter Zeit immer heftiger geworden, und sie hatte keinerlei Anzeichen gezeigt, daß es ihr nicht gefallen hätte, auch keine Hemmungen für mehr. Im Gegenteil. Er hatte sie immer bremsen müssen. „ Wir wollten doch warten, bis wir verheiratet sind" hat er gesagt. Sie war mit jedem Mal enttäuschter gewesen und einmal hatte sie ihm sogar vorgeworfen, er würde sie nicht lieben. Und er hat dann gesagt, daß er eben, weil er sie so sehr liebe, noch warten wolle. Das hatte sie dann wieder besänftigt, aber nicht befriedigt. Sie wusste zwar nicht, was wirkliche Befriedigung war, wie sich das anfühlte, aber sie wusste doch, daß das, was sie da taten, nicht alles war. Ihr fehlte nur die praktische Erfahrung, theoretisch hatte sie schon genug darüber gelesen. Obwohl die Gruppe nur klein war, wurde trotzdem ausgiebig gefeiert und getanzt und so konnte Jörg seine Braut erst gegen zwei Uhr morgens über seine Schwelle tragen. Endlich. Leider.

Fast zwei, Jahre waren seit ihrer Hochzeit vergangen.
Bald hatten sie wieder Hochzeitstag. Ihr graute davor. Sie dachte an ihre Hochzeitsnacht. Die war noch schön gewesen. Er hatte sie ganz behutsam entkleidet und jedes Stück Haut, das dabei frei wurde, mit zarten Küssen bedeckt. Irgendwie hatte er es geschafft, gleichzeitig sich selbst zu entkleiden, ohne daß sie etwas davon gemerkt hätte. Auf einmal standen sie beide nackt voreinander. Sie hatten sich schon oft so gesehen, wenn sie Petting gemacht hatten. Trotzdem war es in dieser Nacht irgendwie anders. Jetzt würde „es" zum ersten Mal richtig passieren. Er hob sie hoch und trug sie zum Bett. Weiße Satinlaken umfingen sie. Es fühlte sich gleichzeitig warm und kühl auf ihrer Haut an. Er legte sich neben sie und sagte, sie solle ihre Augen schließen, was sie auch tat. Nun begann er sie zu streicheln. Vom Petting her wusste er schon, wo er sie wie anfassen musste um ihre Lust zu steigern. Sie begann sich daher auch schon sehr bald unter seinen Händen zu winden. „Nimm mich endlich" flehte sie und diesmal erhörte er sie. Er hatte ja schon geahnt, daß sie sich eng anfühlen würde, aber gleich so eng? Sie schrie kurz auf, als er auch noch den letzten Rest seines Schwanzes in sie schob. Er hielt still.

So lange, bis sie selbst anfing sich zu bewegen. Oh, Gott, was für eine Frau. Er hatte gedacht, sie erst „zureiten" zu müssen. Aber sie war schon eine perfekte Stute. Leise Zweifel stiegen in ihm hoch, ob sie wohl heimlich geübt hatte? Aber das konnte ja nicht sein, er hatte sie ja nie aus den Augen gelassen. Nie auch nur eine Sekunde lang. Er wusste immer zu welchem Zeitpunkt sie sich wo befand. Seine Frau würde keine Gelegenheit bekommen, ihn wegen eines anderen zu verlassen. Sie würde gar nicht erst den Wunsch dazu haben. Dafür würde er schon sorgen. Und plötzlich saß sie auf ihm. Das war schön, aber das ging nicht. Auf gar keinen Fall! Er war der Herr! Beinahe hätte er die Beherrschung verloren und ihr das schon in der Hochzeitsnacht gezeigt. Aber das hatte sie nicht verdient. Sie musste erst noch lernen. Und so ließ er sie gewähren. Dieses eine Mal sollte sie oben sein. Aber nur dieses eine Mal. Und sie genoss es. Sie konnte ja nicht ahnen, daß es das erste und letzte Mal so sein würde.

Es gelang ihm meistens, zärtlich zu bleiben. Noch war sie nicht so weit. Wie gehabt musste alles ganz langsam und schleichend vonstattengehen. Sie durfte nicht bemerken, was er vorhatte. Und sie bemerkte auch nichts. Bis zu ihrem ersten Hochzeitstag. Da kamen erste Zweifel in ihr auf. Erst lief alles ganz romantisch ab. Er hatte ihr Frühstück ans Bett gebracht und einen großen Strauß wunderschöne rote Rosen. Sie frühstückten gemeinsam und als er das Tablett zur Seite stellte, dachte sie erst, er würde sie nun verführen. Er küsste sie und dann flüsterte er ihr ins Ohr, daß er eine Überraschung für sie hätte. „Noch eine?" Sie hatte geglaubt, das Frühstück und die Blumen wären schon die Überraschung gewesen. Sie wusste, daß Männer in der Regel Hochzeitstage eher zu vergessen pflegten. Er sagte: „ja, meine Stute. Heute erfährst du deine Einführung." Dann ging er zur Kommode, holte eine Tüte daraus hervor und übergab sie ihr feierlich. Zögernd griff sie hinein und holte etwas heraus, von dem sie nicht so recht wusste, was das sein sollte. Es sah aus wie ein Hundehalsband mit Leine dran. Aber sie hatten doch gar keinen Hund. Sie griff abermals in die Tüte und fühlte etwas Hartes. Als sie es herauszog, sah sie, daß es sich um Handschellen handelte. Was hatte er nur damit vor? Ihr wurde etwas mulmig. Da war noch etwas. Eine Maske und eine Augenbinde. Während Tina einen Gegenstand nach dem anderen aus der Tüte zog, es waren noch Kondome, Gleitmittel und diverse Spielzeuge darin, hatte Jörg noch etwas anderes aus der Kommode geholt. Eine Gerte. Um sie darauf aufmerksam zu machen, klatschte er damit in seine Hand. Etwas erschrocken blickte sie nun auf. Was sollte das alles? Sie bekam Angst. Aber sein Gesichtsausdruck wirkte nicht so, als würde er sie schlagen wollen.

„Nun, meine kleine Stute, wirst du ins Bad gehen, dich waschen, rasieren und die Sachen anziehen, die ich für dich dort bereit gelegt habe!" Er sagte es sanft und gleichzeitig herrisch, sodass ihr klar sein musste, daß jeglicher Widerspruch bestraft werden würde. Er unterstrich seinen Befehl mit einem erneuten Klatschen der Gerte in seine Hand. „Okay", dachte sie, „dann spiel ich mal mit". Irgendwie war das Ganze ja auch aufregend. Mal was anderes. Eine halbe Stunde später trat sie in ihrem neuen Lederoutfit aus dem Badezimmer. Jörg hatte sich auch in Leder gekleidet. Was nun folgte, hätte Tina allerdings nicht erwartet. Wobei, sie hatte eigentlich nichts wirklich erwartet, weil sie ja keine Ahnung von solchen Spielereien hatte. Jörg legte ihr das Halsband mit der Leine dran um, verband ihr die Augen und führte sie in Richtung Haustür. Dort legte er ihr einen Mantel um und zog ihr dann noch hochhackige Schuhe an. Dann befahl er ihr so stehen zu bleiben. Sie wagte kaum zu atmen. Stand einfach nur da und wartete. Sie versuchte zu erlauschen, was er vorhatte. Er war zurück ins Schlafzimmer gegangen. Was tat er dort nur so lange? Die Wartezeit kam ihr mit den verbundenen Augen viel länger vor, als sie tatsächlich war. Er hatte sich nur kurz noch was übergezogen. Auf einmal stand er hinter ihr und raunte in ihr Ohr: „ streck deine Hände vor!" Sie tat es und er legte ihr die Handschellen an. Dann nahm er sie an der Leine und führte sie in die Garage. Sie traute sich nicht zu fragen, was er mit ihr vorhatte. Sie war zugleich ängstlich und freudig erregt. Er half ihr beim Einstieg ins Auto aber als er selbst drinnen saß und losgefahren war, redete er nur in äußerst strengem Ton mit ihr. Sie verstand kein Wort. Also die Worte verstand sie schon – akustisch - aber nicht ihren Sinn. „Wir sind da." Sie hörte, wie die Beifahrertür geöffnet wurde. „Steig aus!" Die Leine wurde wieder gegriffen und sie wurde erst eine Treppe hoch und dann wo hinein geführt. Wieder wurde sie dazu angehalten zu warten. Er nahm ihr den Mantel ab und verschwand. Sie vernahm gedämpfte Laute. Stimmen und ... Musik? Wo hatte er sie nur hingebracht? Plötzlich wurde an ihrer Leine gezogen. Sie hatte gar nicht bemerkt, daß ihr Herr schon wieder da war. So viel hatte sie vorhin auf der Herfahrt verstanden, daß sie ihn mit „mein Herr" oder „mein Gebieter" anzureden hatte. Und sie hatte um bestimmte Dinge zu bitten und nach Schlägen zu danken. Das war alles so verwirrend. Jetzt wurden die Stimmen und die Musik lauter. Sie waren wohl drin. Jörg schien sie nun einmal im Kreis zu führen. Die angekündigte Vorführung hatte begonnen. Sie hörte einige „ohs" und „ahs". Es roch nach Lack und Leder und nach...-Tina wusste es nicht genau - irgendwie erregend - Moschus? Dann, Tina schien es eine halbe Ewigkeit später, wurde sie eine Treppe hinab geführt. Dabei ging Jörg wieder ganz behutsam mit ihr um. Aber nur bis sie unten angelangt waren. Sie hörte nun ein Durcheinander an Stöhn- und Klatschlauten. Jetzt schien es ihr, als würden sie einen Raum betreten. Sie erhielt den Befehl ihre Arme zu heben. Jemand ergriff sie und band sie fest. War das Jörg oder einer der Fremden? Hände fassten sie an, streichelten sie, kniffen sie. Ein Klatsch auf ihren Po. Dann noch einer. Jetzt ein kurzes Ziehen an ihrer linken Brustwarze und gleich darauf an ihrer rechten. Sie wusste nicht so recht, wie sie diese Gefühl, daß sich nun einstellte, einordnen sollte. Es zwickte ein wenig, war aber trotzdem irgendwie schön, lustvoll. Nicht weit von ihr war wohl eine weitere Frau. Sie hörte ganz deutlich ihr Stöhnen und Aufkeuchen. Und plötzlich musste auch sie Aufkeuchen als sie völlig unerwartet ein Hieb mit der Gerte traf. Jörg sah den roten Streifen, der sich augenblicklich gebildet hatte. So lange hatte er auf diesen Augenblick gewartet. Heute würde er sie vollkommen unterwerfen. Er schlug nochmal zu, und nochmal und dann befahl er ihr, laut mitzuzählen. Er achtete darauf, nicht zu fest zu schlagen, aber doch fest genug, damit sie es auch spürte. Auf einmal bemerkte er, wie sich Tinas Tonlage veränderte. Die Schlampe schien doch tatsächlich Gefallen an diesem Spiel zu finden. Und wahrhaftig tat sie das. Und das erschreckte sie noch mehr, als es der erste Hieb getan hatte. Wieso nur erregte sie Schmerz? Das war doch nicht normal! War sie jetzt pervers? War Jörg pervers? Was, wenn er zu weit ging, wenn er die Grenze überschritt? Wo lag überhaupt ihre Grenze? Wo seine?

Aber darüber musste sie sich eigentlich keine Gedanken machen. Jörg wusste ganz genau, daß er es nicht übertreiben durfte. Ihm war schon klar, daß er sie langsam, Schritt für Schritt in die SM-Praktiken einführen musste. Daher stoppte er seine „Bestrafung" auch nach 20 Schlägen. Nein, 21, weil sie sich nicht unmittelbar dafür bedankt hatte. Er befreite ihre Arme und nahm ihr die Handschellen ab. Die Augenbinde aber nicht. So war es leichter für sie. Er führte sie wieder nach oben, wo sich die Bar befand und gab ihr zu trinken. Einen Cocktail. Sie liebte Cocktails. Und er liebte sie. Obwohl er eigentlich wusste was er vorhatte, war er sich nun doch etwas unschlüssig darüber, ob er sie nochmal nach unten führen sollte. Sie schwieg. Wartete einfach nur darauf, was als nächstes geschehen würde. Ihr Hintern brannte etwas. Jetzt bemerkte er, daß sie die Klammern noch dran hatte und das deutete ihm, nochmal mit ihr in den Sündenpfuhl hinabzusteigen. Sie schaffte es diesmal ohne Hilfe, weil sie vorhin die Stufen gezählt hatte. Er wählte einen anderen Raum. Hier tummelten sich die ganz Soften, die nicht wirklich etwas mit SM am Hut hatten, aber doch gerne mal zuschauen wollten. Die wirklich ganz Harten waren noch ein Stockwerk tiefer. Etwas unschlüssig sah er sich um. Es war nicht viel zu erkennen, weil es so dunkel war. Dann entdeckte er die Liebesschaukel. Ja. Das war jetzt genau das Richtige. Er nahm wieder die Leine und führte sie hin. Sogleich kamen ihm andere Männer zu Hilfe um Tinas Arme und Beine durch die Schlaufen zu fädeln. Jetzt hing sie völlig hilflos mit weit gespreizten Beinen in der Luft. Oh, mein Gott, was für ein Gefühl! Sie fühlte eine Zunge zwischen ihren Beinen, oder waren es zwei? Gleichzeitig zwickten ihre Brustwarzen, weil jemand an dem Kettchen zwischen den Klammern zog. Sie fühlte den Orgasmus in sich aufsteigen und schaffte es gerade noch so, um Erlaubnis zu bitten, als sie auch schon kam. Und nochmal. Und nochmal. Es hörte gar nicht mehr auf. Und dann wurde sie gefickt. Nicht nur von Jörg. Das fühlte sie. Das war es, was er ihr eigentlich hatte schenken wollen. Grenzenlose Lust. Damit sie nie auf die Idee kommen würde, fremd zu gehen. Er wollte sie so lange durchficken lassen, bis sie wirklich genug hatte. Als sie nach dem fünften Mann aber immer noch nicht „genug" rief, wie von ihm eigentlich geplant, da bekam er doch Zweifel an seiner Idee. War sie Nymphomanin? Nein, das hätte er bemerkt. Auch nach dem achten wollte sie wohl immer noch nicht aufhören. Aber er wollte. Abrupt scheuchte er den letzten von ihr weg, obwohl der noch gar nicht fertig war, nahm sie von der Schaukel, entfernte ihre Augenbinde, fasste ihre Hand und führte sie nach oben. Dort setzten sie sich erst einmal an die Bar. Sie brauchten beide einen Drink. Er, um einen klaren Kopf zu bekommen und sie um wieder zu Atem zu kommen. Sie war sich noch nicht bewusst, was da unten eigentlich wirklich mit ihr passiert war.

Wieder zu Hause, war das Spiel aber noch nicht vorbei. Während der Rückfahrt hatte er einen

neuen Plan ersonnen. Er hatte ja nicht damit gerechnet, daß ihr das Schlagen solche Lust bereiten
würde. Nun war es aber so, und er wollte das für
sich ausnutzen. Sie hatten kaum ihr Haus betreten, da schlug er wieder den Befehlston an. Und
sie ging sofort darauf ein. Sie kniete sich hin und
hob ihm wie befohlen, ihren wundervoll prallen,
aber nicht zu dicken, Hintern entgegen. Er sagte
ihr, daß er sie nun für ihre Wollust bestrafen würde und sie nahm ihre Bestrafung würdevoll entgegen. Sie zählte brav die Schläge mit und bedankte
sich im Anschluss auch ganz artig. Und dann, er
meinte erst, nicht richtig zu hören, bat sie um
mehr. Das erregte ihn so sehr, daß er die Beherrschung verlor und sie so lange schlug, bis sie
wimmernd vor ihm lag.

So war also dieser erste Hochzeitstag gewesen.
Und bald würde der zweite kommen. Was, wenn
er sich wieder verlor?
Er hatte sie in der Zwischenzeit nicht mehr geschlagen. Nicht einmal damit gedroht. Einerseits
war sie froh darum, andererseits war es doch irgendwie erregend für sie gewesen. Sie hatte sich
danach im Internet kundig gemacht und gelesen,
daß sie nicht pervers war. Sie hielt sich dennoch
für nicht so ganz normal. Ihre Neigung musste
einen Grund haben. Womöglich war sie als Kind
missbraucht worden? Sie könnte ihre Mutter fragen, aber seit ihrer Hochzeit hatten sie keinen
Kontakt mehr. Das fiel ihr gerade erst auf. Wieso
hatte ihre Mutter sich nicht mehr gemeldet? War
sie krank oder gar tot? Sie beschloss, sofort bei

ihr anzurufen. Aber als sie ihr Telefon nahm, stellte sie fest, daß die Nummer nicht mehr gespeichert war. Das konnte doch nicht sein. Sie war sich ziemlich sicher, daß sie sie nicht gelöscht hatte. Scheisse. Sie suchte ihr altes Adressbüchlein. Aber auch das war verschwunden. Es befand sich nicht mehr in der Schublade, wo sie es ursprünglich mal hineingelegt hatte. Tina ahnte nicht, daß Jörg es gewesen war, der einige ihrer Nummern gelöscht hatte. Nämlich all jene, die zu Personen gehörten, von denen er sich bedroht fühlte. Er wollte verhindern, daß jemand seiner Tina irgendwelche Flausen in den Kopf setzte. Daher hatte er auch dafür gesorgt, daß Tina ihre eh schon sehr losen Bekanntschaften völlig aufgab. Nur er allein wollte für sie da sein und sie sollte nur für ihn da sein. Die einzigen anderen Personen, die er dulden würde, wären seine Kinder. Aber daran haperte es noch. Obwohl er genau wusste, wann Tina ihren Eisprung hatte und sie dann auch immer beglückte, hatte es immer noch nicht geklappt. Verdammt. Das machte ihn wütend. Auch davon hatte Tina keinen Schimmer. Und auch nicht, daß er plante, seiner Wut an ihrem Zweiten Hochzeitstag freien Lauf zu lassen. Aber sie hatte ein ungutes Gefühl im Nacken. Sie wollte das Büchlein finden. Irgendwo musste es doch sein. Dann fiel ihr der Dachboden ein. Sie stieg hinauf, um dort ihr Glück zu versuchen. Als sie all die Kisten sah, kam ihr der Tag ihres Einzugs wieder in den Sinn. Da Jörg bis zur Hochzeitsnacht hatte warten wollen, war sie erst nach dieser in dieses Haus eingezogen. Sie hatte nie viel besessen, daher konnte der Umzug einem einzigen Tag vollzogen werden. Sie hatte sich so gefreut gehabt und wollte gerade ihre erste Kiste auspacken, als Jörg sagte, er würde alles lieber erst einmal auf dem Dachboden verstauen, es wäre ja alles vorhanden, was sie brauchten. Nur ihren Sekretär, ein Erbstück aus dem Nachlass ihrer Tante, und ein Bücherregal nebst ihren Büchern durfte sie am Ende in einer Ecke des Wohnzimmers aufstellen. Damals war ihr das nicht weiter komisch vorgekommen, hatte Jörg doch völlig Recht gehabt mit seinem Argument, daß ja alles schon da wäre Aber auch dort konnte sie es nicht finden, dafür aber etwas anderes: ihre Tagebücher. Die hatte sie ja völlig vergessen. Instinktiv nahm sie aber nicht die ganze Kiste mit nach unten, sondern erst einmal nur eins der Tagebücher. Das würde sie leichter vor Jörg verbergen können. Denn, daß er sie kontrollierte, hatte sie, nach zwei Jahren Ehe mit ihm, schon bemerkt. Und auch, daß er krankhaft eifersüchtig war und daher ständig herumsuchte. Da Jörg an dem Tag noch bei der Arbeit war, hatte sie Gelegenheit gehabt, eine Stunde lang darin zu lesen, bevor sie dann anfangen musste, zu kochen. In dieser einen Stunde las sie folgendes:

So ein Scheiß! Niemand versteht mich. Wie auch, ich versteh mich ja selber kaum. Ich will sterben. Aber ich will auch leben. Nur nicht so. Nicht mit diesem blöden Gefühl. Ich weiß nicht, wer ich bin oder was. Seit ich aus dem Krankenhaus zurück bin, ist alles so komisch. Ich kann mich an nichts erinnern. Und meine Mama redet nicht mit mir. Zumindest sagt sie nichts, wenn sie redet.

Weicht meinen Fragen immer irgendwie
aus.

Tina hält kurz inne und denkt nach. Sie wusste gar nichts mehr aus dieser Zeit. Dem Datum nach war sie damals gerade sechzehn gewesen, also mitten in der Pubertät. Sie liest weiter.

Wer war mein Vater? Hatte ich überhaupt
einen Vater? Mama spricht nie über ihn.
Aber irgendwie muß ich ja entstanden sein.
Mama ist je keine Blume. Sie wurde bestimmt
nicht von einer Biene bestäubt.

Als Tina das Wort „Vater" liest, läuft ihr kurzweilig ein kalter Schauer über den Rücken. Wieso? Manchmal passierte das auch, wenn Jörg mit ihr schlief. Hing das zusammen? Sie überfliegt die nächsten Absätze nur und bleibt dann bei einem Eintrag hängen, der aufgrund der kaum leserlichen Schrift sehr emotional geladen scheint.

Etwas ist passiert. Ich fühle es. Ich hatte wie-
der diesen Traum, wo ein Mann ohne Ge-
sicht mir weh tut. Und dann sagt er immer,
daß ich niemandem davon erzählen darf.
Mama will davon aber nichts wissen. Sie
sagt, ich soll das meiner Therapeutin erzäh-
len. Aber die lenkt dann immer auf ein an-
deres Thema. Langsam glaube ich, die
macht das absichtlich. Erst haben alle so ge-
tan, als wollten sie mir helfen, meine Erin-
nerung wieder zu finden. Aber wenn ich

dann was finde, dann soll ich das gleich
wieder eingraben. Ich hasse sie! Ich hasse sie
alle! Verdammt!!!!

Tina versteht nicht. Was hatte sie vergessen? Und warum? Was war das für ein Unfall gewesen? Sie hatte gehofft, durch das Lesen ihres Tagebuches Antworten darauf zu finden, warum sie so geworden war. Warum sie Lust bei Schlägen empfand, aber auch Angst davor hatte. Und dann fiel ihr auf, daß sie nicht nur über sich selbst nichts wusste, sondern auch über Jörg. Immer noch nicht. Seit ihrer Hochzeit lebte sie in einer Wolke aus - ja aus was eigentlich? Sie lebte nur noch für Jörg oder vielmehr durch Jörg. Sie pflegten lose Kontakte zu Nachbarn und Kollegen, zu ihren alten Freunden allerdings nicht mehr, wie ihr gerade klar wurde. Jörg hatte ganz geschickt dafür gesorgt, daß ihre Kontakte nach und nach absterben. Wenn sie dann doch mal einer Einladung folgen mussten, dann achtete er penibel darauf, daß Tina keine zu tiefschürfenden und schon gar keine Vier-Augen-Gespräche mit jemandem führte. Bisher hatte Tina das nicht so wirklich bemerkt. Aber nun fiel ihr alles wie Schuppen von den Augen. Sie war eine Gefangene. Das musste sich ändern. Und zwar schleunigst. Oh, verdammt. Fast hätte sie die Uhrzeit übersehen. Sie musste das Tagebuch noch verstecken. Aber wo? Jörg durfte es nicht finden. Sie sah sich in der Küche um und dann entdeckte sie das ideale Versteck: Hinter der Deckleiste unter einem der

Schränke. Die Leiste löste sich nicht sofort und sie befürchtete schon, daß sie sich ein anderes Versteck würde suchen müssen. Aber dann schaffte sie es doch. Dahinter hatte sich jede Menge Staub angesammelt, das hatte sie nicht erwartet. Sie zögerte. Egal. Ein bisschen Dreck würde nichts ausmachen. Sie schob die Leiste wieder davor und achtete sorgsam darauf, damit sie auch wieder ordentlich einrastete. Dann kehrte sie den Staub davor weg und machte sich ans Kochen. Jörg war nämlich immer auf die Minute pünktlich.

Eine Stunde später war er auch schon da. Sie aßen schweigend, wie immer. Und obwohl Tina das eigentlich so gewohnt war, wirkte dieses Schweigen auf sie diesmal bedrückend. Sie wollte es brechen, wusste aber nicht wie. Ihr brannten so viele Fragen unter den Nägeln. Zum Beispiel was Jörg eigentlich arbeitete. Wie viel er verdiente. Es war wohl viel, weil er sie immer großzügig mit Haushaltsgeld versorgte. Zumindest für die Einkäufe des täglichen Bedarfs. Wenn sie für sich selbst mal was wollte, dann kam er immer mit und bezahlte mit seiner Karte. Hin und wieder legte er ihr auch einen Katalog auf den Tisch und sie durfte sich was bestellen. Und diese Haus? War es abbezahlt? Gehörte es ihnen oder wohnten sie darin zur Miete? Sie wusste es nicht. Hatte sich nie Gedanken darum gemacht. Alles was da war, war halt da. Woher es kam, war ihr bisher egal gewesen. Aber jetzt, wo sie entdeckt hatte, daß sie nicht einmal so recht wusste, woher sie selbst eigentlich kam, da wollte sie das alles wissen. Jörg hingegen hing seinen ganz eigenen Gedanken nach. Er plante den baldigen zweiten Hochzeitstag. Natürlich hatte er einen neuerlichen Besuch im SM-Club vor. Er hatte auch schon ihr Outfit dafür gekauft. Diesmal hatte er es aber nicht in der Kommode versteckt. Sie sollte ja überrascht werden. Obwohl sie bestimmt schon was ahnte. Daß sie nichts aus ihrer Vergangenheit wusste, hieß ja nicht, daß sie blöd war. Was hatte sie heute nur? Sie wirkte irgendwie unzufrieden. Ihre Blicke trafen sich, doch noch immer sagten sie nichts. Endlich war das Essen beendet. Jörg stand auf, räusperte sich etwas verlegen und begann den Tisch abzuräumen. Das tat er immer. Und wie immer spülten sie gemeinsam. Also, er spülte, und sie trocknete ab und räumte alles wieder an seinen Platz. Erst taten sie auch das schweigend und dann platzte es aus ihr heraus: „was ist eigentlich dein Beruf?" Eigentlich eine ganz einfache und auch legitime Frage einer Ehefrau. Trotzdem wusste er im ersten Moment nicht, was er antworten sollte. Sie hatte noch nie dergleichen gefragt.

„Hallo?!"

Er antwortete mit einer Gegenfrage: „wieso interessiert dich das auf einmal?"

„Wieso nicht?"

Ja, wieso nicht. Es war ihr gutes Recht, das zu fragen. Nur warum ausgerechnet jetzt?

„Du bist doch kein Mafiaboss oder beim Geheimdienst oder so?"

„Nein, bin ich nicht."

„Also, warum sagst du es mir dann nicht einfach?" Scheisse, warum machte sie das nur? Konnte sie nicht einfach den Mund halten und brav sein, wie bisher? Er fühlte Wut in sich aufsteigen. Er fühlte, wie ihm die Selbstkontrolle entglitt. Er machte sich Luft, indem er den Teller, den er gerade in der Hand hatte, gegen die Wand schleuderte, wo er in Tausend Stücke zerbarst. Jetzt war ihm leichter. Tina stand mit offenem Mund da. Was hatte sie getan? Sie hatte doch nur eine einfache Frage gestellt. Klar, das hatte sie noch nie getan. Aber es war doch nicht verboten, etwas zu fragen, oder? Wortlos holte sie Kehrschaufel und Besen unter der Spüle hervor und begann die Scherben wegzufegen. „Es tut mir leid", kam es aus ihm hervor. Sie sagte nichts dazu; verfiel wieder in ihr übliches Schweigen. Sie würde ein andermal Fragen stellen, wenn kein Geschirr in Gefahr war. Obwohl, wenn er keinen Teller gehabt hätte, hätte er dann sie geschlagen? Sie beschloss, alles beim Alten zu lassen. Es war ja im Grunde egal, woher ihr Geld kam. Hauptsache es kam. Nur ihre Mutter hätte sie schon gerne angerufen. Nun, sie konnte ihr ja schreiben. Die Adresse wusste sie auswendig und wenn sie genau überlegte, eigentlich auch die Telefonnummer. Hoffnung keimte in ihr auf. Womöglich kehrten ihre Erinnerungen ja doch zurück. Am nächsten Tag wählte sie die Nummer, von der sie dachte, es wäre die ihrer Mutter. Und ja, sie hatte sich nicht getäuscht. Ihre Mutter reagierte jedoch nicht sehr erfreut, schimpfte sogar mit ihr, weil sie sich so lange nicht gemeldet hatte. Tina kam gar nicht dazu, ihr zu erklären, weshalb, weil sie gleich nach den Beschimpfungen auflegte. Eine Weile starrte Tina fassungslos auf den Hörer, dann legte auch sie auf. Die Vergangenheit würde wohl noch warten müssen.

Zweiter Hochzeitstag.
Tina hatte die ganze Nacht kein Auge zugetan. Sie hatte Angst. Der Vorfall vor ein paar Tagen in der Küche, die Tagebucheinträge, die sie seither gelesen hatte, das Telefonat mit ihrer Mutter, all das verwirrte sie zutiefst. Sie war der Lösung ihres Rätsels noch keinen Schritt näher gekommen. Vielleicht sollte sie eine Therapeutin aufsuchen? Doch darüber würde Jörg bestimmt nicht begeistert sein. Sie hatte schon gemerkt, daß er etwas vor ihr verbarg. Er wusste was. Das spürte sie. Sie drehte ihren Kopf und sah ihn an. Wenn er schlief, sah er so zerbrechlich aus. Gar nicht wie ein Herr und Meister. Bestimmt würde er den „Herrn" heute wieder herauskehren. Hoffentlich ging er nicht wieder zu weit. Ihr Hintern war damals grün und blau gewesen, fast schon schwarz. Es hatte Wochen gedauert, bis nichts mehr davon zu sehen war. Was hatte ihn nur so wütend gemacht? Obwohl – nein – wütend war er gar nicht gewesen. Eher außer Rand und Band. Und da-

nach, nachdem er sie so geschlagen hatte, hatte er noch auf sie onaniert. Aber wenn es keine Wut gewesen war, die ihn dazu angetrieben hatte, was war es dann? Jörg drehte sich nun zu ihr, öffnete seine Augen ein wenig und murmelte, noch völlig schlaftrunken: „Guten Morgen, Schatz. Alles Gute zum Hochzeitstag."

Sie antwortete: „Danke, Dir auch." Dachte aber: „aha, jetzt schon keine Blumen mehr und kein Frühstück ans Bett." Er bemerkte nichts davon, schlief nochmal ein und stand dann zwei Stunden später auf. Tina war schon in der Küche und gerade dabei den Kaffee aufzubrühen; auch Jörg mochte ihn so am liebsten. Sie nahm die Croissants aus dem Backofen und stellte sie auf den Tisch. Deren Duft war unwiderstehlich und hob ihrer beider Stimmung sogleich um einige Grade. Jörg machte ihnen dann noch Rühreier mit Speck. Und während sie all die Leckereien aßen und dann noch Sekt dazu schlürften, wurden sie immer gelöster und fingen schließlich zu turteln an, wie in alten Zeiten. Tina schöpfte neue Hoffnung. Vielleicht würde dieser Tag doch nicht so schlimm werden. Sie sollte sich noch gründlich täuschen. Jörg hatte alles bis ins kleinste Detail geplant. Er war ein Meister der Manipulation. Er hatte natürlich das Tagebuch entdeckt und wusste daher, warum sie auf einmal angefangen hatte, Fragen zu stellen. Und heute würde er sie dafür bestrafen, damit sie nie wieder Fragen stellte. Sie sollte sich an ihre Aufgaben halten. Ihre Häuslichen und

Sexuellen Aufgaben. Das war doch nicht zu viel verlangt, oder? Sie hatte sich nur um diese beiden Dinge zu kümmern, seit sie mit ihrem Laden endgültig Pleite gegangen war. An manchen Tagen würde er ihr am liebsten schon morgens eine Ohrfeige verpassen. Wenn sie nur nicht so schön wäre. In dieses wundervolle Gesicht konnte er einfach nicht schlagen. Egal. Er hatte diesen Tag so sorgsam geplant, also würde er ihn auch durchziehen. Abrupt stand er auf und sagte: „so, meine gute Stute. The same procedure as every year. Ab ins Bad mit dir. Es liegt schon alles bereit." Tina gehorchte.

Für diesen besonderen Tag hatte er rotes Leder gewählt. Sie hatte ein wenig Schwierigkeiten, mit dem Ankleiden, aber mit ein paar Verrenkungen schaffte sie es am Ende doch. Sie hätte ihn rufen können, ihr dabei zu helfen, aber sie wollte alles so lange wie möglich hinauszögern. Fast eine volle Stunde später trat sie dann aus dem Bad. Jörg war schon fertig und hatte wieder die Gerte in der Hand. Sofort fiel sie auf die Knie, erwartete seine Schläge. Aber er tat nichts. Saß nur da und bewunderte sie. So unterwürfig hatte er sie am liebsten.

„Liebst du mich?"

„Ja. Mein Herr."

„Komm her!"

Sie ging auf allen Vieren zu ihm. Er legte ihr wieder das Halsband mit der Leine an, aber keine Handschellen. Sie würde heute freiwillig tun, was er befahl. Um es ihr etwas leichter zu machen, streifte er ihr eine Maske über. Ihre vollen Lippen wurden dadurch noch mehr betont. Diese Lippen würden noch viel voller werden. Er hatte vor, sie Schwänze blasen zu lassen. Viele Schwänze. Ficken würde sie kein anderer mehr, auch wenn sie darum bettelte. Und das würde sie. Dafür würde er schon Sorge tragen.

„Es wird Zeit, zieh deinen Mantel und diese Stiefel dort an und dann ab zum Auto."

Stolz und mit erhobenem Haupt schritt sie zum Auto, das er absichtlich schon aus der Garage herausgefahren hatte. Es war ihr egal, ob sie die Nachbarn so sahen. Als er ihr die Maske übergestreift hatte, war sie zu einer anderen geworden. Sie fühlte wieder diese Hitze zwischen ihren Beinen. Allein der Gedanke an den Club hatte sie feucht werden lassen. Sie wollte es. Egal was er mit ihr tun würde, sie würde es genießen. Sie liebte ihn. Immer noch. Trotzdem. Oder gerade deswegen?

Am nächsten Morgen als sie aufwachte, tat ihr alles weh. Dann krampfte sich ihr Magen zusammen. Sie schaffte es gerade noch ins Bad zu kommen, da kotzte sie auch schon. Mitten auf den Badezimmerteppich. Was war nur passiert? Sie konnte sich nur bruchstückhaft erinnern. „Das scheint wohl mein Schicksal zu sein, alles zu vergessen", denkt sie. Sie fühlte sich so schwach. Jetzt kam Jörg ins Bad. Er sieht die Bescherung und setzt schon an, sie dafür auszuschimpfen, besinnt sich dann aber, als er ihre Augenringe bemerkt. Das Schlechte Gewissen packte ihn. Er hätte das vielleicht doch nicht zulassen dürfen. Einer der männlichen Gäste hatte ihm so ein Pulver zugeschoben. Er hatte gemeint, damit würde seine Frau total abgehen. Ja, und abgegangen war sie. Wie eine Rakete. Mann oh Mann. Er hatte nicht vorgehabt dieses „Gang Bang" mit Tina zu veranstalten. Ganz bestimmt nicht. Er wollte nicht, daß andere Männer in sie drangen. Er hatte alles doch ganz anders geplant gehabt. Aber dann hatte er selbst auch ein wenig von diesem Pulver genascht und es gab kein Halten mehr. Es war so geil gewesen. Besonders, als dann auf einmal zwei gleichzeitig mit Tina zu Werke gingen. Sie hat geschrien. Aber nicht vor Schmerz, das konnte er deutlich vernehmen. Sie hatte es genossen, da war er sich sicher. Nur jetzt bekam sie die Quittung dafür. Und er war schuld. Er würde es wieder gut machen. Vorsichtig hob er sie auf und führte sie zum Waschbecken, damit sie sich ihren Mund ausspülen konnte. Dann trug er sie zurück ins Bett. Nachdem er ihr Kamillentee aufgebrüht und ihn ihr zusammen mit einer Kopfschmerztablette gebracht hatte, machte er die Sauerei im Bad weg. Tina trank derweil den Tee in kleinen Schlucken und versuchte sich zu erinnern, was gestern genau passiert war. Sie erinnerte sich an die Ankunft. Er hatte sie erst wieder einmal im Kreis geführt und dann an die Bar. Dort hatte schon so ein Typ gesessen, hatte gar nicht mal so schlecht ausgesehen. Jörg und er haben sich ganz kurz unterhalten. Wegen der lauten Musik hatte sie aber nichts verstanden. Dann hatte Jörg ihr wieder einen Cocktail spendiert. Daß er zuvor ein Pulver untergemischt hatte, war ihr entgangen.

Dann sah sie sich noch diese Treppe hinabsteigen und dann…

Was war dann? Sie hasste diese Unwissenheit. Ihr Po brannte nicht, also war sie wohl nicht geschlagen worden. Trotzdem, schmerzte er. Aber eher innerlich. Aber das konnte doch nicht sein. Oder doch? War sie etwa anal penetriert worden? Erschrocken setzte sie sich auf, legte sich aber wegen der unmittelbar aufsteigenden Übelkeit augenblicklich wieder zurück in ihre Kissen. „Scheisse." Jetzt kam ihr doch die Möglichkeit in den Sinn, daß man ihr sowas wie eine Droge untergemischt haben könnte. „Aber das würde Jörg doch niemals tun, oder?" Schamgefühl stieg in ihr hoch. Dabei wusste sie nicht mal, wofür sie sich schämte. Aber sie hatte irgendwie das Gefühl, daß sie sich schämen sollte. Dann wurde sie rot und musste sogar kichern. Schnell drückte sie ihre Hand auf den Mund. Also wirklich. Das konnten nur die Nachwirkungen der Droge sein. Jörg kam ins Schlafzimmer um nach ihr zu sehen. Er wirkte, als hätte er ein schlechtes Gewissen. Sie sagte daher kein Wort zu ihm. Er brauchte nicht zu wissen, daß sie sich an nichts mehr erinnerte. War wahrscheinlich auch für sie besser so. Da fiel ihr ein, daß ihr das früher auch immer wieder gesagt wurde. Von ihrer Mutter:

„Kind, glaub mir, es ist besser für dich, wenn du dich nicht mehr erinnerst." Genau das hatte sie gesagt. Aber warum? Was war so Schlimmes passiert, damals? „Hallo? Schahatz?" Sie war so in ihre Gedanken vertieft, daß sie nicht gehört hatte, was Jörg sagte. „Ich fragte ob es dir besser geht." „Ja, etwas. Danke."

Er streichelte ihre Wange und dann ging er wieder. Tina bemerkte, daß er mit hängenden Schultern hinausschlich, wie ein geschlagener Hund. War doch er selbst es gewesen, der sie unter Drogen gesetzt hatte? Sie beschloss, ihn danach zu fragen, wenn es ihr wieder besser gehen würde. Erst nach drei Tagen war sie wieder in der Lage aus dem Bett zu steigen und feste Nahrung zu sich zu nehmen. Jörg hatte ihr inzwischen auch gebeichtet, daß er von einem Typen an der Bar so ein Pulver bekommen hatte und auch, daß er selbst ebenfalls etwas davon eingenommen hatte. Allerdings nicht so viel wie sie. Er war ganz zerknirscht gewesen. Wie hätte er den wissen sollen, daß es ihr hernach so schlecht gehen würde. Tina meinte, sie würde ihm verzeihen, wenn er ihr erzählte, was mit ihr passiert war. Er kam ihrer Bitte nach, aber Tina bemerkte, daß er dabei immer wieder ihrem Blick auswich und er nervös mit seinen Händen herumfuchtelte, als wüsste er nicht so recht, wohin damit. Sie schloss daraus, daß er ihr nicht die ganze Wahrheit sagte, bohrte aber nicht weiter nach. Es war vorbei. Und es würde nie wieder geschehen. Sie konnte sich bruchstückhaft erinnern. Und selbst diese Bruchstücke erregten sie. Dagegen musste sie etwas tun. Wollte sie etwas tun. Gleich heute Abend würde sie mit Jörg darüber sprechen. Aber erst nach dem Abspülen.

Sie hatte seine Leibspeise gekocht: Königsberger Klopse. Als er das Haus betrat und roch, was es geben würde, freute er sich erst. Dann aber kam ihm der Gedanke, daß Tina womöglich etwas im Schilde führte. Er hatte gestern wieder das Versteck ihres Tagebuches geöffnet, nur um zu sehen, welches sie gerade las. Er selbst kannte ja alle. „Hatte sie was bemerkt? Vielleicht war die Leiste nicht ganz eingerastet?" Darauf ansprechen konnte er sie schlecht. Dann hätte er ja zugeben müssen, daß er ihr ständig hinterher schnüffelte. Also aß er seine Klopse mit Genuss und harrte der Dinge, die da kommen mochten. Nach getaner Küchenarbeit setzten sie sich ins Wohnzimmer. Tina kam dann auch gleich zur Sache. Sie redete nicht viel, aber wenn, dann kam sie immer gleich auf den Punkt. Kein langes drum herum reden um den heißen Brei. „Ich will eine Therapie machen" sagte sie.

Sein erster Impuls war, aufzufahren und zu fragen, wie sie denn auf so eine blöde Idee käme. Aber er besann sich und erwiderte: „okay, wenn du meinst." Mit dieser Antwort hatte Tina nicht gerechnet. Sie hatte sich schon für einen harten verbalen Kampf gerüstet und hatte schon Luft für ein passendes Gegenargument geholt: „Aber…" sie stockte, schloss ihren Mund und nahm stattdessen die Fernbedienung. Etwas Besseres fiel ihr gerade nicht ein. Es liefen Nachrichten. Beide sahen zwar hin, vernahmen aber kein Wort von dem, was der Sprecher grade verkündete. Tina schielte immer wieder verstohlen zu ihrem Mann um vielleicht aus seinem Blick zu lesen, was er gerade dachte. Und Jörg überlegte fieberhaft, was Tina dazu gebracht haben könnte, einen Therapeuten aufsuchen zu wollen. Hatte sie etwas aus ihrer Vergangenheit herausgefunden? Wollte sie ihn verlassen? Bestimmt würde dieser Therapeut ihr das nahe legen. Verdammt. Er hätte nicht sofort zustimmen sollen. Nur wenn er seine Meinung jetzt änderte, gäbe es bestimmt Streit. Und dann würde sie womöglich heimlich gehen. Und Heimlichkeiten mochte er nicht. Zumindest nicht, wenn andere sie vor ihm hatten. Er schon. Er durfte Heimlichkeiten haben.

Vier Wochen später hatte Tina ihren ersten Termin. Da sie keinesfalls mit einem Mann über ihre Probleme reden wollte, hatte sie sich gezielt eine weibliche Therapeutin ausgesucht. Jörg war nicht erfreut darüber. Frauen hielten immer zusammen. Einen männlichen Therapeuten hätte er vielleicht beeinflussen können. Aber eine Frau? Niemals. Das konnte er getrost vergessen. Scheisse. Aber nun war es schon mal so. Er würde seine Frau auf alle Fälle weiterhin beobachten. Er wollte sie beschützen. Vor der Welt und vor allem vor sich selbst. Vor ihren Erinnerungen. Er ahnte nicht, daß sie diesen sehr bald sehr nahe kommen würde.

Sie hatte zu ihrer ersten Sitzung eines ihrer Tagebücher mitgebracht; ihr letztes.

Den ersten Eintrag hat sie betitelt mit:

„Erwachen"

Etwas kitzelte sie an der Nase. Ein Sonnenstrahl. Und sie hörte – Vogelgezwitscher. Es war Frühling. Sie versuchte ihre Augen zu öffnen. Es ging sehr schwer, so, als wären sie lange zu gewesen. Genau wie ihre Fensterläden auf der Nordseite des Hauses, die auch den ganzen Winter über geschlossen blieben. Nur, daß ihre Augen nicht so ein knarrendes Geräusch machten. Die Helligkeit blendete sie und so kniff sie ihre Lider sofort wieder zu. Noch ein Versuch. Aua! Das Licht tat richtig weh. Das war noch nie so gewesen. Was war hier los? Irgendetwas stimmte nicht. Endlich, nach gefühlten einhundert Versuchen, schaffte sie es, wenigstens ein Auge so weit zu öffnen, daß sie etwas erkennen konnte. Sie sah ein Fenster und ein Stück vom Himmel. „Diesen Himmel habe ich zuletzt gesehen" dachte sie, bevor sie ihr Auge wieder zumachte und einschlief. Das Ganze hatte keine fünf Minuten gedauert, ihr war es jedoch wie Stunden vorgekommen. Ihre Mutter war nur kurz in der Cafeteria gewesen. Sie ahnte nicht, daß ihre Tochter während ihrer Abwesenheit aus ihrem Koma erwacht war. Sie nahm das Buch zur Hand und las weiter daraus vor, weil ihr die Ärzte gesagt hatten, daß der Klang ihrer Stimme ihrer Tochter vielleicht helfen würde. Aber sie las jetzt schon seit Monaten jeden Tag, Stunde um Stunde. Vergeblich. Nur Gut, daß Tina, außer auf künstliche Ernährung über eine Magensonde, auf keinerlei Maschinen angewiesen war. Ansonsten hätten sie die Maschinen wohl schon längst abgeschaltet. Elf Uhr. Und wie jeden Tag, kam der Physiotherapeut, um Tina zu bewegen, damit sich die Muskeln nicht abbauten und die Sehnen nicht verkürzten. Und wie jeden Tag ging er auch heute recht forsch an die Sache heran. „Aua." Es war nur ein heiseres Flüstern. Mehr konnte Tina wegen des Schlauchs der durch ihre Nase in ihren Rachen und durch die Speiseröhre in ihren Magen führte, nicht hervorbringen. Aber es reichte aus, um ihre Mutter vom Stuhl hochschnellen und aufschreien zu lassen und den Therapeuten fast zu Tode zu erschrecken. Tina versuchte erneut ihre Augen zu öffnen. Aber das Licht tat immer noch weh. Sie wunderte sich, wie etwas, was man nicht fühlen konnte, solche Schmerzen bereiten konnte. Licht.

Durch den Aufschrei ihrer Mutter kam sofort eine Krankenschwester angerannt. Sie sah, wie Tina ihre Augen zukniff und erkannte sofort den Grund dafür. Schnell zog sie daher die Vorhänge zu. Tina fühlte wie eine Hand ihr zart die Haare aus der Stirn strich und dann hörte sie eine weibliche Stimme. Es kam ihr vor, als wäre sie wie Dornröschen aus einem langen Schlaf erwacht. Und so falsch lag sie damit gar nicht. Nur, daß es bei ihr keine Hundert Jahre sondern „nur" knapp fünf Monate gewesen waren. „Du kannst deine Augen jetzt aufmachen, die Vorhänge sind zu." Und, ja, jetzt klappte es. Erst das rechte, dann das linke. Nur ein wenig. Sie sah ihre Wimpern. „Die sind aber lang geworden" dachte sie bei sich. Kein Wunder, sie waren seit Monaten nicht beansprucht worden. Jetzt noch ein wenig mehr. Es tat nicht mehr weh, aber alles war verschwommen. Inzwischen waren einige Ärzte herbeigeeilt. Einer wollte sich sogleich mit einer kleinen Stablampe auf Tinas Augen stürzen, um ihre Pupillen zu testen, aber ihre Mutter hielt seinen Arm fest, als sie sah, was er vorhatte. Es war noch ein recht junger Arzt. Sein erster Impuls war, sich loszureißen und sein Vorhaben durchzuführen, aber ein Räuspern, das vom Oberarzt kam, ließ ihn inne halten. Dieser gab dann auch Anweisung, die Magensonde umgehend zu entfernen und der Patientin erst noch etwas Zeit zu geben, bevor dann weitere Tests und Untersuchungen erfolgen sollten. „Lasst die junge Dame erst mal richtig wach werden. Nur eine Frage: weißt du, wie du heißt?" Sie nickte und antwortete, immer noch im Flüsterton „Tina." „Sehr gut. Das ist ja schon mal was. Für heute reicht das erst mal", sagte der Oberarzt und scheuchte die ganze Bande wieder aus dem Zimmer. Nur der Physiotherapeut durfte bleiben, weil der ja noch beenden musste, was er kaum begonnen hatte. Nun ging er allerdings äußerst vorsichtig zu Werke und fragte dazwischen immer wieder ob es denn so ginge. Danach war Tina so fix und fertig, daß sie schon wieder schlief, als der Therapeut noch gar nicht ganz draußen war.

Sie hatte den Eintrag so verfasst, als handelte es sich um jemand ganz anderen. So, als würde sie von außen auf diese Tina blicken. Was wohl auch tatschlich so war. Ihr Inneres hatte sie ja vergessen. Sie hatte sich selbst vergessen. Ihre Mutter hatte ihr von diesem Moment erzählt, an weniges erinnerte sie sich tatsächlich und einen Teil hatte sie sich zusammengereimt.
Die Therapeutin las nun diesen ersten Eintrag und legte dann das Tagebuch beiseite. Sie fragte Tina, ob sie ihre Erinnerung denn inzwischen wieder erlangt hätte, was diese verneinte. Sie könne sich nur sehr bruchstückhaft erinnern. Habe auch nie weiter gegraben, weil ihr diese Bruchstücke Angst einflößten. Auf die Frage, warum und was genau ihr solche Angst mache, konnte sie nicht konkret antworten. Frau Dr. Bockelmann stellte ihr dann noch ein paar allgemeine Fragen und sie sagte,

sie wolle das Tagebuch erst in Ruhe zu Ende lesen. Beim nächsten Termin könnten sie dann die weitere Vorgehensweise erarbeiten.

Tina verließ die Therapeutin etwas unbefriedigt. Sie hatte sich mehr erhofft. Sie wollte endlich wissen, was mit ihr los ist. Und auch, was mit Jörg los ist. Mit ihm stimmte auch etwas ganz und gar nicht. Aber auch das war nicht greifbar. Alles in ihrem Leben war irgendwie in Nebel gehüllt. Bisher war ihr das nie so aufgefallen. Oder doch? Sie wusste das schon irgendwie, hatte sich damit aber abgefunden. Es war ja auch nicht immer von Nachteil, nicht gesehen zu werden. Irgendwie bequem. Der Standartsatz ihrer Mutter drängte sich wieder vor: „es ist besser, Du weißt nicht so viel." Vielleicht hätte ich doch nicht zu dieser Therapeutin gehen sollen? Mit einmal fühlt sie sich hin und her gerissen. Sollte sie nicht doch besser alles so lassen, wie es war? „Nein. Doch. Scheisse. Aua!" Sie war gegen eine Laterne gelaufen. Mitten drauf. Ihre Nase blutete. Leute starrten sie an. Jemand reichte ihr ein Papiertaschentuch. Ohne darauf zu achten, wer es ihr gab, nahm sie es entgegen und ging ohne ein Wort des Dankes weiter. Auf einmal legten sich Arme um sie und setzten sie in ein Auto. Es war Jörg. Natürlich hatte er die ganze Zeit über vor der Praxis gewartet. Er wollte nicht, daß sie ihn bemerkte. Aber dann war sie gegen diese Laterne gelaufen. Und dann sah er sie bluten. Sie war durcheinander. Das konnte er deutlich sehen. Irgendetwas Schlimmes musste in dieser Praxis geschehen sein. Er konnte nicht ahnen, daß absolut nichts passiert war und genau das seine Frau so konfus machte. Als sie zu Hause ankamen, war Tina immer noch geistesabwesend. Sie hatte die ganze Fahrt über kein Wort gesprochen. Hatte nur vor sich hingestarrt und das Taschentuch auf ihre Nase gedrückt, obwohl diese längst aufgehört hatte, zu bluten. Vorsichtig, um sie nicht zu erschrecken, strich Jörg ihr über den Arm. Jetzt drehte sie ihren Kopf und sah ihn verwundert an. Sie war blass. Eine kleine Beule an ihrer Stirn zeigte ihm, daß sie wohl ziemlich heftig mit der Laterne kollidiert war. Er stieg aus, ging um den Wagen, öffnete die Beifahrertür und reichte ihr seinen Arm. Sie nahm ihn sogar und zog sich dran hoch. Fast hätte sie sich ihren Kopf am Wagendach gestoßen. Jörg verhinderte dies, indem er geistesgegenwärtig seine Hand dazwischen schob. Sie bemerkte es nicht. Er führte sie ins Wohnzimmer und sie setzte sich aufs Sofa. Jörg schenkte ihnen beiden einen Cognac ein. Es war zwar noch früh, aber den brauchten sie jetzt. Sie tranken schweigend. Und dann brachen buchstäblich die Dämme. Tina weinte, wie sie noch nie in ihrem Leben geweint hatte. Jörg hatte gar nicht gewusst, daß ein einzelner Mensch so viele Tränen auf einmal vergießen konnte. Sie flossen in wahren Sturzbächen aus ihr heraus. Er hatte schon geglaubt, den Notarzt rufen zu müssen, damit dieser ihr eine Beruhigungsspritze geben sollte, da hörte sie so unvermittelt auf, wie sie begonnen hatte. Er wusste nicht, wie lange sie geweint hatte, aber es hatte sie so erschöpft, daß sie an Ort und Stelle einschlief. Er zog ihr die Schuhe aus, legte ihre Füße hoch und deckte sie liebevoll zu. Dann setzte er sich in den Sessel gegenüber und sah sie nur an. Zwei Stunden und fast die ganze Cognacflasche später, schlief auch er. Tina wachte irgendwann auf. Es war längst dunkel geworden. Sie sah ihren Mann an, wie er in dem Sessel mehr hing als saß und schlief. Erst wollte sie ihn wecken, beschloss dann aber, lieber allein ins Bett zu gehen. Sie wusste, was passiert war. Nur nicht warum. Darüber wollte sie heute auch nicht mehr nachdenken. Irgendwann wachte auch Jörg auf, bemerkte, daß Tina wohl zu Bett gegangen war und tat es ihr nach. Obwohl er immer noch betrunken war, gelang es ihm, so leise zu bleiben, daß Tina nichts davon bemerkte. Auch er wollte erst morgen wieder denken. Und so schliefen beide nebeneinander und scheinbar friedlich. Tinas Träume waren es nicht. Sie träumte wieder von diesem Gebäude ohne Fenster. In langen Fluren und Treppenhäusern irrte sie auf der Suche nach einem Ausgang umher. Dann wurde auch noch das Licht immer dunkler, bis sie schließlich nichts mehr sah und sich nur noch tastend umherbewegen konnte. Und dann hatte sie das Gefühl, die Wände würden näherkommen und versuchen sie zu erdrücken. Sie bekam keine Luft mehr. Kurz bevor sie dann meinte ersticken zu müssen wachte sie schweißgebadet auf. Ein anderes Mal träumte sie davon, mit dem Auto in einer Pfütze oder im Schlamm zu versinken. Sie wusste, was diese Träume für eine Bedeutung hatten. Das hatte sie oft genug nachgelesen. Etwas lag im Dunkeln, und sie suchte danach. Und dieses Erstickungsgefühl war immer so real, als hätte sie es schon mal erlebt. Irgendwie komisch. Denn wäre sie tatsächlich erstickt, würde sie heute wohl nicht mehr leben, oder? Sie hatte ja damals diesen Unfall gehabt und war dann im Koma gelegen. Aber nie ist darüber gesprochen worden, was für ein Unfall das eigentlich gewesen ist. Irgendwie war sie damals so beschäftigt damit gewesen, herauszufinden, wer sie war, daß sie darüber nie wirklich nachgedacht hatte. Oder doch? Hatte man es ihr gesagt und sie hatte es nur wieder vergessen? Sie war im echten Leben auch in einem Gebäude ohne Fenster. Sie konnte nichts sehen. Da war nur so ein unbestimmtes Gefühl. Sie wollte nicht mehr einschlafen aus Angst, der unangenehme Traum könnte weiter gehen. Daher stand sie auf. Jörg schnarchte unterdessen leise weiter, gefangen in seinem ganz persönlichen Alptraum, an den er sich aber später, wie immer, nicht mehr erinnern würde. Sie zog sich ihren Morgenmantel über und begab sich in die Küche. Sie brauchte nicht darauf zu achten, leise dabei zu sein. Wenn Jörg schlief, dann schlief er. Man hätte ihn samt dem Bett aus dem Haus tragen können, er hätte nichts davon bemerkt. Da fiel ihr diese You tube Video ein, welches sie vor kurzem gesehen hatte. Da hatten

„Freunde" ihren betrunkenen und tief schlafenden Kumpel mitsamt dem Sofa aus dem Haus getragen, auf einen Anhänger geladen, zu einem Bahnhof gefahren und ihn dort auf dem Bahnsteig abgestellt. Als es hell wurde, wachte er dann dort auf und wunderte sich, wie er dorthin gekommen war. Tina musste schmunzeln. Vielleicht war dieses Video auch ein fake gewesen. Lustig fand sie es trotzdem. Mit Jörg wäre sowas auf alle Fälle machbar. Diese Vorstellung hob ihre Laune enorm. „Wieso grinst Du so?" hörte sie auf einmal Jörgs Stlmme. Sie war so versunken gewesen, daß sie nicht bemerkt hatte, wie er in die Küche gekommen war. „Ach, nichts", antwortete sie, konnte aber ein noch breiteres Grinsen nicht unterdrücken. Das verunsicherte Jörg noch mehr. Was war nur auf einmal mit dieser Frau los? Er schenkte sich Kaffee ein und setzte sich zu ihr an den Tisch. Die Sonne schien herein und man sah feine Staubteilchen in der Luft schweben. Obwohl Tina fast täglich sauber machte, sie hatte ja sonst nichts zu tun. Versonnen blickte sie in diese Staubwölkchen und stellte sich vor, selbst ein kleines Staubkorn zu sein. Das musste schön sein. Einfach in der Luft zu schweben und sich um nichts sorgen zu müssen. Nicht einmal um Nahrungsaufnahme. Um gar nichts. Jörg beobachtete seine Frau und versuchte vergeblich zu erahnen, was sie gerade dachte. Er überlegte kurz, sie einfach direkt danach zu fragen, ließ es dann aber; er musste zur Arbeit. Heute würde er auch noch länger bleiben müssen und wohl auch keine Mittagspause machen können, weil er gestern einfach so abgehauen und dann auch noch nicht wiedergekommen war. Er musste sich noch überlegen, wie er das seinem Chef erklären sollte. Er konnte ihm schlecht sagen, daß er seine eigene Frau gestalkt hatte. Er musste sich auch noch einen Grund einfallen lassen, warum er nicht angerufen und Bescheid gesagt hatte. Erschwerend hinzu kam noch, daß das nicht das erste Mal gewesen war. Er verschwand regelmäßig einfach so. Sein Chef kannte das also schon. Manchmal sagte er auch gar nichts dazu, weil Jörg die Stunden immer nachgearbeitet hat. Aber manchmal wollte er dann doch einen Grund wissen, und dann auch noch ganz genau. Es musste plausibel klingen. Nur langsam gingen Jörg diese plausiblen Gründe für sein ständig unerwartetes Verschwinden vom Arbeitsplatz aus. Während der Fahrt zum Büro dachte er fieberhaft darüber nach und hätte dabei fast einen Fußgänger überfahren. Sein abruptes Bremsen hätte dann auch noch fast zu einem Auffahrunfall geführt. So konnte es nicht weiter gehen! Verdammt! Energisches Hupen erinnerte ihn daran, daß die Fußgängerampel auf Rot und seine auf grün gesprungen war. Er versuchte, sich nun mehr auf die Autofahrt zu konzentrieren. Wenn er einen Unfall baute, würde alles nur noch schlimmer. Er schaffte es gerade so, heil an seinem Arbeitsplatz anzukommen, stieg aber nicht gleich aus. Er hatte ja noch immer keine Lösung parat.

Plötzlich klopfte jemand an die Seitenscheibe. Er schreckte hoch. Draußen stand sein Chef. Jörg ließ die Scheibe herab. „Alles in Ordnung"? „Ja, ja", stammelte Jörg, „ich komme gleich hoch." Sein Chef schüttelte den Kopf und ging dann in das Bürogebäude. Etwa zehn Minuten später folgte Jörg nach. Er begab sich wortlos und direkt an seinen Platz und begann mit seiner Arbeit. Seine Kollegen und Kolleginnen tuschelten, sprachen ihn selbst aber nicht an. Jörg seinerseits sagte auch nichts, starrte nur stur auf seinen Bildschirm und tippte. Einmal blickte sein Chef kurz um die Ecke, wohl um zu sehen, ob er da war, sagte aber auch nichts. Heute war er wohl nicht neugierig. Glück gehabt.

Tina widmete sich derweil wieder einem ihrer Tagebücher. Sie stutzte. An diesem Tag stand nur dieser eine Satz da:

Tom hat wohl alles geregelt.

Es war der letzte Eintrag in diesem Tagebuch. Wer war Tom? Und was hatte er geregelt? Je mehr sie las, desto verworrener wurde alles für sie. Sie hatte auch festgestellt, daß Tagebücher fehlten. Jemand wollte nicht, daß sie ihre Vergangenheit zum Vorschein kam. Aber wer? Und warum? Es waren immer dieselben Fragen, die Tina sich stellte. Wer? Was? Warum und weshalb? Sie begann diese Ungewissheit langsam zu hassen. Sie hätte gerne eine Freundin gehabt um mit ihr darüber zu reden. „Warum hab ich eigentlich keine?" Sie war doch ein umgänglicher Mensch. Offen und ehrlich. Manchmal ein bisschen schüchtern vielleicht. Sie resümierte kurz das bisher Gelesene. Sie konnte sich nicht erinnern, in einem ihrer Tagebücher über eine Freundin gelesen zu haben. Aber sie musste doch eine gehabt haben. Und auf einmal kam ihr ein Name in den Sinn: Trixi.

Und irgendwie entwickelte sich dieser Name zu der fixen Idee, daß sie in ihrer Kindheit eine Freundin mit diesem Namen gehabt hatte.

Trixi ihrerseits erinnerte sich noch sehr gut an Tina. Das mochte wohl auch daran liegen, daß sie immer noch regelmäßig vom Tag des Unfalls träumte, an welchem sie ihre Freundin zum letzten Mal sah. Und immer noch fühlte sie diese Hilflosigkeit und dasselbe Entsetzen, so, als würde alles gerade erst geschehen. Sie sieht sich immer noch da am Seeufer stehen und denken: „Scheisse! Was ist denn jetzt los?" Sie blickt entgeistert zu der Stelle, an der ihre Freundin gerade eben noch zu sehen war. Das Eis hatte sie verschluckt. Wie festgefroren steht sie da. Und dann sieht sie ihre beste Freundin, wie sie unter ihren Füßen hindurch gleitet. Ihre Augen sind weit geöffnet. Kleine Luftbläschen steigen aus ihrem Mund. Irgendwie sieht sie wunderschön aus, wie eine Eisprinzessin. Dann endlich, nach einer gefühlten Ewigkeit, fängt Trixi an zu laufen. Nie zuvor und auch nie wieder danach war sie so schnell gelaufen wie damals. Alles war nochmal gut ausgegangen. Tina war gerettet worden. Aber man hatte sie nicht zu ihr gelassen. Nur ein einziges Mal war es ihr gelungen, bis zur Intensivstation vorzudringen und sie hatte einen kurzen Blick durch die Glasscheibe werfen können, hinter der Tina an unzähligen Schläuchen und Geräten hing. Dann, als sie gerade wagen wollte, hineinzugehen, war Tom erschienen und hatte sie regelrecht verscheucht. Sie verstand bis heute nicht, warum er plötzlich so gemein zu ihr war. Dieser Blick damals. Der machte ihr heute, fast dreißig Jahre später, immer noch regelrecht Angst. Komisch. Trixi dachte eine Weile nach. Wieso kam ihr das alles auf einmal wieder so gehäuft in den Sinn? Und wieso hatte sie das unbestimmte Gefühl, daß Tina sie brauchte? Gestern Nacht war sie aufgeschreckt, so als hätte sie schlecht geträumt gehabt. Aber das hatte sie nicht, da war sie sich sicher. Es war, als wäre sie stellvertretend für jemand anderen aufgeschreckt. Für Tina? Das war durchaus möglich. Schon im Kindergartenalter fühlte sie eine tiefe Verbundenheit zu ihr. Sie fühlte genau, wenn es ihrer Freundin nicht gut ging. So mit elf oder zwölf hatte sie mal gehört, wie eine Tante zu ihrer Mutter sagte, sie hätte wohl sehr viel Empathie. Damals wusste sie noch nichts mit diesem Wort anzufangen. Heute jedoch umso mehr. Irgendetwas war im Gange mit Tina. Sie beschloss nach Hause zurückzukehren. Es sollte jedoch noch eine ganze Weile dauern, bis sie ihren Entschluss auch in die Tat umsetzen konnte.

Während dessen besuchte Tina nun wöchentlich ihre Therapeutin. Bei einer ihrer letzten Sitzungen hatte diese ein Experiment gewagt. Sie versetzte sie in Hypnose:
Tina befand sich nun wieder zu Hause. Nur fühlte es sich nicht zu Hause an. Es war ihr Zimmer. Nichts war darin verändert worden. Aber alles war ihr fremd. Im Krankenhaus hatten sie gesagt, ihre Erinnerungen würden bestimmt wieder kommen. Nur wann? Sie las ihre alten Tagebücher, sah sich Fotoalben an. Aber da war nichts. Kein noch so kleiner Erinnerungsfetzen wollte sich einstellen. Es klopfte und fast gleichzeitig trat diese Frau ins Zimmer, die hartnäckig behauptete, ihre Mutter zu sein. Sie war lieb zu ihr und führsorglich, so wie man es von einer Mutter erwarten konnte. Tina fühlte jedoch keinerlei emotionale Verbindung. Aber da musste doch eine Verbindung da sein, oder? Ihre Mutter brachte ihr eine Tasse Tee. Sie merkte sofort, daß Tina in schlechter Stimmung war, stellte die Tasse daher nur ab und ging wieder. Früchtetee. Angeblich sollte das ihr Lieblingstee sein. Aber jetzt hasste sie ihn. Sie wollte das aber nicht sagen. Es waren ja alle so besorgt um sie. Und alle schienen ihr wirklich dabei helfen zu wollen, ihre Erinnerung wieder zu erlangen. Aber etwas war komisch. Gleichzeitig schienen sie auch etwas vor ihr verbergen zu wollen. Zum Beispiel wenn sie danach fragte, wo ihr Vater sei. Ihre Mutter wich dann immer aus, antwortete oft mit einer Gegenfrage, dazu noch mit

einer völlig sinnlosen wie:„ ganz schön kalt heute, oder?" Da stimmte etwas nicht. Aber was? Und in den Fotoalben waren Lücken. Es schienen sogar ganze Zeiträume nicht fotografiert worden zu sein. Wieso nur?

Dann ein Fingerschnippen. Tina öffnete ihre Augen und fand sich in der Praxis ihrer Therapeutin wieder. Sie sprachen über das, was sie gesehen hatte, was sie erlebt hatte. Denn so war es. Sie hatte alles nochmal durchlebt. Das war neu. Und spannend. Es schien nun merklich voranzugehen. Sie erinnerte sich auch daran, schon mal eine Therapie gemacht zu haben und, daß diese nicht sehr erfolgreich gewesen war. Ihre jetzige Therapeutin war der Ansicht, daß damals wohl ganz bewusst darauf geachtet worden war, nur an der Oberfläche zu kratzen, nur um Tina das Gefühl zu geben, es würde was getan. In Wahrheit aber sollte etwas vor ihr verborgen werden. Etwas Schlimmes. Dessen waren sich beide, die Therapeutin und Tina, ziemlich sicher.

Wieder ein paar Wochen und Sitzungen später dann der nächste Durchbruch, als sie erneut hypnotisiert wurde:

Aufstehen! Die Sonne scheint. Tinas Mutter war hereingestürmt und hatte auch gleich die Fenster aufgerissen. Das hatte sie in den vergangenen drei Jahren fast jeden Tag so gemacht. Aber ab Morgen würde das vorbei sein. Denn heute war Tinas achtzehnter Geburtstag. Volljährig. Endlich. Jetzt würde sie ihrer Mutter ein paar Angewohnheiten abgewöhnen. Nie mehr Früchtetee und nie mehr dieses militärartige aufwecken. Sie wollte einen Wecker haben, wie alle anderen auch. Und um ihrer Mutter zu zeigen, daß sich ab sofort einiges ändern würde, sprang sie nicht wie üblich sofort aus ihrem Bett, sondern zog sich die Decke über den Kopf und murmelte: „ich will noch schlafen." Da machte ihre Mutter einen gewaltigen Fehler, den sie sofort bereuen sollte: Sie zog Tina die Decke weg und wollte gerade fröhlich dazu ansetzen, ihr zu sagen, daß der Geburtstagskuchen schon in der Küche wartete, als Tina auch schon aufsprang und ihrer Mutter fast in die Gurgel ging. Sie schrie und schimpfte, was ihr überhaupt einfiele, sie wäre jetzt volljährig und sie könne das alles nicht mehr ertragen. Was denn ertragen? Ihre Mutter verstand die Welt nicht mehr. Was hatte Tina nur auf einmal? „Aber, ich hab's doch immer nur gut gemeint..." stammelte sie. Und Tina antwortete: „nichts, aber auch garnichts hast du je in gut gemeinter Absicht getan! Glaubst du wirklich, ich habe nie bemerkt, was hier abgeht?!"

Tinas Mutter wurde bleich wie Wachs, während Tinas Gesicht hochrot angelaufen war. All ihre aufgestaute Wut brach nun durch. Ihre Mutter erkannte, daß weiteres Zureden im Moment keinen Sinn hatte und verließ das Zimmer. Tina schäumte immer noch. Verdammt! Sie war über ihre eigene Reaktion erschrocken, hatte nie geahnt zu so etwas fähig zu sein. Hätte ein Messer in Griffweite gelegen, sie hätte es womöglich gegen ihre Mutter benutzt. So etwas durfte nicht nochmal geschehen. Daher fasste Tina einen Entschluss: Sie packte ihren Koffer.

Nach dieser Hypnosesitzung kamen die Erinnerungen auf einmal sehr massiv zurück. Allerdings nicht bis zu der Zeit vor dem Unfall. Das würde sie mithilfe der Therapie auch nicht herausfinden, soviel war Tina inzwischen klar. Um der Sache wirklich auf den Grund zu gehen, würde sie eines Tages an den Ort des Geschehens zurückkehren müssen.

Jörg hatte aufgehört, seine Frau während seiner Arbeitszeit zu beschatten. Erstens, weil sein Chef das nicht länger mitgemacht hätte und zweitens, weil er sich nun sicher war, daß seine Frau nach ihren Sitzungen immer direkt nach Hause fuhr und nicht plante ihn zu verlassen. Und schon gar nicht, sich mit einem anderen zu treffen. Um zu dieser Erkenntnis zu gelangen, hatte es allerdings einen Detektiv gebraucht. Der hatte ihm schon nach der ersten Observierung gesagt, daß nach seiner Erfahrung hier diesbezüglich keinerlei Anlass zur Sorge bestand. Tina war nicht dieser Typ von Frau, war es nie gewesen, und würde es auch niemals sein. Und obwohl Jörg jetzt nicht gerade zu den Leichtgläubigen zählte, dieser Aussage hatte er auf Anhieb geglaubt. Zu Hause schnüffelte er Tina allerdings nach wie vor hinterher. Das brauchte er einfach. Es war wie ein Zwang. Tina hatte ihn neulich dabei erwischt, wie er ihren ganz privaten Sekretär durchsucht hatte. Er hatte ihr nicht einmal sagen können, wonach genau. Sie war so wütend gewesen. Hatte ihm vorgeworfen, daß er kein Vertrauen zu ihr hätte. Sie hätte doch nie etwas gesagt oder getan, was ihn dazu veranlassen könnte, so etwas zu tun. Und dann hatte sie gedroht, ihn zu verlassen, falls sie ihn nochmal erwischen würde, egal ob direkt oder indirekt. Ein paar Wochen hatte er es ausgehalten, dann war sein Zwang wieder stärker geworden, bis er ihm schließlich wieder nachgeben musste. Er konnte einfach nicht glauben, daß es tatsächlich Frauen gab, die treu waren. Er hatte immer noch die Stimme seines Vaters im Kopf die ihm sagte: „alle Frauen sind Huren." Er wusste, es war nicht so. Er wusste, daß er falsch handelte. Er rechtfertigte sein Tun damit, daß er ihr doch nichts Böses wollte, daß alles nur zu ihrem Besten war, zu ihrem Schutz. Und ja, auch ein wenig zu seinem. Er hatte schreckliche Verlustangst. Vielleicht sollte er selbst auch eine Therapie machen? Nein. Lieber nicht."   Nicht jede Vergangenheit war es wert, ausgegraben zu werden.

Diese Meinung vertrat auch Tom. Tinas großer Bruder. Er hatte wohl das größte Interesse überhaupt daran, daß die Vergangenheit dort blieb, wo sie war und nicht in die Gegenwart gezerrt wurde. Seine Bemühungen diesbezüglich, all die Jahre hindurch sollten nicht umsonst gewesen sein. Er war ein Meister der Vertuschung und Verschleierung geworden. Nicht nur, daß er Geschehenes ungeschehen machen konnte, es war ihm bis zum heutigen Tage gelungen, dabei auch noch völlig unsichtbar zu bleiben. Es gab ihn quasi gar nicht. Nicht einmal seine eigene Mutter bekam es mit, wenn er sich in der Stadt aufhielt. Sein Allerweltsgesicht gestattete es, daß er sich sehr leicht verändern konnte. Eine Brille genügte oft schon. Da er nicht zu arbeiten brauchte, war er nirgendwo angemeldet. Er besaß gefälschte Ausweise und das Auto, das er fuhr, lief immer noch auf den Namen eines alten Freundes. Die Kosten für Steuer und Versicherung hatte er damals bar im Voraus für ungefähr zehn Jahre bezahlt. Manche Menschen waren schon echt vertrauensselig und auch gierig. Als Dieter den Koffer mit dem vielen Geld gesehen hatte, hatte er nur noch Augen und Mund weit aufgerissen und buchstäblich angefangen zu sabbern. Und dann hatte er den „Vertrag" zur Überlassung des Autos einfach ungelesen unterschrieben. Außerdem lebte Tom nur immer zur Untermiete oder in Wohngemeinschaften, und auch nur bei solchen Leuten, die keine Fragen stellten und die Mietzahlungen in bar akzeptierten. Im Grunde war das alles sehr einfach. Man musste sich einfach nur trauen. Das Finanzamt schickte zwar regelmäßig eine Aufforderung zur Steuererklärung an die Adresse seiner Mutter, aber da niemand wusste, wo er war, konnten die nicht viel mehr tun. Er erlaubte sich jedes Jahr den Scherz, eine Karte mit den Worten: *Hallo Fiskus, ich lebe noch, habe aber kein Einkommen und muß daher keine Steuern zahlen. Mfg Tom* an das Finanzamt zu schicken. Zu gerne hätte er mal das Gesicht des Finanzbeamten gesehen, wenn der seine Nachricht las. Irgendwann würde er sich doch mal dafür verantworten müssen. Aber noch war es nicht so weit. Noch musste er sich um andere Dinge kümmern. Lebenswichtige Dinge. Steuern zu zahlen war nicht lebenswichtig. Das konnte warten. Jetzt musste Tina aus der Patsche geholfen werden - wieder einmal. Und es sollte nicht das letzte Mal gewesen sein. Aber davon ahnten weder er, und erst recht nicht Tina, etwas.

Verdammt!

„Überall Bäume. Wo zum Teufel bin ich hier? Wie bin ich hierher gelangt"?

Seit sie vor einer Stunde die Bundesstraße verlassen hatte, irrte sie nur noch ziellos umher. Dieser Wald schien ihr endlos zu sein. Erst fand sie diese Strecke noch ganz romantisch. Aber dann verlor ihr Navi das Signal. Sie war vollkommen von der Außenwelt abgeschnitten. Allein. So wie früher. Dabei hätte doch alles so schön werden können. Aber er hat alles verdorben. Wieder einmal. Das war so seine Art. Sie kannte das. Und eigentlich dachte sie, damit umgehen zu können. Aber immer, wenn sie gerade anfing, wieder Vertrauen in ihn und ihre Beziehung zu fassen, leistete er sich erneut einen Schnitzer. Sie hatte ihm trotzdem nie lange böse sein können. Er konnte ja nichts dafür, daß er so geworden war. Das Schicksal hatte auch ihm schon das ein oder andere Mal böse mitgespielt. Und meistens entschuldigte er sich nachher auch. Aber diesmal war er ein für alle Mal zu weit gegangen. Warum nur hatte er das getan? Er liebte sie doch. Zumindest hatte er das immer wieder gesagt. An manchen Tagen sogar ganz besonders oft. Trotzdem. Genug war genug! Ja, klar, sie war auch nicht immer treu gewesen. Sie hatte da noch ihren alten Bekannten aus ihrer Wohngemeinschaft. Aber den traf sie maximal ein Mal im Jahr. Das hatte nichts zu bedeuten. Und er hatte ja zu Beginn ihrer Liebe gesagt, sie wäre frei, zu tun und zu lassen, was sie möchte. Aber sie wollte gar nicht mehr. Sie wollte nur noch ihn. Er war ihr vollkommen genug. Aber scheinbar war sie ihm das nicht. Sie hatte immer gespürt, wenn er sich mit einer anderen traf. Es war immer eine ihrer vielen Vor-gängerinnen gewesen. Er hatte ihr alles erzählt. Sein ganzes bisheriges Leben. Er war wahrlich kein Kind von Traurigkeit gewesen, hatte sogar bei einigen Pornofilmchen mitgewirkt. Als er ihr davon erzählt hatte und ihr dann auch noch die DVDs gezeigt hatte, da war sie nahe daran gewe-sen, zu flüchten. Aber dann war sie doch geblie-ben. Und wofür? Dafür, dass er es am Ende quasi vor ihrer Nase mit einer anderen trieb?! Sie hatte gleich schon ein ungutes Gefühl gehabt, als dieses gerade mal halb so alte Mädchen neben ihnen eingezogen war. Kevin hatte auf einmal hand-werkliches Geschick bewiesen und ihr geholfen, Regale anzubringen, Vorhangstangen und derglei-chen mehr, während sie selbst immer noch darauf wartete, daß er in ihrem Zimmer mal die Vor-hangstange anbrachte. Sie war schon deswegen rasend eifersüchtig gewesen und hatte das auch gezeigt. Er fühlte sich geschmeichelt und tat es als völlig unbegründet ab. Und dann hatte er wie-der so eine Phase, wo er sie nicht in seinem Bett haben wollte, zumindest nicht zum Schlafen. Sex wollte er schon, mehr denn je. Aber das war wohl nicht genug. Als sie einmal nachts aufstand, weil sie Durst verspürte, lag er nicht in seinem Bett. Erst dachte sie, er wäre wohl wieder spielen ge-gangen, doch dann hörte sie aus der Nachbar-wohnung eindeutige Geräusche. Es dauerte lange. Und dann, kurz nachdem die Geräusche ver-stummt waren, kam er wieder zurück. Er sagte kein Wort, ignorierte sie einfach, als würde sie gar nicht auf seinem Bett sitzen, und legte sich schla-fen. Am folgenden Morgen stritt er alles ab. Das war auch so eine Eigenart von ihm: selbst wenn man ihn mit dem Finger im Marmeladenglas auf

frischer Tat ertappte, leugnete er, daß er genascht hatte. Tja, was hätte sie da noch sagen
oder tun sollen, außer zu gehen, was sie letztendlich dann auch getan hatte. Eigentlich spiegel-
te die Außenwelt gerade perfekt ihr momentanes
Innenleben wider. Sie hatte sich in einem Wald
von Gefühlen verrannt. Wie lange sollte dieser
Zustand noch andauern? Sie war nun schon fast
ein ganzes Jahr allein in ihrem Bulli unterwegs.
Da, endlich, ein Hinweisschild zu einem Campingplatz. Fast hätte sie es übersehen, da es schon
ziemlich ausgebleicht und von Pflanzen überwu-
chert war. Kurze Zeit später wurde ihr auch klar
warum. Der Campingplatz wurde nicht mehr betrieben. Sie beschloss trotzdem zumindest diese
Nacht hier zu verbringen. Für heute war sie lange
genug umhergeirrt. Eigentlich irrte sie schon ihr
ganzes Leben umher, stellte sie gerade fest. Als
wäre sie im falschen Film. Sie wünschte sich, alles
wäre einfach nur ein Traum. Gleich würde sie
aufwachen und alles wäre in bester Ordnung.
Aber was war eigentlich „beste Ordnung"? War es
das, was die Mehrheit als solche bezeichnete? Das
wollte sie auch nicht wirklich. Das war langweilig.
So etwas wie Langeweile war bei ihr noch nie auf-
gekommen. Es gab immer irgendwelche Turbu-
lenzen in ihrem Leben. Und dazu noch jede Menge
Geheimnisse. So manchem dieser Geheimnisse
war sie auf die Spur gekommen, oder glaubte es
zumindest, weil ihr die Lösung plausibel erschien.
Dem größten war sie aber immer noch keinen
Schritt näher gekommen. Nämlich was ihr als
Kind angetan worden war. Daß ihr etwas wider-
fahren war, das wusste sie. Sie hatte mal gehört,
wie ihre Therapeutin zu ihrer Mutter gesagt hatte:
„ Es ist besser für sie, wenn diese Erinnerung

nicht wieder kommt." Kurz nachdem sie das gehört hatte, war sie auch nicht mehr zur Therapie gegangen. Es war ihr Sinnlos erschienen. Reine Zeitverschwendung. Stattdessen hatte sie eine Zeit lang versucht, auf eigene Faust zu ermitteln, später, nachdem sie ausgezogen war, sogar mal für kurze Zeit einen Privatdetektiv beauftragt. Aber was der herausgefunden hatte, hatte nur noch mehr Fragen aufgeworfen und weitere, tiefergehende Ermittlungen durch ihn hatte sie sich nicht mehr leisten können. Der Einzige, bei dem sie sich in ihrem Leben wirklich mal sicher und geborgen gefühlt hatte, war Kevin. Vielleicht sollte sie doch zu ihm zurückkehren? Er war es gewesen, der ihr beigebracht hatte im „Hier und Jetzt" zu leben. Er hatte ihr einfühlsam aber bestimmt klar gemacht, daß ihre Vergangenheit unwichtig war. Sie konnte sie eh nicht mehr ändern. Er hatte ihr gezeigt, wer sie wirklich war. Sie war ein offenes Buch für ihn gewesen, vom ersten Tag an. Nein, eigentlich vom ersten Klick an. Sie hatten sich im Internet getroffen. Tina war durch Zufall bei Recherchen zu ihrem ersten Roman, den sie schreiben wollte, auf dieses Portal gestoßen; so ein Freundschafts-finde-Portal. Nur aus Neugier hatte sie dort mal reingeklickt. Dann hieß es, um mehr zu sehen, müsse sie sich anmelden. Also hatte sie ein Profil angelegt. Kaum daß sie damit fertig war und es freigegeben hatte, bekam sie auch schon unzählige Anfragen. Fast alle waren ziemlich eindeutig nur auf eins aus: auf Sex. Nicht so Kevin. Sie konnte immer sehen, wer ihr Profil besucht hatte. Da sie sonst nichts zu tun hatte, sah sie sich die Profile ihrer Besucher immer an. Und dann war sie bei Kevin hängen geblieben. Er hatte sich selbst als einsamen, schon etwas er-

grauten Wolf beschrieben. Und auch was er sonst so über sich preisgab, amüsierte sie und rührte etwas in ihr an. Also schrieb sie ihm:
> Du hättest ja wenigstens einen Gruß dalassen können, wenn Du schon auf meiner Seite spionierst <
Das war der Auftakt zu einer großen, und wie sie glaubte, auch wahren, Liebe gewesen. Sie liebte ihn immer noch, das wurde ihr jetzt und hier, in der einsamen Wildnis dieses verlassenen Campingplatzes, klar. Sie wollte zu ihm zurück. Oder lieber doch nicht? Sie erinnerte sich an ihre erste Ehe, damals mit Jörg. Das schien inzwischen einhundert Jahre her. Fast zu spät hatte Tina erkannt, daß es auch hier Geheimnisse gab, die vor ihr verborgen wurden. Und nicht nur das. Jörg hatte ihre Tagebücher gelesen und dann das erworbene Wissen um sie schamlos für sich ausgenutzt. Er hatte sie nach Strich und Faden manipuliert. Und er hatte sie kontrolliert. Diese dauernden Kontrollen und seine krankhafte Eifersucht hatten sie schließlich dazu bewogen, erneut die Flucht zu ergreifen, so wie einst vor ihrer Mutter. Sie hatte nicht viel Geld gehabt, nur das Wenige, was sich noch in der Haushaltskasse befunden hatte. Aber es hatte gereicht für eine Zugfahrkarte in eine Stadt, von der sie dachte, daß sie weit genug weg wäre und groß genug um darin unterzutauchen. Dort hatte sie sich in einem anonymen Wohnblock als Untermieterin regelrecht eingeigelt und damit begonnen, ihr Leben aufzuschreiben. Wobei sich das als gar nicht so einfach erwies,

weil sie ja immer noch, trotz Therapie und Hypnose, so gut wie nichts darüber wusste. Also schrieb sie hauptsächlich über ihre Gefühle. Die waren echt, wenn sie auch nicht wusste, woher sie kamen. Fünf Jahre lang hatte sie so, mehr oder weniger, im Verborgenen gelebt und versucht, etwas mehr Klarheit in ihrem Leben zu erlangen. Sie hatte viel geträumt in dieser Zeit und es war ihr nach einer gewissen Zeit der Übung endlich gelungen, diese Träume auch aufzuschreiben und zu analysieren. Sie trug sich dann mit dem Gedanken, eines Tages aus all dem einen Roman zu machen. Warum auch nicht? Das Leben selbst hatte doch immer die besten Geschichten parat. Aber dann war alles wieder ganz anders gekommen; in Form von Kevin, vor dem sie nun auf der Flucht war. Oder floh sie vor etwas ganz anderem? Sie bemerkte, daß sie sich wieder in einem regelrechten Gedankenkarusell drehte und beschloss kurzerhand einfach abzuspringen. Auch das hatte sie im Laufe der Jahre gelernt. Sie musste ein paar Stunden schlafen. Der Campingplatz war derart abgelegen, daß sie fast bis Mittag schlafen konnte. Dann erst wurde sie von Hundegebell geweckt. „Scheissköter". Sie mochte keine Hunde. Jemand klopfte an eine der Scheiben. „Auch das noch!" Konnten die sie nicht einfach in Ruhe lassen. „Geh weg!" Schimpfte sie daher. Es klopfte erneut. Es half nichts. Sie würde wohl nachsehen müssen, was er oder sie von ihr wollte. Schnell zog sie sich was über und kurbelte das

Fenster ein Stück weit herunter. Nicht zu weit. Man konnte ja nie wissen. Draußen stand ein Jäger oder Förster, das konnte sie nie so genau auseinanderhalten. Trugen ja beide vorzugsweise grüne Kleidung. „Ja bitte?" „Sie können hier nicht campen, der Platz ist geschlossen." „ Ich campe nicht, ich parke hier nur." Jetzt entbrannte eine hitzige Diskussion darüber, was denn nun genau der Unterschied zwischen Campen und Parken wäre. Und am Ende, Tina hätte es nicht geglaubt, gab sich der Typ geschlagen. Ihr Argument, dies wäre weder ein Wohnmobil noch ein Campingbus, sondern nur ein VW-Bulli, der zufällig auch genug Platz zum Schlafen bot, war das schlagendste gewesen. Er meinte nur noch, sie solle trotzdem zusehen, daß sie hier verschwand und es ja nicht wagen, hier noch irgendwo ihre Notdurft zu verrichten. Das war allerdings ein Problem. Sie musste ganz dringend. Nun, da half alles nichts, es würde wohl wieder einmal ihr Eimer dafür herhalten müssen. Den benutze sie sonst immer nur nachts weil sie dann nicht raus gehen mochte. Normalerweise wäre sie anschließend noch raus um sich ihre Beine etwas zu vertreten, aber der Typ stand noch in der Nähe hinter einem Baum. Glaubte der, sie wäre blind? Zudem hüpfte sein Köter auch noch herum. Nun gut. Da es hier eh kein Frühstück gab, machte sie sich schließlich doch vom Acker. Hoffentlich hatte dieser Förster nicht ihr Kennzeichen notiert. Von Spionage hatte sie ein für alle Mal die Nase voll. Außer sie selbst war die Spionin. Plötzlich kam ihr wieder in den Sinn, wie sie vor ein paar Monaten einmal darüber nachgesinnt hatte, nach Hause zurück zu kehren. Aber dazu musste sie erst einmal klären, wo sie sich im Moment befand. Dieser Wald musste ja irgendwann mal ein Ende haben. Und tatsächlich, ein Stück weiter vorne schienen die Bäume auch schon lichter zu werden. Die Zivilisation hatte sie wieder. Sie landete in einem Ort Namens Immenhausen. Sie sah auf ihre Karte und entdeckte ganz in der Nähe, die Straße der Weserrenaissance und die Deutsche Märchenstraße. Sie beschloss kurzerhand, ihre Spionagetätigkeit in eigener Sache nochmal hintan zu stellen und stattdessen hier die Gegend näher zu erkunden. Das war ja auch ihre ursprüngliche Motivation gewesen, als sie sich vor knapp einem Jahr mit ihrem Bulli auf und davon gemacht hatte. Und der Jakobsweg, den sie immer noch nicht geschafft hatte. Sie blieb einen Monat lang in dieser Gegend. Erstens, weil es hier wirklich sehr schön war und es viel zu sehen gab. Zweitens, weil sie sich vor einer Rückkehr fürchtete. Sie hatte nachts in ihrem Bulli zu viel Zeit um nachzudenken. Zum Beispiel, warum sie nur immer die für sie völlig falschen Männer liebte. Obwohl Jörg und Kevin so unterschiedlich waren, hatten sie doch eines gemeinsam: sie waren wohl irgendwie psychotisch veranlagt. Und beide hatten sie manipuliert. Und verletzt. Immer wieder und bis ins Mark. Nur warum war sie so verletzlich? Und warum ließ sie zu, daß sie immer wieder verletzt wurde? Und auch Kevin hatte sie in Pärchen-Clubs geschleppt. Jetzt nicht, wie Jörg wegen SM. Nein, das nicht. Aber er hatte Spaß daran, zuzusehen, wie sie von fremden Männern gefickt wurde. Meistens dann, wenn er vorhatte fremd zu gehen oder kürzlich fremdgegangen war. Er selbst sah das nicht so, weil sie ja nicht verheiratet waren. Und es war ja nur rein körperlich. Sie hatte immer wieder versucht, es auch so zu sehen. Aber es war ihr nicht wirklich gelungen. Tief in ihrem Herzen hatte es ihr immer einen Stich gegeben. Und immer gerade dann, wenn dieser Stich grade so verheilt war, tat er es wieder. Er versuchte noch nicht mal diskret zu sein. Beim ersten Mal hat er ihr sogar direkt danach gesagt, daß er bei einer alten Flamme gewesen sei, der Sex mit ihr aber grottenschlecht gewesen wäre und sie sich daher nicht drum zu sorgen brauche. Sie war augenblicklich weinend zusammengebrochen. Und er verstand die Welt nicht mehr. Er kapierte nicht, warum sie jetzt heulte, wo er ihr doch versichert hatte, daß es bedeutungslos gewesen sei. Sie brauchte damals fast sechs Monate, bis sie ihm wieder halbwegs vertraute. In diesen sechs Monaten kontrollierte sie ständig sein Handy und seine Mails. Sie hätte das auch noch länger gemacht, aber dann hatte er sie mal dabei erwischt und war völlig ausgetickt. Er hatte sie nicht geschlagen, war aber nahe dran gewesen. Zwei Tage später kam er dann an und tat, als wäre nichts gewesen. Das war der

Tag, an dem er sie zum ersten Mal zusammen in einen Club gegangen waren. Obwohl sie das schon kannte, war sie total aufgeregt. Es war voll und laut, weil es ein Samstag war und es fand eine Siebziger-Jahre-Motto-Party statt. Sie sahen erst nur zu und gingen dann in den Paar-Bereich. Das war schön gewesen. Wie sie so über all das nachdachte, stellte sie sich selbst die Frage, ob es womöglich nur der Sex war, der sie zu diesen Männern hingezogen hatte und nicht Liebe. Sex war für sie immer wichtig gewesen. Sie brauchte ihn regelmäßig, so wie Essen und Trinken. Sie war nicht enthaltsam gewesen während sie so herum-reiste. Sie hatte gelernt, ihre Gefühle außen vor zu lassen. Eine Partnerschaft wollte sie nie mehr eingehen. Auch nicht unverheiratet. Sollte sie je wieder sesshaft werden, dann käme ein Mann nur noch ambulant in Frage, aber nicht mehr statio-när. Aber ewig würde sie dieses Lotterleben nicht fortsetzen können. Der Sommer war definitiv um. Bald würde es zu kalt werden, um im Bulli zu schlafen. Eine Standheizung hatte sie nicht. Sollte sie wieder versuchen, nur für den Winter, einen Mann aufzureißen, bei dem sie bis zum nächsten Frühling unterkriechen konnte? Es würde leicht sein, das wusste sie aus Erfahrung, hatte sie doch ganz zu Anfang ihrer Reise so einige Erlebnisse dieser Art gehabt. Sie schloß ihre Augen, ließ alles nochmal revuepassieren, und glitt schließlich in einen friedlichen, traumlosen Schlaf hinüber.

In der Zwischenzeit saß Kevin zu Hause und dachte an seine Tina. Eine Weile hatte er immer wieder versucht, sie auf ihrem Handy zu erreichen, aber dann hatte sie ihn gesperrt. Daraufhin hatte er sich ein Prepaid Handy zugelegt, aber bei fremden Nummern ging sie nicht ran. Irgendwann hatte er es dann aufgegeben. Aber heute ging es ihm schlecht. Er brauchte sie. Im Laufe der Monate war ihm immer mehr klar geworden, daß er sie von Anfang an gebraucht hatte. Sie hatte ihm gut getan. Und er hatte sie so schlecht behandelt. Wenn er nur wüsste, wo sie war. Lebte sie überhaupt noch? Plötzlich erfasste ihn Panik. Wenn ihr nun etwas zugestoßen war?! Es war noch mitten in der Nacht. Da konnte er nicht anrufen. Vielleicht sollte er eine SMS schreiben? Aber was? „Ach, egal" dachte er schrieb einfach:
„lebst Du noch?" Dann starrte er den Rest der Nacht auf sein Display und wartete auf Antwort.
Acht Uhr morgens. Tina hatte traumlos geschlafen. Zumindest konnte sie sich an keinen Traum erinnern. Sie blickte auf ihr Handy um nach der Uhrzeit und dem Datum zu sehen. Jemand hatte ihr eine SMS geschickt. Normalerweise löschte sie diese meist ungelesen. Aber heute hatte sie irgendwie das Gefühl, daß diese Nachricht wichtig war. Sie klickte darauf und las. Sofort war ihr klar, von wem sie gekommen war. Er schien sich wohl tatsächlich Sorgen zu machen. Das rührte sie. Sollte sie ihn anrufen? Nein, dafür war sie noch nicht bereit. Sie wusste, beim Klang seiner Stimme würde sie wieder schwach werden. Das war schon bei ihrem ersten Telefonat so gewesen.

Seine Stimme war einfach einzigartig. Eigentlich war alles an diesem Mann einzigartig. Vielleicht hatte er sich ja geändert? Sie begann zu schwanken. Wenn sie seine Eskapaden außer Acht ließ, war er gar nicht so übel. Und bald würde es Winter werden. „Nein", sagte sie dann laut, „dafür ist es noch zu früh." Sie musste erst zu sich selber finden. Aber dafür musste sie in ihre Vergangenheit reisen. Nach Hause. Dorthin, wo alles angefangen hat. Aber ein Lebenszeichen sollte er haben, und so tippte sie nur kurz „Ja."

Dann machte sie sich auf nach Hause. Sie brauchte drei Tage, bis sie endlich in ihrer kleinen Heimatstadt ankam, weil sie Autobahnen grundsätzlich mied und oft lange Pausen einlegte. Abseits von Autobahnen gab es einfach zu viel Schönes und Interessantes zu sehen. Allem voran Sakrale Bauten. Die hatten es ihr immer schon besonders angetan, auch wenn sie mit der Institution Kirche nichts am Hut hatte. Endlich erreichte sie ihre kleine Heimatstadt. Sie fuhr durch das historische Stadttor und bemerkte, daß sich so einiges verändert hatte, manches aber immer noch genauso geblieben war, wie damals. Das Rathaus, die Bibliothek, das Kino. Obwohl, nein, das Kino stand zwar noch, war aber geschlossen. Sie parkte auf dem großen Parkplatz am Westende. Den gab es auch immer noch. Nur, daß da im Gegensatz zu damals, jetzt ein Parkautomat stand. Zwei Stunden sollten zwei Euro kosten. „Das ist ja der reinste Wucher", denkt sie. Aber ihr blieb nichts anderes übrig, als zu zahlen. Noch hatte sie ja Geld. Das hatte sie nach der Scheidung von Jörg bekommen. Er war sehr großzügig gewesen. Hatte wohl ein schlechtes Gewissen gehabt. Sie bekommt eine Gänsehaut, als sie daran denkt, welche Angst sie damals gehabt hatte, als sie bei einer Anwältin die Scheidung eingereicht hatte. Die hatte es aber dann so deichseln können, daß sie bei der Scheidung nicht anwesend hatte sein müssen. Die Überweisung des Geldes war auch über die Anwälte gelaufen. Jörg hatte nie erfahren, wohin sie sich abgesetzt hatte. Aber darüber brauchte Tina nicht weiter nachzudenken. Sie schlenderte durch das Zentrum ihrer Kleinstadt. Sie hatten es noch immer nicht geschafft, eine Fußgängerzone daraus zu machen. Naja, lohnte sich wohl auch nicht wirklich. Es wäre nur ein „Fußgängerzönchen" geworden. Das einstige „Modehaus Rosenberg" hatte sich inzwischen über die halbe Stadt verbreitet. Jetzt gab es noch ein „Zeughaus" nur mit Bett- und Tischwäsche, Handtüchern sowie diversen Bad- und Küchenaccessoires, Sporthaus, eins nur mit Kinderkleidung und das Haupthaus war ausgebaut worden. Sie ging hinein. In der Mitte führte eine breite offene Wendeltreppe nach oben, direkt daneben ein gläserner Aufzug. Das Kuppeldach bestand ebenfalls aus Glas. Alles wirkte hell, offen und sehr großzügig. Sie erinnerte sich, daß früher in ihrer Kindheit alles eher beengt war und unübersichtlich. Eine Rolltreppe hatte nach oben geführt, aber keine wieder nach unten, dafür hatte man dann eine normale Treppe nehmen müssen. Oben gab es nun ein kleines Bistro, das nannte sich „Boef la Mode". Hier frühstückte sie. Sonntags konnte man dort auch brunchen. Das würde sie vielleicht einmal tun, wenn sie für länger hier bleiben sollte. Andererseits hoffte sie, daß ihre Suche nach dem Familiengeheimnis, sie war inzwischen zu dem Schluss gelangt, daß es ein solches gab, nicht zu lange dauern würde. Obwohl, sie wusste noch nicht, wo genau sie mit der Suche beginnen sollte. Sie kaute gedankenverloren auf ihrer Semmel, da kam auf einmal eine Frau auf sie zu. Mittelgroß und schlank, so wie sie selbst, aber blond und blauäugig. Sie selbst trug ihre Haare gerade Kastanienfarben, fast rot. Jetzt stand die Fremde direkt vor ihr und beide blickten sich fragend an. Und dann, fast wie aus einem Mund fragte die eine: „Tina?" und sie selbst: „Trixi?" Das konnte doch nicht sein?! Hatten die beiden einstigen Freundinnen sich tatsächlich wiedergefunden? Trixi setzte sich erst einmal, ohne lange um Erlaubnis, zu fragen, hin. Sie war erfreut und geschockt zugleich. Tina erging es nicht anders. Ungläubig fasste sie eine Hand von Trixi und fragte: „bist Du es wirklich?" Gleichzeitig wunderte sie sich, daß sie sie überhaupt erkannt hatte. Sie waren ja noch Teenager gewesen, damals und dann hatte sie ihre Freundin auch noch vergessen gehabt. Aber als sie da auf einmal so vor ihr stand, war alles wieder da. Die Entscheidung, zurück zu kommen, war wohl richtig gewesen. Eine ganze Weile saßen sie nur da und schauten sich an, immer wieder ungläubig die Köpfe schüttelnd. Sie hatten beide so viele Fragen und so viel zu erzählen, daß sie nicht wussten, womit anfangen. Es war dann Trixi, die als erste das Wort ergriff: „ wo warst Du all die Jahre? Wie ist es Dir ergangen? Was tust Du hier? Wie lange bleibst Du?" „Halt. Stopp. Nicht so viel auf einmal", unterbrach dann Tina den Schwall an Fragen. Und dann erzählte sie. Erst einmal nur eine kurze Zusammenfassung und dann die Geschehnisse der letzten Zeit, die sie am Ende hierher geführt hatten.

„Ich bin nicht von jetzt auf gleich geflüchtet wie damals vor meiner Mutter oder später dann vor Jörg. Nein, diesmal hatte ich alles geplant und vorbereitet, habe mein Autochen gegen einen VW-Bulli getauscht, das war ja schon immer ein Traum von mir. Außerdem wollte ich Kevin Gelegenheit geben, sich zu entschuldigen und mich aufzuhalten. Aber das hat er nicht. Im Gegenteil. Er hat gemeint, wenn ich der Meinung sei, ohne ihn besser dran zu sein, dann solle ich gehen. Und dann hat er sich vor seinen PC gesetzt und abwechselnd Kriegs-Dokus und Zombie Filme geschaut. Tagelang. Ich war für ihn nur noch Luft. Zwei Wochen hab ich das ausgehalten, dann konnte ich nicht mehr. Als ich wieder anfing, Selbstmordgedanken zu hegen, dachte ich: „das ist er nicht wert." Dann hab ich meine wenigen Habseligkeiten zusammen gepackt und bin einfach gegangen. Ich glaub, er hat es nicht mal gleich gemerkt, als ich weg war. Oder er hat gedacht, ich würde spätestens nach drei Tagen wiederkommen. Ich bin dann erst mal gefahren, so lange wie der Sprit gereicht hat. Hab dann in so einem mittelgroßen Ort getankt und wollte eigentlich gleich weiter, um möglichst viele Kilometer Abstand zu gewinnen. Weiß gar nicht warum, weil Kevin mir ja nicht folgen konnte. Er hat ja kein Auto. Und selbst wenn, er hätte ja nicht gewusst, wohin ich bin. Jedenfalls, als ich von der Tankstelle los bin, fiel mein Blick auf ein Schild, welches zu einem Campingplatz führte. Der Platz war nicht groß, aber dafür richtig gemütlich. Kaum, daß ich stand, wurde ich auch schon herzlich begrüßt. Die Leute dort waren total offen, nett und freundlich. Ganz anders, als die Menschen, die mir bis dahin begegnet waren. Trotzdem blieb ich erst einmal zurückhaltend, aber abends, beim gemeinsamen Grillen und nach ein paar Bier wurde ich etwas offener. Und dann brachte jemand Cola und Whisky an. Am nächsten Morgen wachte ich in einem fremden Wohnwagen auf. Die beiden nannten sich Sindy und Bert, lustig oder? Sie waren ein sehr offenes Paar, wenn Du verstehst, was ich meine. Und nicht nur sie. Wirklich, die folgenden Abende wurden wahre Orgien gefeiert. Ich hab's genossen. Die kannten sich ja alle untereinander und „Frischfleisch" war daher immer sehr willkommen. Noch dazu, wenn es noch unerfahren und trotzdem willig war. Nach einer Woche hatte ich dann genug. Nicht vom Sex, aber von den Leuten da. Ich wollte was Neues. Was Kevin konnte, das konnte ich schon lange. Fortan hielt ich bei jeder Pause nach potentiellen Sexpartnern Ausschau. Und ich wurde immer fündig. An manchen Tagen hatte ich bis zu fünf Männer. Also nicht auf einmal. Wobei, manchmal ergab es sich, daß ich zwei Männer zugleich hatte. Das war aber immer abends oder nachts." Tina hielt kurz inne und wirkte auf einmal wieder Abwesend. Ein Lächeln auf ihrem Gesicht deutete Trixi, daß sie wohl gerade mit den zwei Männern in der Vergangenheit weilte. Ein wenig beneidete sie ihre Freundin um ihre wilde Zeit. Sie selbst war immer brav gewesen. Sie würde als alte Jungfer sterben. Obwohl sie nicht hässlich gewesen war, hatte sie doch nie den passenden Partner gefunden. Vielleicht war sie auch zu anspruchsvoll gewesen. Plötzlich erwachte Tina aus ihrem Tagtraum und erzählte weiter, so als hätte es keine Unterbrechung gegeben:

„Ja, und dann kam ich eines Tages an diesem Kloster vorbei. Sie hatten gerade so was wie Tag der offenen Tür. Oder gibt es auch Tage des offenen Klosters? Ich weiß es nicht mehr genau. Erst wollte ich nur einen Rundgang machen und dann wieder gehen. Aber wie es so schön heißt: der Mensch denkt und Gott lenkt.

Ich hatte nach diesen drei Wochen im Kloster schon auch noch Sex, aber längst nicht mehr so oft. Ich suchte mir meine Partner nun sorgfältiger aus und hatte nicht mehr von vornherein nur das Eine im Sinn. Eigentlich hatte mich der bloße Sex ohne Gefühle auch nie wirklich befriedigt. Wenn es kalt war oder regnerisch, bin ich dann auch mal länger bei einem Mann geblieben, bei einem sogar den ganzen Winter über, und fast hätte ich mich auch noch in ihn verliebt. Leider war er mir dann doch zu jung, um auf Dauer zu bleiben. Er hatte keine Ahnung, daß ich acht Jahre älter war, als er. Ich weiß, das ist heutzutage eigentlich kein Problem mehr, wenn ältere Frauen sich jüngere Männer nehmen. Aber ich bin schon fast dreiundvierzig und er wollte eine Familie gründen. Du weißt ja, daß ich keine Kinder bekommen konnte." Nein, das wusste Trixi noch nicht, konnte sich aber sehr gut den Grund dafür vorstellen. Bestimmt hatte ihr Vater, wenn er sie tatsächlich missbraucht hatte, wovon, nachdem, was sie wusste, schwer auszugehen war, alles kaputtgemacht. „Hallo? Hörst Du mir noch zu?" „Entschuldige, was hast Du gesagt?"

„Ich sagte, das war auch besser so. In diese Welt sollte man keine Kinder mehr setzen. Stell Dir vor, ich hätte Kinder mit Jörg oder auch mit Kevin bekommen. Die hätten dann Gene von zwei völlig beknackten gehabt. Keine schöne Vorstellung. Es laufen so schon genug Verrückte da draußen rum und noch mehr Hirnlose. Bin froh, daß ich schon so alt bin. Und weißt Du was? Ich hatte bisher ein recht schönes Leben und ich bereue keinen einzigen Tag. Außer vielleicht den, an dem ich Jörg geheiratet hab. Obwohl, auch das hatte vielleicht sein müssen, damit ich der Mensch werden konnte, der ich heute bin. Alles hat ja irgend- einen Sinn, oder?"

„Ich weiß nicht", sagte Trixi, „schon möglich. Du weißt ja, ich war nie so eine christliche und auch keine esoterische, sondern eher Realistin."

„Möglich, kann mich ehrlich gesagt nicht daran erinnern. Ich wäre ohne meinen Glauben längst nicht mehr hier, soviel ist sicher. Ich hatte damals nicht nur dieses eine Kloster besucht. Vielmehr hatte ich danach so eine Art Wallfahrt von einem Kloster zum nächsten begonnen. Und dann ist der Tag gekommen, an dem ich beschlossen habe, nach Hause zu fahren. So, das war jetzt erst einmal das Wesentliche, die ganze Geschichte wird wohl Wochen in Anspruch nehmen." Dann stellte sie die Gegenfrage: „Und Du?"

Auch Trixi gab erst einmal nur eine Kurzfassung zum Besten. Dann fragte sie Tina, ob sie denn gar keine Erinnerungen mehr an früher hätte. Tina erzählte daraufhin von ihren Tagebüchern und zu welchen Erkenntnissen sie dadurch und durch ihre Therapie gelangt war. Trixi dachte kurz nach. Sollte sie Tina die Wahrheit sagen? „Was mit deinem Vater geschehen ist, kann ich nicht mit Gewissheit sagen. Man munkelte damals eine Zeit lang, deine Mutter hätte ihn umgebracht oder dein Bruder oder gar beide zusammen. Die Polizei hatte nie etwas in dieser Richtung beweisen können. Deine Mutter hatte immer behauptet, er wäre einfach gegangen. Er hätte dieses ständige Hoffen und Bangen einfach nicht mehr ertragen, als du noch im Koma gelegen hast." „Ja, aber warum hätte Mama ihn umbringen sollen?"
Trixi überlegte kurz und sagte dann „weißt, du, du hast da mal was angedeutet. Aber nur einmal und auch nur ganz vage, weil du vor irgendwas Angst hattest."
„Vor was denn ? Was habe ich angedeutet? Jetzt red schon endlich!" Tina wurde langsam ungeduldig. Trixi druckste immer noch herum. Es war ihr sichtlich peinlich. „Naja. Du erzähltest mal, daß dein Vater manchmal heimlich zu dir ins Badezimmer geschlüpft ist uns so." „Wie, und so? Was soll das bedeuten?" „Kannst du dir das nicht denken?" Nein, konnte sie nicht, wollte sie nicht. Missbrauch? Mord? Das konnte nicht sein! Durfte nicht sein! Plötzlich verstummte Trixi, wurde

kreidebleich. „Was ist? Was hast du miteinemmal?" „Nichts. Hab nur beinah einen Termin vergessen. Ich muß los. Tschüss. Wir sehen uns, ja?" Und schon war Ihre Freundin aus der Tür. Tina sah ihr verwundert nach. Sie bemerkte nicht den Mann, der eben das Bistro betreten hatte. Noch weniger ahnte sie, daß eben dieser Mann ihre Freundin zu dieser überstürzten Flucht veranlasst hatte. Sie bat um die Rechnung, bezahlte und ging, gefolgt von dem Fremden, der gar kein Fremder war. Sie konnte sich nur nicht mehr an ihn erinnern: an Tom – ihren Bruder.

Er war der große Manipulator in ihrem Leben. Er war es, der die Fäden in der Hand hielt und sie, wie eine Marionette, nach seinen Vorstellungen tanzen ließ. Zweimal war es ihr schon gelungen, diese Fäden zu durchtrennen. Und wäre sie nicht zurückgekommen, es wäre ihr beim letzten Mal wohl dauerhaft gelungen. Aber das Schicksal meinte es gut mit ihm. Wie immer. Er musste grinsen, wurde aber gleich wieder ernst. Hoffentlich hatte diese Trixi nicht zu viel erzählt. Er würde ihr wohl einen Besuch abstatten müssen, damit so etwas nicht nochmal passierte. Sie musste wieder verschwinden. Notfalls für immer. Hoppla. Fast hätte er übersehen, wie seine Schwester ein Gebäude betrat. „Scheisse, die Stadtbücherei". Bestimmt würde sie im dortigen Zeitungsarchiv stöbern. Seine Schwester litt an Amnesie, aber bestimmt nicht an Blödheit. Trixi musste ihr tatsächlich einen Schups in die richtige Richtung gegeben haben, diese Kuh. „Verdammt nochmal!" Was sollte er jetzt tun? Jetzt konnte er wohl kaum mehr ein Feuer legen, um Hinweise zu vernichten. Naja, das Archiv war umfangreich und sie wusste ja nicht, wo sie anfangen sollte zu suchen. Doch Tina war, wie er schon vermutet hatte, nicht blöd. Sie war zwar nie eine Leuchte in Mathematik gewesen, aber die paar Jahre konnte sie durchaus zurückrechnen. Sie suchte sich den entsprechenden Zeitraum heraus und gab dann noch als Suchbegriff „Mordverdacht, Mord, verschwunden" ein. Das, so dachte sie, sollte erst einmal genügen. Und tatsächlich wurde sie fündig. Sie druckte die für sie relevanten Artikel aus, bezahlte den Preis dafür und verließ die Bibliothek. Tom hatte die ganze Zeit über auf der gegenüber liegenden Straßenseite gewartet. Sie war über zwei Stunden drin gewesen. So, wie sie jetzt voranschritt, hatte sie in dieser Zeit wohl auch etwas gefunden. Er fluchte wieder. Sie war ihm entglitten. Er konnte die Schnüre nicht wieder anknüpfen.

Oder vielleicht doch? Er ging zurück zu seiner derzeitigen Unterkunft, wieder eine kleine Pension etwas außerhalb. Der Fußmarsch gab ihm Gelegenheit, seine Möglichkeiten gründlich zu durchdenken und gegeneinander abzuwägen. Leicht würde es nicht werden, aber machbar. Schließlich war Tina nach wie vor leicht zu manipulieren. Und Mutter würde dicht halten. Ein wenig ärgerte er sich nun doch, daß er sie nicht schon längst aufgesucht hatte. Er war ja seit knapp sechs Monaten schon wieder hier, seiner inneren Eingebung folgend, die sich vor wenigen Stunden als richtig erwiesen hat. Die ganzen Jahre über war er immer wieder mal in seine Heimat gekommen, ohne jedoch jemals seiner Mutter einen Besuch abzustatten. Er hatte sich nur immer heimlich von hinten ans Haus angeschlichen und versteckt hinter einem der Büsche versucht einen Blick auf sie zu erhaschen. Jetzt fragte er sich, warum er nie zu ihr reingegangen ist. Tina, derentwegen ihn seine Mutter damals rausgeworfen hatte, war ja schon lange nicht mehr da. Irgendwie hatte er sich nie getraut. Und je mehr Jahre vergingen, desto weniger traute er sich. Warum eigentlich? Bestimmt hätte sie sich über Besuch gefreut. Es war ihm nicht entgangen, daß sie ein regelrechtes Einsiedlerleben führte. Bestimmt fühlte sie sich mindestens so einsam wie er, wenn nicht noch einsamer, weil er war ja draußen in der Welt, und hatte somit Kontakt zu anderen Mitmenschen. Wie er so über all das nachdachte, wehte ihm Essensduft um die Nase und erinnerte ihn daran, daß er seit dem Vortag nichts Vernünftiges mehr gegessen hatte. Kurzerhand lenkte er seinen Schritt um und begab sich in „seine" Pizzeria. Es war noch nicht viel los, weil es erst kurz vor achtzehn Uhr war, aber es gab schon warmes Essen. Er bestellte sich Tagliatelle al forno mit Pilz-Sahne-Soße, sein Lieblingsgericht, dazu ein Glas Rotwein, die Hausmarke. Während er sein Mahl genoss, musste er immer wieder unwillkürlich grinsen. Er war hier schon oft, eigentlich quasi Stammgast, aber der Kellner hatte ihn nicht erkannt. Seine Maskerade schien zu funktionieren. Und dann fiel ihm ein, wie fluchtartig Trixi das Boef am Vormittag verlassen hatte, nachdem sie ihn entdeckt hatte. Sie hatte ihn offensichtlich sofort erkannt. Woran nur?

Trixi war erst einmal direkt zu ihrem Auto und dann nach Hause geflüchtet. Sie war total durcheinander. Warum nur hatte sie so reagiert? Es waren diese kalten Augen gewesen und seine Haltung. Wie ein Reh war sie instinktiv erst einmal ohne zu denken auf und davon gelaufen. Was mochte Tina jetzt wohl denken? Das war schon komisch, daß beide Geschwister am selben Tag wieder hier auftauchten. Da war was im Busch. Trixi beschlich ein ganz ungutes Gefühl. Ihr war vollkommen klar, weshalb Tina hier war, aber warum Tom? Der führte irgendwas im Schilde.
Ja, das tat er, wenn er auch selbst noch nicht genau wusste, was. Auf alle Fälle musste er Tina wieder in den Griff bekommen. Er lag nun in seiner Pension auf seinem Bett und dachte erneut darüber nach, wie er am besten wieder in Erscheinung treten sollte. Besser wäre es gewesen, wenn er vor Tina seine Mutter besucht hätte. Er musste seine Mutter auf alle Fälle allein erwischen. Ach ja, Trixi musste er auch noch besuchen. Er hatte ihr Angst eingejagt. Gut so. Als er sich ihren Angstvollen Blick in Erinnerung rief, be-

kam er glatt einen Ständer. Nicht, daß er Frauen gerne quälte, aber er liebte es, ihnen Furcht einzuflößen. Außer Tina. Sie sollte sich nie wieder vor irgendwem fürchten müssen. Er konnte nicht ahnen, daß er selbst einmal ihre größte Angst sein würde. Ganz kurz dachte er daran, sich schnell einen runter zu holen, ließ es dann aber sein. Er musste sich jetzt konzentrieren, wenn sein Plan, der ja noch gar keiner war, gelingen sollte. Scheisse. Er hasste, es, so in der Luft zu hängen. Wie sollte er einen Plan ersinnen, wenn er doch noch gar nicht wusste, was Tina in Erfahrung gebracht hatte. Er stand auf und lief unruhig im Zimmer auf und ab. Schließlich schnappte er sich seine Jacke und ging wieder nach draußen. Er lief einfach drauf los, ohne ein rechtes Ziel zu haben und dann stand er vor dem Reihenhaus, in dem Trixi früher gewohnt hatte. Bestimmt wohnte sie jetzt nicht mehr dort. Trotzdem sah er auf das Klingelschild. Ihre Eltern wohnten noch hier. Und dann sah er eine Kontur hinter dem Vorhang, die eindeutig Trixis war. Er sah auf sein Handy, stellte fest, daß es noch nicht zu spät für einen Besuch war und drückte auf den Klingelknopf. Trixi öffnete selbst, ihre Eltern waren wohl schon zu Bett. Sie mussten inzwischen beide knapp achtzig sein, wenn er sich recht erinnerte. Sie hatten Trixi noch bekommen, als sie die Hoffnung auf eigene Kinder schon aufgegeben hatten. Trixis erster Impuls war ihm die Tür vor der Nase zuzumachen. Aber Toms Fuß war schneller. „Aua! Empfängt man so einen

alten Freund?" sagte er und schob sich einfach an ihr vorbei. Trixi antwortet nicht sondern folgte ihm widerwillig ins Wohnzimmer; er kannte den Weg ja noch von früher. Und genau wie früher schon, nahm er sich, ohne zu fragen, einen Drink aus der Bar. Es hatte sich nichts verändert. Nein, stimmte nicht ganz: das Sofa war neu. Tom setzte sich darauf und nahm erst einmal einen Schluck aus seinem Glas. Trixi schenkte sich ihrerseits auch etwas ein. Sie hatte das unbestimmte Gefühl, eine derartige Stärkung gleich brauchen zu können. Hinsetzen mochte sie sich aber nicht. Sie hätte gerne gefragt, was er hier will, bekam aber keinen Ton heraus. Tom lächelte nur. Er weidete sich an ihrer offensichtlichen Furcht. Wieso nur hatte sie Angst vor ihm? Er hatte ihr nie etwas getan. Aber nur, weil sie Tinas beste und einzige Freundin war und er damit indirekt sein Schwesterherz verletzt hätte. „Bist ja schnell davon heute Vormittag", eröffnete Tom endlich das Gespräch. „Hatte einen Arzttermin, den ich beinahe verpasst hätte." „Und, hat's noch geklappt?" „Ja, war nur zehn Minuten zu spät", log Trixi. „Hoffe es ist alles in Ordnung?" „Alles bestens, nur Routine."
Dann wieder Schweigen. „Was will er wirklich hier?" fragt sich Trixi, während Tom überlegt, wie er am besten auf sein eigentliches Anliegen zu sprechen kommt. „Jetzt setzt dich doch endlich hin, das ist sonst so ungemütlich", sagt er dann und klopft dabei neben sich auf die Couch. Er sagt es freundlich und Trixi setzt sich dann auch tat-

sächlich hin. „Früher waren wir Drei mal ganz dicke Freunde", denkt sie dabei und allmählich entspannt sie sich, was aber auch am Alkohol liegen mochte, sie hatte ihr Glas inzwischen geleert. Als Tom dies sah, stand er auf und wollte beiden gerade nochmal vollschenken, als Trixi meinte, ein Glas Wein wäre ihr lieber. „Okay, Wein ist noch im Keller?" Sie nickt. Während Tom den Wein hochholt, denkt Trixi wieder darüber nach, was er wirklich hier wollen könnte. Sie war sich ziemlich sicher, daß dies hier kein bloßer Freundschaftsbesuch war. Und ihr Gefühl sollte sie nicht getäuscht haben. Nachdem sie die Weinflasche fast geleert hatten und Tom endlich wieder gegangen war, lag sie noch lange wach und ließ das Gesagte und auch das Ungesagte, was noch viel wichtiger war, immer wieder revuepassieren. Er war freundlich gewesen. Zu freundlich. Er hatte ihr nicht direkt gedroht, aber trotzdem hatte sie das Gefühl, vor ihm auf der Hut sein zu müssen. Irgendwie war es ihm gelungen, das Gespräch auf Tina und auf damals zu lenken. Erst hatten sie beide nur so um den Brei herumgeredet, aber dann hatte der Wein ihre Zungen gelöst. Auch seine. Leider nicht so weit, als daß er zugegeben hätte ein Vatermörder zu sein. Aber direkt abgestritten hatte er es auch nicht. Dann dachte sie wieder an sein falsches Lachen, seine Überfreundlichkeit, die immer eine unterschwellige Drohung zu beinhalten schien. Nur womit drohte er ihr? Das war alles zutiefst verwirrend und beängstigend. Dann kreisten ihre

Gedanken um die Frage, ob sie Tina von Toms Besuch erzählen sollte, kam dann zu der Lösung, es lieber zu lassen. Es genügte, wenn sie vor Tom Angst hatte. Tina hatte so schon genug Sorgen. Dann holte sie sich den Rest des Weins, in der Hoffnung dann endlich einschlafen zu können. Sie schlief sie in jener Nacht nicht eine Minute.

Tom hingegen schlief wie ein Baby, zwar nicht auf Anhieb, weil auch er sich so seine Gedanken machte, aber dann umso besser. Der Fußmarsch zurück zur Pension hatte ihn nahezu wieder ernüchtert. Er ärgerte sich, daß er nicht die Fragen gestellt hatte, die er ursprünglich hatte stellen wollen. In seinem Kopf hatte er sich ein regelrechtes Verhör zurechtgelegt gehabt, es sich dann, als er den Wein aus dem Keller geholt hatte, anders überlegt. Daher war er jetzt genauso schlau wie zuvor. Nein, ein kleines bißchen schlauer war er. Trixi wusste nämlich absolut nichts. Es gab kein Motiv, keine Leiche und keine Beweise. Er war nach wie vor sicher. Dieser Gedanke ließ neue Hoffnung in ihm aufkeimen, daß es ihm weiterhin gelingen würde, alles im Dunkeln zu halten. Er konnte nicht ahnen, daß seine Schwester dem Motiv bereits auf der Spur war. Selbst wenn sie sich selbst dessen noch gar nicht recht bewusst war. Das dunkle Geheimnis war dabei gelüftet zu werden. Es lauerte an einem Ort, ganz in Tinas Nähe; buchstäblich zum Greifen nahe.

Ihre Mutter hüllte sich weiterhin beharrlich in Schweigen. Wenn sie etwas sagte, dann war es immer wieder der gleiche Satz: „glaub mir Kind, es ist besser Du weißt es nicht." Weder durch Betteln noch Drohen hatte sie irgendetwas Verwertbares aus ihr heraus gebracht. Im Gegenteil. Sie verschloss sich immer mehr. Da knackte sie noch eher eine Haselnuss mit bloßer Hand. Das Einzige, was sie aus ihr herausbekommen hatte, war, daß sie einen Bruder hatte, daß der aber aus ihr unerfindlichen Gründen von einen Tag auf den anderen weggegangen war. Und, daß ihre Freundin Trixi damals in ein Internat in die Schweiz geschickt worden war. Tina steckte wieder fest. Genau wie damals. Alle wussten was, aber keiner sagte was. Das machte sie langsam wahnsinnig. Die Zeitungsartikel hatten auch nichts gebracht. Wie Trixi schon erwähnt hatte – alles nur unbestätigte Gerüchte. Eines Morgens, fast zwei Wochen nach ihrer Ankunft, als sie wie immer erst einmal schweigend mit ihrer Mutter am Frühstückstisch saß, machte sie sich endlich Luft: „Ich halte das nicht mehr aus, Mama." „Ich weiß, Kind. Aber glaub mir, ich kann Dir nicht sagen, wohin dein Vater gegangen ist, ob er überhaupt gegangen ist, oder doch tot ist. Keine Ahnung." Sie zuckte mit den Schultern. Dann stand sie auf und ging aus der Küche. Tina hörte, wie sie die Treppe hoch stieg. Wenige Minuten später kam sie zurück und stellte eine kleine Kiste auf den Tisch. Tina hob den Deckel an. Es waren ihre fehlenden Tagebücher und Fotos. Sie langte hinein und griff sich einige dieser Fotos heraus. Auf dem ersten erblickte sie ein kleines Mädchen, das auf dem Schoß eines Mannes, vermutlich handelte es sich um ihren Vater, saß. Sie sah ihre Mutter fragend an. Diese nickte nur, wohl wissend, was der Blick ihrer Tochter meinte. Auf fast allen Fotos war ihr Vater zu sehen und auf einigen war sie zusammen mit einem Jungen, der ihr Bruder Tom war, wie sie nun ebenfalls wusste. Deshalb waren sie wohl auch aus den Alben entfernt worden. Nachdem sie alle Fotos gesichtet hatte schenkte sie sich eine weitere Tasse Kaffee ein und begab sich damit und mit ihren Tagebüchern, in ihr altes Zimmer, das ihre Mutter all die Jahre hindurch so belassen hatte, wie damals. Sogar die Schranktüren waren noch offen gewesen, als sie vor zwölf Tagen wieder hier aufgeschlagen war; was auch ein etwas sonderbarer Moment gewesen war.

Die ersten Nächte hatte sie bei Trixi verbracht, weil sie nicht wusste, wie sie ihrer Mutter nach so langer Zeit begegnen sollte. Auch Trixi hatte keine rechte Strategie zu bieten und schließlich hatte sie sich einfach ein Herz gefasst, war hingegangen, hatte geklingelt und dann geschah erst einmal nichts. Niemand öffnete. Aber Tina wartete geduldig. Sie wusste, ihre Mutter war da drinnen, weil Trixi ihr erzählt hatte, daß sie nur selten rausging, weder zum Arzt noch zum Frisör und daß sie kaum Besucher empfing. Nur der Pfarrer schaute manchmal auf einen Sprung herein. Tina klingelte nochmal und dann öffnete sich endlich die Tür. Sie wusste nicht genau, was sie erwartet hatte, aber das bestimmt nicht. Ihre Mutter sprach kein Wort der Begrüßung, zeigte keinerlei Regung, sagte nur: „ weißt ja noch, wo dein Zimmer ist." Dabei hatte sie noch gar kein Gepäck dabei gehabt, an diesem Tag, da sie erst einmal vorfühlen wollte. Daher folgte sie ihrer Mutter in die Wohnküche. Diese setzte erst mal in aller Seelenruhe Kaffee auf und dann, nach dem ersten

Schluck, sagte sie   doch noch: „schön, daß du wieder da bist, Kind." Dann schwiegen sie wieder eine ganze Weile bis Tina fragte: „kann ich hier eine Weile wohnen?" „Klar, ich sagte doch vorhin schon, du weißt ja, wo dein Zimmer ist." Nach diesem sonderbaren Empfang ist Tina erst mal wieder zu Trixi, um ihre Sachen zu holen. Die war natürlich schon ganz gespannt hatte sie mit Fragen gelöchert. „Da gibt es nichts zu erzählen, wir haben nicht wirklich geredet" hatte Tina dann gesagt und, daß sie nicht gleich mit der Tür ins Haus fallen wollte. Das hatte Trixi auch verstanden, aber nicht die vollkommen fehlende Wiedersehensfreude.

Und jetzt saß sie da, in ihrem alten Zimmer, auf ihrem alten Bett und versuchte ihre Vergangenheit zu wecken. Ihre Mutter war schon eine sonderbare Frau.   Wohnte ganz alleine in diesem großen Haus und kümmerte sich um nichts und niemanden.

Freundinnen? Fehlanzeige. Genau wie bei ihr. Nein, nicht ganz. Sie hatte wenigstens Trixi wieder, obwohl sich diese innige Vertrautheit nicht mehr so recht einstellen wollte. Tina fühlte, daß Trixi vor etwas - oder jemand – Angst hatte. Aber wenn sie sie danach fragte, bekam sie immer nur Ausflüchte zu hören. Das bildete sie sich nur ein. Sie wären ja so lange getrennt gewesen, da müsse sich alles erst wieder einspielen. Das würde sich mit der Zeit schon wieder ergeben.

Nichts würde sich ergeben. Dafür würde Tom schon sorgen. Er hatte die beiden Mädels die ganze Zeit über beobachtet und nach Möglichkeit auch belauscht und hatte dabei mitbekommen, wann und wo ihre nächste Begegnung sein würde.

Diese Gelegenheit wollte er dazu nutzen, die alten Bande wieder zu verknüpfen. Die Idee war ihm spontan gekommen, als er bei Trixi den Wein aus dem Keller geholt hatte. Manchmal kam man mit Freundschaft doch weiter, als mit Angstmacherei. Der Gedanke, daß Trixi ihn durchschaut haben könnte, kam ihm nicht in den Sinn und so machte er sich am Abend auf den Weg ins Kino. Er setzte sich direkt hinter die beiden, verhielt sich aber still und unauffällig. Wenn dann am Ende das Licht wieder anginge, würde er sagen: „na so ein Zufall!" Der Rest würde sich von alleine ergeben. Und so war es dann auch. Obwohl Tina erst etwas ungläubig drein schaute. Sie hatte ihn nicht sofort wiedererkannt. Er hatte völlig außer Acht gelassen, daß er für sie gar nicht existierte. Er wusste nicht, daß sie erst vor wenigen Tagen erfahren hatte, daß sie überhaupt einen Bruder hatte. Für Trixi war die Situation auch nicht einfach. Wie sollte sie reagieren? Wie sollte sie Tina erklären, daß Tom ihr schon einen Besuch abgestattet hatte, seiner Mutter und seiner Schwester aber noch nicht. Gott sei Dank nahm Tom ihr diese Entscheidung ab, indem er sofort anfing, wie ein Wasserfall ohne Punkt und Komma zu reden. Genau wie bei ihren früheren Treffen. Tom hatte immer was zu erzählen gehabt. Sie gingen noch alle drei gemeinsam was trinken und im Laufe des Abends wurde es fast wieder wie damals. Aber nur fast und auch nur von außen gesehen. Innerlich brodelte es in jedem einzelnen von ihnen. Gespannte Atmosphäre par excellence. Als Tina dann endlich in ihrem Bett lag, konnte sie auch lange nicht einschlafen. Sie fragte sich, wieso ihr Bruder gerade jetzt aufgetaucht war. Wo war er all die Jahre gewesen? Was hatte er gemacht? Er hatte zwar viel geredet und allerlei Geschichten und Anekdoten erzählt, aber nichts wirklich von sich. Er hatte nur so getan, als hätte er selbst das alles erlebt. Tina hatte dazugelernt. Sie war kein kleines Kind mehr und erkannte Lügen auf Anhieb. Und Tom war eine einzige wandelnde Lüge.

Naja, womöglich brachten die Tagebücher endlich Licht ins Dunkel. Sie war noch nicht weit damit gekommen, hatte gerade mal die ersten Seiten durchgeblättert um sie in die richtige zeitliche Reihenfolge zu bringen. Richtig zu lesen wollte sie erst morgen anfangen. Sie gähnte und schlief endlich ein.

Am nächsten Morgen aber konnte sie ihre Neugier dann doch nicht mehr weiter zügeln. Sie holte sich nur schnell eine Tasse Kaffee aus der Küche und verschwand wieder in ihrem Zimmer. Dann nahm sie das erste Buch und las:

Heute ist mein zwölfter Geburtstag. Ich habe dieses Tagebuch geschenkt bekommen. Mein erstes. Weiß gar nicht, was ich reinschreiben soll.

Papa war heute Nacht in meinem Zimmer. Das hat er noch nie gemacht. Er sagte, ich wäre jetzt eine Frau. Das habe ich nicht verstanden. Und er meinte dann noch, daß ich Mama nichts von seinem Besuch erzählen soll. Das wäre unser Geheimnis.

Mehr stand da nicht. Tina prüfte, ob vielleicht eine Seite rausgeschnitten worden war. Aber nein. Dem Datum nach erfolgte der folgende Eintrag am nächsten Tag. Aber auch hier war nicht näher beschrieben, was ihr Vater damals in ihrem Zimmer mit ihr gemacht hatte. Hatte er sie angefasst? Hatte sie ihn anfassen müssen? Sie wusste es einfach nicht mehr. Selbst jetzt, wo sie es las, war da nichts. Kein noch so kleines Erinnerungsfünkchen. Es war, als würde sie über eine Fremde lesen. Vier Tagebücher später war sie keinen Deut schlauer. Sie hatte das ungute Gefühl, daß immer noch eines fehlte. Sie war knapp sechzehn gewesen, als sie diesen Unfall gehabt hatte. Wenigstens wusste sie nun, daß es sich um einen Einbruch ins Eis gehandelt hatte. Aber das eine endete gerade mit ihrem fünfzehnten Geburtstag und dann ging es erst weiter, als sie nach ihrem Krankenhausaufenthalt wieder zu Hause war. Da fehlte ganz eindeutig was. Wieso nur, warf man ihr immer nur Bröckchen hin? Sie fühlte Wut in sich hochkochen. Mit Schwung schleuderte sie ihr letztes Tagebuch gegen die Wand. Dann stürmte sie aus ihrem Zimmer und suchte nach ihrer Mutter. Sie fand sie im Bügelzimmer. Auch so eine Eigenart ihrer Mutter. Das wollte sie damals unbedingt haben, dieses Bügelzimmer. Tina selbst hatte sich ihr Bügelbrett immer vor dem Fernseher aufgebaut. Sie hasste bügeln. Dann wollte sie zumindest nebenher einen Film sehen. Zumindest hatte ihre Mutter das Zimmer inzwischen mit einem tragbaren CD-Player ausgerüstet. Sie hörte Julio Iglesias und summte leise mit. Als Tina ins Zimmer stürmte, hörte sie jedoch schlagartig damit auf. Ihre Tochter war wohl mit den Tagebüchern durch und war wohl, wie sie selbst, zu dem Schluß gelangt, daß immer noch eines fehlte. Sie war ja nicht blöd. Nie gewesen. Eine Amnesie hat ja nichts mit fehlender Intelligenz zu tun. Das war ihr klar. Daher hatte sie sich auch schon eine passende Erwiderung zurechtgelegt, auf die Frage, die nun unweigerlich auf sie zukommen würde. „Wo ist es?" „Wo ist was?" „Du weißt genau was ich meine. Stell Dich bitte nicht dümmer als du bist." „ Ich stelle mich nicht dumm. Ich weiß wirklich nicht, was du meinst, Schatz." Tina war nahe dran, ihrer Mutter das Bügeleisen zu entreißen und es ihr auf den Kopf zu hauen, bis sie endlich redete. Sie fühlte, wie ihr die Selbstkontrolle zu entgleiten begann. Sie schloß daher die Augen, atmete mehrmals ganz tief durch und zählte dabei bis zwanzig. Normalerweise zählte man nur bis zehn, aber das hätte nicht gereicht. Sie öffnete ihre Augen wieder und sah, wie ihre Mutter immer noch seelenruhig weiter bügelte. Das war zu viel. Sie entriss ihr das Bügeleisen und schleuderte es in Richtung des Fensters. Und sie traf dieses auch. Krachend flog es hindurch, blieb dann aber, weil der Stecker immer noch im Verlängerungskabel steckte, auf halbem Weg nach unten hängen. Ihre Mutter starrte mit offenem Mund hinterher. Ein fliegendes Bügeleisen hatte sie noch nie gesehen. Tina drehte sich um und ging. Ihre Mutter zog den Stecker. Sie hörte, wie das Bügeleisen draußen auf den Boden plumpste; ganz leise, wegen des Rosenstrauchs direkt vor dem Fenster. Dann ging sie ins Wohnzimmer und schenkte sich einen Cognac ein. Scheißegal, ob erst Vormittag war. Sie ließ sich ins Sofa fallen, nahm einen tiefen Schluck, der sie augenblicklich entspannte. Aber nicht für lange. Jetzt kam alles wieder hoch. Der Tag des Unfalls, die Monate, wo sie vor Tinas Bett gesessen hatte und dann der Moment, in dem sie erfahren hatten, daß Tina ihr Gedächtnis zum Teil verloren hatte. Dann das Gespräch mit der Therapeutin, die gesagt hatte, die Erinnerungen wären nur weggesperrt, nicht verloren und

128

wie sie gemeinsam beschlossen hatten, es auch dabei zu belassen. Sie hatte nämlich sehr wohl bemerkt, daß mit Tina etwas nicht stimmte und sie hatte auch den Grund dafür vermutet, aber wie Tom hatte sie keine Beweise gehabt. Und ihren Mann oder gar Tina direkt zu fragen, hatte sie aus Angst vor der Antwort, nie gewagt. Das war wahrscheinlich ein Fehler gewesen. Und jetzt war es zu spät. Überhaupt war es jetzt auch nicht mehr notwendig. Sie brauchte nur weiterhin ihren Mund zu halten. Tina würde niemals die Wahrheit herausfinden. Nicht bei ihr, wusste sie doch selbst eigentlich nichts. Doch dann schneite Tom herein. An ihn hatte sie seit Jahren nicht mehr gedacht. Eigentlich seit sie in mehr oder weniger rausgeworfen hatte. Zum einen, weil er sie mit seinen Vorwürfen und seiner Fragerei genervt hatte, und zum anderen, weil sie, nachdem klar war, daß Tina ihr Gedächtnis verloren hatte, die Chance hatte nutzen wollen, die sich aus diesem Umstand ergab. Sie brauchte kein schlechtes Gewissen mehr zu haben, wegen der Dinge, die Tina angetan worden waren, weil es nun so sein würde, als wären sie nie geschehen. Bis heute. Wieso nur waren die beiden zurückgekommen? Und warum gerade jetzt? Tom stand die ganze Zeit über, wo sie so ihren Gedanken nachging, da und wartete auf irgendeine Reaktion. Aber seine Mutter schwieg. Irgendwas war vorgefallen, das hatte er schon mit dem ersten Blick erfasst. Seine Mutter hob ihr Glas erneut an die Lippen und trank einen Schluck. „Nun denn", dachte er und genehmigte sich ebenfalls einen Cognac. Dann setzte er sich gegenüber in den Sessel. Keiner sprach. Als ihre Gläser leer waren, fragte Tom nur: „auch noch einen?" Seine Mutter hob ihm nur wortlos ihr

Glas entgegen. Er nahm es und schenkte beide wieder voll. Erst, als sie auch diese ausgetrunken hatten, fragte Tom, was passiert wäre. „ Ich weiß auch nicht" sagte sie, „plötzlich kam Tina an, hat mir das Bügeleisen aus der Hand gerissen und es aus dem Fenster geschmissen." Das wunderte Tom. Seine Schwester war nie der aggressive Typ gewesen. Da musste schon im Vorfeld was passiert sein. Seine Mutter sagte ihm nicht die ganze Wahrheit. „Aha, also einfach so? Ohne Vorwarnung?". „Naja, könnte sein, daß ich nicht ganz unschuldig an ihrem Ausbruch gewesen bin." „Inwiefern?" „Das ist eine Sache zwischen Mutter und Tochter", wiegelte sie ab, stand auf und ging in die Küche. Tom folgte ihr. Er setzte sich an den Tisch und sah zu, wie sie Vorbereitungen fürs Kochen traf. Er bohrte nicht weiter nach. Er wusste, daß seine Mutter immer schon eine Meisterin des beharrlichen Schweigens war. Sie wäre sicher eine super Agentin geworden, hätte sie damals schon gelebt, als dieser Beruf noch gefragt war. Er war sich ziemlich sicher, daß keine Folter der Welt sie zum Reden gebracht hätte. Er fragte sich nur warum und worüber sie schwieg. Was wusste sie oder glaubte sie zu wissen? Und sie dachte „warum nur können die beiden die Vergangenheit nicht einfach ruhen lassen?" Sie war sich ziemlich sicher, daß auch Tom nur deswegen gekommen war. Oder war er doch auf ihrer Seite und wollte Tina womöglich nur beschützen? Sie wagte nicht, ihn zu fragen. Irgendwie war es ja auch schön, beide Kinder mal wieder gemeinsam im Haus zu haben. Sie hätte nicht zu träumen gewagt, daß es jemals wieder so sein könnte. Ein leises Lächeln umspielte ihre Lippen. Tom sah es und lächelte nun ebenfalls, wenn auch aus einem ganz anderen Grund. Wie einst sah er seiner Mutter beim Kochen zu und dann sagte sie, wie früher, zu ihm, er möge doch bitte schon mal den Tisch decken, und er tat es.

So hatte er sich seine Rückkehr nicht vorgestellt, aber eigentlich war es ganz okay. Hätte schlimmer sein können. Sie hätte ihn auch auf der Stelle rauswerfen können, ihm Vorwürfe machen, vor Freude weinen. Aber nein, nichts von alledem war passiert. Es war, als wäre er nur nach einem einzigen Arbeitstag zum Mittagessen nach Haus gekommen, als wäre er nicht beinahe dreißig Jahre lang weg gewesen.

Tina war nach dem Streit erst auf ihr Zimmer gerannt um dort festzustellen, daß sie dringend frische Luft brauchte. Sie hatte nicht bemerkt, daß Ihr Bruder mit ihrer Mutter im Wohnzimmer saß und die beiden hatten nicht bemerkt, wie sie das Haus verließ. Dabei lief sie direkt am Wohnzimmerfenster vorbei. Sie war so wütend und durcheinander, achtete gar nicht darauf wohin sie überhaupt lief und fand sich miteinmal am Seeufer wieder. Es war tiefster Winter, genau wie damals. Einem unbestimmten Gefühl folgend, zog sie ihr Handy aus der Hosentasche und blickte auf das Datum. Es war der Unglückstag. Und nicht nur das Datum war dasselbe, auch der Wochentag. Das konnte kein Zufall sein. Bisher hatte sie es, aus einer nicht so recht greifbaren Angst heraus, vermieden, zum See zu gehen. Und dann kam auch noch Trixi an. Sie griffen sich in wortlosem Einverständnis an den Händen und blickten auf den See hinaus. Er war nicht zugefroren. Die Klimaerwärmung hatte auch vor ihrem Städtchen nicht halt gemacht. Es lag auch längst nicht mehr so hoher Schnee, wie damals in ihrer beider Kindheit. Dann begann Trixi zu reden: „das war ganz schön gruselig, als du da auf einmal unter dem Eis dahingetrieben bist. Ich konnte mich erst nicht rühren. Aber dann bin ich gerannt. Auf halbem Weg ist mir dann Tom entgegen gekommen. Er hatte eine Axt dabei. Damals hab ich mich nicht gefragt, warum. Aber heute, so im Nachhinein schon. So als ob er schon gewusst hatte, daß Du eingebrochen bist. Dabei war er doch angeblich in der Arbeit. Wieso also war er dann doch um diese Uhrzeit schon da? Und wozu um alles in der Welt war er mit dieser Axt unterwegs? Jedenfalls ist er an mir vorbei gerannt, hat gar nicht gefragt, was passiert ist. Ich bin dann weiter zu dir nach Hause. Wollte bei deiner Mutter telefonieren. Die Feuerwehr rufen oder so, keine Ahnung. Einfach noch mehr Hilfe holen. Deine Mutter hat das dann gemacht, weil ich noch völlig außer Atem war und viel zu aufgeregt. Sie hingegen blieb ganz ruhig und gefasst. Ich wollte dann wieder zum See laufen, aber deine Mama hat mich nicht gelassen. Ich musste heißen Kakao trinken und warten. Dann kam irgendwann Tom daher und sie fuhren ins Krankenhaus. Keiner hat mir was gesagt. Die haben mich einfach dort in der Küche alleine sitzen gelassen. Ich glaube ich hab dann zwei, drei Stunden gewartet. Es kam aber niemand. Ich hab mir in dieser Zeit die schlimmsten Dinge ausgemalt. Handys gab es ja noch nicht. Also hat mir auch keiner wenigstens eine SMS geschickt, wie sie es heute wohl tun würden. Bin dann heim, hab meiner Mama gesagt du seist tot und hab mich in meinem Zimmer eingesperrt. Ich bin drei Tage lang nicht raus. Nicht mal aufs Klo. Ich musste nicht pinkeln. Hab wohl alle Flüssigkeit in Form

von Tränen vergossen. Jedenfalls nach drei Tagen hat meine Mutter durch die Tür gerufen: „sie lebt!" Ich konnte es nicht glauben. Wollte es mit eigenen Augen sehen. Aber sie sagten, du lägest auf der Intensiv Station und nur die nächsten Angehörigen dürften da rein. Da gehörte ich nicht dazu. Obwohl ich deine beste Freundin war. Einmal hab ich mich aber doch reingeschlichen ins Krankenhaus. Hat ewig gedauert, bis ich rausgefunden hatte, wo du liegst. Ich konnte ja schlecht jemanden fragen. Da hätten die mich sonst wieder rausgeschickt. Und ich musste noch drauf achten, deinem Bruder nicht in die Arme zu laufen. Er war mir, seit ich ihn mit dieser Axt gesehen hab, irgendwie unheimlich geworden. Übrigens bist Du nicht eingebrochen. Da war schon ein Loch." „Ja", sagte Tina darauf, „ ich weiß." „Echt? Woher? Du erinnerst dich doch an nichts." „Ich hab's geträumt, beziehungsweise während einer meiner Hypnose Sitzungen gesehen. Aber nur das Loch." Das war wirklich alles sehr mysteriös. Irgendwie warf jede Antwort noch mehr Fragen auf. Wieso war da dieses Loch? Wer hatte es ins Eis geschlagen und zu welchem Zweck?
Die Antwort darauf kannte nur einer.

Tom war an diesem schicksalhaften Tag extra früher von seiner Arbeit heim gekommen, weil er mit seinem Vater zum Eisfischen gehen wollte. Er hatte seinem Chef erzählt, daß er seinen Vater, wenn er wie geplant,   von seiner Geschäftsreise wiederkäme, damit überraschen wollte. Sein Chef, selbst Vater eines Sohnes, war begeistert von dieser Idee und hatte ihm tatsächlich für diesen Nachmittag frei gegeben. Als er dann zu Hause ankam, hatte seine Mutter ihm eröffnet, daß sein Vater immer noch auf Geschäftsreise wäre, beziehungsweise, daß er sich nicht gemeldet hätte und sie vermutete, daß er das noch wäre. „Und übrigens, Tina ist alleine zum See", hatte sie dann noch ergänzt. Kaum, daß sie diesen Satz beendet hatte, war er auch schon losgerannt. Warum er die Axt dabei hatte, wie sie überhaupt in seine Hände geraten war, wusste er heute nicht mehr zu sagen. Er war einfach damit losgerannt. Dann sah er Trixi, wie sie ihm entgegen rannte. Er sah ihr sofort an, daß der Schlimmste Fall eingetreten sein musste und rannte daher einfach an ihr vorbei. Er wusste instinktiv, daß keine Zeit zu verlieren war. Als er dann am See ankam, sah er Tinas roten Anorak durchs Eis schimmern. Kurz, nur einen Sekundenbruchteil betrachtete er sie. Ihr Gesicht war blassblau. Ihre Lippen auch. Fast waren sie nicht mehr zu erkennen. Da, eine kleine Luftblase entwich. Das weckte ihn auf. Er hackte sofort drauf los, darauf achtend, seine Schwester nicht zu treffen. Die Angst um sie verlieh ihm ungeahnte Kräfte. Trotzdem ging ihm alles viel zu langsam. Endlich schaffte er den Durchbruch. Scheisse. Sie begann abzudriften. Er hackte noch fester und noch schneller. Sirenen ertönten. Feuerwehr und Notarzt kamen an. Jetzt war er nicht mehr allein. Mit Hilfe der Feuerwehr war das Loch dann schnell groß genug um Tina rauszuziehen. Sie atmete nicht. Nun übernahm der Notarzt. Tom wurde nach hinten gedrängt. Endlich kam auch der Krankenwagen an. Es dauerte gefühlt Stunden, bis sie Tina endlich in den Krankenwagen schoben, obwohl er in Wahrheit nur ungefähr zehn Minuten waren.

Er war hingelaufen, wollte mitfahren, aber sie ließen ihn nicht, ließen ihn einfach dort in der Kälte stehen und nahmen seine kleine Schwester mit. Sie hatte so klein ausgesehen, als hätte die Kälte sie geschrumpft, was womöglich sogar stimmte. Er hatte sich so hilflos und allein gefühlt. Der Notarzt und die Feuerwehr waren dann auch einfach wieder abgefahren, ohne ihn weiter zu beachten. Ihm war nichts anderes übrig geblieben, als alleine nach Hause zu stapfen. Zum Laufen hatte er keine Kraft mehr. Das Adrenalin, das ihn zuvor so angetrieben hatte, war verschwunden, als wäre es nie da gewesen. Seine Mutter war gerade auf dem Weg zum Auto, als er am Haus ankam. Er schaffte es gerade noch so, zuzusteigen. Gott sei Dank hatte ihr Auto keine Zentralverriegelung und war immer offen. Sonst wäre sie wohl ohne ihn gefahren. Tina war ihr ein und alles.

Während der Fahrt zum Krankenhaus war Tom alles wieder in den Sinn gekommen. Der Tag von Tinas Geburt. Es war so schnell gegangen, daß keine Zeit mehr geblieben war ins Krankenhaus zu fahren. In dem einen Moment hatte seine Mutter noch in der Küche gestanden und im nächsten war Tina da – Sturzgeburt. Als er aus der Schule Heim kam, er ging gerade mal in die erste Klasse, lag seine Mutter mit einem Bündel im Arm im

Bett. Nie würde er diesen Anblick vergessen. Er hatte sich gar nicht vorstellen können, daß er selbst auch einmal so klein gewesen war. Diese winzigen Fingerchen. So klein und zerbrechlich und doch schon so kraftvoll. Er war regelrecht erschrocken gewesen, über diese Kraft, als sie seinen Finger, mit dem er sie zart zu berühren suchte, umschlossen hatte. Er liebte dieses kleine Wesen, mehr als seine eigene Mutter es je lieben würde. Selbst dann noch, als seine Mutter nur noch Augen und Ohren für Tina gehabt hatte, und ihm, nicht nur weniger, sondern gar keine Aufmerksamkeit, und schon gar keine Zuwendung mehr, geschenkt hatte. Erst als die Stillzeit, die fast drei Jahre gedauert hatte, vorbei war, da wurde seine Anwesenheit wieder registriert. Aber nur in der Form wie: „pass mal auf deine kleine Schwester auf" oder „kümmere dich um Tina." Obwohl er selbst zu der Zeit noch jemanden gebraucht hätte, der sich um ihn gekümmert hätte, war er doch gerade einmal neun Jahre alt, naja, fast zehn. Sie kamen am Krankenhaus an. Er hätte erwartet, daß sie direkt vor dem Eingang parken würden, um schnellstmöglich zu Tina zu gelangen, aber nein, seine Mutter hatte in aller Ruhe einen Parkplatz gesucht. Er würde diese Frau niemals verstehen. Auf der einen Seite schien sie ihre Tochter zu lieben, auf der anderen Seite war es manchmal so, als wäre sie ihr völlig gleichgültig. Das war schon immer so gewesen. Sie hatte zum Beispiel nicht bemerkt, wie Tina sich nach ihrem zwölften Geburtstag zu verändern begonnen hatte. Der Parkplatz war gefunden und Tom musste seine Gedanken unterbrechen. Schweigend waren sie zum Eingang gegangen. Dann, als ob Tina nur wegen einer Blindarm-OP oder sonst etwas harmlosen hier wäre, und nicht, weil sie womöglich noch mit dem Tod rang, hatte seine Mutter mit ganz ruhiger Stimme, ohne irgendeine emotionale Regung zu zeigen, nach der Zimmernummer gefragt. Natürlich fand die Dame an der Rezeption nichts, weil sich Tina zu der Zeit noch in der Notaufnahme befunden hatte. Aber anstatt der Dame diesen Umstand mitzuteilen, setzte sich seine Mutter einfach in den Wartebereich. Das war zu viel für Tom gewesen und er schrie: „wie kannst Du nur so kalt bleiben! Ich verstehe das nicht!" Und dann war alles aus ihm herausgebrochen. Es war ihm egal, daß die Menschen um sie herum sie nun offen anstarrten, begierig darauf, was sich nun gleich offenbaren würde. Es würde sie von ihren eigenen Sorgen etwas ablenken. „Weißt Du noch, damals, als ich mal versucht habe, dich auf Tinas Veränderung nach ihrem zwölften Geburtstag anzusprechen?" Sie hatte nur die Achseln gehoben und gemeint, er verstünde nichts von Frauen und hätte daher keine Ahnung, daß solche Veränderungen für Mädchen ganz normal wären. Es hatte keinen Sinn. Er würde ihr nie klar machen können, was passiert war. Sie wollte es offensichtlich auch gar nicht wissen. Für sie war alles normal. Aber nicht für ihn. Er kannte seine Schwester. Besser als sie sich selbst vermutlich. Sie war früher oft zu ihm ins Bett gekrochen gekommen, wenn sie Angst gehabt hatte. Manchmal auch einfach nur so, um mit ihrem großen Bruder zu kuscheln. Da war ja nichts dabei. Aber von einem Tag auf den anderen, war sie, wenn er sie berührt hatte, zusammengezuckt. Dabei hatte er sie niemals unsittlich berührt. Meist hatte er ihr einfach nur eine Haarsträhne aus ihrem Gesicht gestreift oder sie am Arm gestreichelt. Und dann ihre Stimmungsschwankungen. Wenn ihr Vater da war, war sie auf einmal ganz anders. Irgendwie verspannt. Und wenn er sich auf einer seiner Dienstreisen befunden hatte, dann war sie wie ausgewechselt. Sie lachte und war gelöst, so wie früher. Das konnte seiner Mutter doch nicht entgangen sein, oder? Das sah doch selbst ein Blinder, daß da was nicht in Ordnung war. Oder hatte seine Mutter doch recht und er hatte sich alles nur eingebildet? Wirklich etwas gesehen hatte er ja nie. Und dann, wenn er genauer darüber nachdachte, hatte Tina tatsächlich auf einmal wieder ganz normal gewirkt. Ihre Noten waren gut gewesen, sie hatte sich mit Freundinnen getroffen, allen voran mit Trixi, sie hatte gelacht und es hatte echt gewirkt, nicht gespielt. Scheisse, was hatte er getan? War am Ende doch alles nur ein Missverständnis gewesen? Egal. Er hatte das Spiel begonnen, jetzt musste er es auch durchziehen. Hoffentlich starb Tina nicht. Seine Mutter saß immer noch da und starrte ins Leere.

Sie bemerkte nicht, wie Tom sich in Richtung der Notaufnahme begab um dort nach Tina zu fragen. Keine Zehn Minuten später kam er wieder, nahm sie am Arm, zog sie hoch und führte sie zur Intensivstation. Sie ging mit, als wäre sie ein willenloser Zombie. Sie mussten sich Schutzkittel, Hauben und Plastiküberzieher über die Schuhe anziehen und kurz darauf saßen sie an Tinas Bett. Sie lebte. Gott sei Dank! Aber gerade mal so. Ob ein Gehirnschaden vorlag, konnten die Ärzte nicht mit Gewissheit sagen. Auch nicht, wann sie aus ihrem Koma erwachen würde ob sie überhaupt jemals wieder erwachen würde. Das sagten sie aber nicht. Die erste Zeit war Tom so oft und so lange er konnte an Tinas Bett gesessen, aber dann hatte er den Anblick ihrer Mutter nicht mehr ertragen. Es war einfach nicht zu erkennen, was sie fühlte, ob sie überhaupt etwas fühlte. Und dann war ja auch noch plötzliche das Verschwinden seines Vaters. Die Polizei war da gewesen, hatte Fragen gestellt und sie hatte immer nur mit den Schultern gezuckt und gesagt, sie wisse von nichts, was wahrscheinlich sogar stimmte. Die Polizisten fragten dann noch, warum sie keine Vermisstenmeldung gemacht hätte, worauf sie nur gesagt hatte: „Reisende soll man nicht aufhalten." Damit hatte sich die Polizei zufrieden gegeben. Sie hatten kein Motiv für einen Mord finden können und auch die Nachbarn hatten kein solches geliefert. Eine sagte nur: „der wird sich wohl mit seiner Geliebten abgesetzt haben." Er selbst war nie wirklich befragt worden, nur, wo er an dem Abend gewesen sei, als sein Vater nicht wie angekündigt wiedergekommen sei. Er sagte er wäre auf einer Party gewesen und seine Freunde hatten sein Alibi bestätigt. Keiner hatte bemerkt, als er gegangen war und wenn doch, dann hatten sie es der Polizei nicht gesagt. Dieser schicksalhafte Abend war kurz nach Tinas fünfzehnten Geburtstag. Mutter war zum ersten Mal in ihrem Leben übers Wochenende weggefahren. Vater hatte ihr diesen Trip geschenkt. Eine Busreise nach Prag. Ausgerechnet an diesem Wochenende war Tom auf besagter Party gewesen und hatte vorgehabt, dort zu übernachten. Doch die Party war todlangweilig und so war er doch nach Hause gefahren und dann…

Was an diesem Wochenende passiert ist, durfte niemals irgendwer erfahren. Am wenigsten seine Schwester. Sie musste endlich aufhören, danach zu bohren. Er musste dafür sorgen, daß sie hier wieder verschwand. Aber wie? Dann, kam ihm die Erleuchtung: Kevin. Er musste die beiden wieder zusammen bringen. Nur wie?
Anrufen ging nicht. Erstens hatte er seine Nummer nicht und selbst wenn? So etwas war nur schwer am Telefon zu erklären. Er würde hinfahren und ihn holen müssen. Das behagte ihm gar nicht, weil er befürchtete, die beiden Freundinnen könnten ohne seine Aufsicht weitergraben. Ande-

rerseits, was konnten sie schon herausfinden. Im Grunde gar nichts.

Als Tina und Trixi vom See zurückkamen, wovon sie natürlich kein Sterbenswörtchen erzählten, saß er wie früher gemeinsam mit ihnen am Tisch und erzählte seine Anekdoten. Und Mutter saß nur da, hörte zu und lächelte. Zum zweiten m Mal schon an diesem Tag und zum letzten Mal für immer. Als das Essen beendet war, ging Trixi mit hoch in Tinas Zimmer und Tom half seiner Mutter noch beim Abwasch.

Er war während des Essens zu dem Schluß gekommen, daß nur er allein wirklich alles wusste und das auch so bleiben würde. Er war sogar felsenfest davon überzeugt. Aber das Gehirn spielt uns manchmal seltsame Streiche. Nicht immer ist alles so, wie es auf den ersten Blick scheint. Es ist sogar ganz oft ganz anders. Wir sollten uns angewöhnen, eine Sache immer mindestens zweimal und von verschiedenen Seiten zu betrachten. Ansonsten kommt es immer wieder zu Missverständnissen, die dramatische Folgen haben können. Aber daran dachte Tom nicht. Er machte sich daran, seinen neu ersonnenen Plan in die Tat umzusetzen.

Zwei Tage später klingelte es bei Kevin an der Haustür. Er ignorierte es. Seit Tina weg war, wollte er niemanden mehr sehen. Auch nicht, als sie ihm auf seine Anfrage um ein Lebenszeichen geantwortet hatte. Jetzt, wo er wusste, daß sie noch lebte, wünschte er sich fast, sie wäre tot. Das wäre der einzige Grund, den er akzeptieren könnte, warum sie nicht zu ihm zurückkam. Daß sie noch lebte, und es nicht tat, schmerzte ihn. Das war neu. Solche Gefühle hatte er noch nie gehabt. Er fand dieses Gefühl total scheisse. Auch, weil er nicht dazu in der Lage war, dieses Gefühl in sich näher zu beschreiben, geschweige denn, damit umzugehen. Es klingelte erneut. Kevin spähte nun doch durch seinen Spion. Es stand nur ein einzelner Mann draußen; also nicht die Zeugen Jehovas. Die kamen ja immer zu zweit, manchmal zu dritt, mit Kind. Warum, konnte er nicht sagen, er hatte denen noch nie aufgemacht. Trotzdem versuchten sie es regelmäßig bei ihm. Vielleicht sollte er doch mal öffnen und denen klar machen, daß er an gar nichts glaubte. An keinen Jehova, keinen Allah und schon gar nicht an einen Gott. Gäbe es einen solchen, dürfte die Welt nicht so scheisse sein. Das war seine Überzeugung. Der Typ stand immer noch da. Was wollte der bloß? Wieder drückte er auf die Klingel. „Ich weiß, daß du da bist." „Hä? Wieso wusste der, daß er in der Wohnung war?" Kevin bekam wieder mal seine Paranoia. War das einer vom BND? Wurde er beschattet? Kevin war davon überzeugt, daß alle, auch vollkommen unbescholtene Bürger, ständig ausgespäht und abgehört wurden. Manchmal sprach er bestimmte, sogenannte Schlüsselwörter, in Richtung seines Mobiltelefons, wie beispielsweise: „Bombe". Und dann sah er auf die Uhr und wartete darauf, daß jemand kommen und ihn verhaften würde. Er überlegte kurz, ob er kürzlich wieder sowas in der Richtung gesagt hatte und ob der Mann da draußen ihn wohl dafür verhaften würde. Kam dann aber zu dem Schluss, daß die wohl eher bewaffnet und zu mehreren kommen und bestimmt nicht vorher klingeln, sondern seine Wohnung gleich stürmen würden. „Ich tu dir nichts, ich will dir nur sagen, wo Tina ist", sagte der Fremde jetzt. Kevin riss die Tür auf, packte diesen Kerl am Kragen und zog ihn in seine Wohnung. Kurz warf er einen Blick in den Flur, sich vergewissernd, ob auch bestimmt nicht doch noch jemand dort stand. Tom blieb derweil stehen und rührte sich nicht. Er wusste um Kevins Paranoia. Als Tina noch hier wohnte, war er nie weit weg gewesen. Zumindest, bis er sich sicher war, daß es ihr hier gut ging und sie auf Dauer bleiben würde. Dann hatte er diesen kleinen Urlaub gewagt und als er zurückkam, war Tina weg. Kevin musterte Tom von oben bis unten. Fast hätte Tom sich gedreht, ließ es dann aber lieber sein. Stattdessen stellte er sich vor: „hi, ich bin Tom, Tinas Bruder." „Tina hat keinen Bruder", sagte Kevin. „Wollen wir nicht rein gehen und ich erzähl dir alles" fragte Tom. Kevin antwortet nicht, ging nur voraus und Tom folgte ihm einfach nach. Es herrschte totales Chaos. Überall lag Wäsche herum. Die Wollmäuse hatten schon eher das Volumen von Wollratten. Es war nicht zu erkennen ob das nun ein Wohnzimmer oder das Schlafzimmer sein sollte. Es sah so aus, als würde sich sein ganzes Leben nur in diesem einen Raum abspielen, obwohl es noch weitere Zimmer geben musste. Tina musste sich ja irgendwo aufgehalten haben. Tom ging dann weiter in den nächsten Raum. Es war eine kleine Küche. Im Spülbecken stapelte sich schmutziges Geschirr und daneben das abgespülte. Kevin räumte nichts in den Schrank. Er baute den sauberen Stapel ab, und wenn alles weg war, spülte er ab und der Kreislauf begann von neuem. Mit seiner Wäsche verfuhr er genauso: raus aus dem Trockner und ab damit in eine freie Ecke. Wozu zusammenlegen und in einen Schrank räumen? Tina hatte das früher für ihn gemacht. Als sie noch da war, war alles tipptopp. Aber jetzt sah er keinen Sinn mehr darin, Ordnung zu halten. Naja, einen wirklichen Sinn hatte er auch nicht darin gesehen, als Tina das noch getan hatte. Für ihn war das Verschwendung von Lebenszeit. Das Leben war zu kurz, um es mit aufräumen und putzen zu verbringen. Aber Frauen schienen das zu brauchen. Vor allem Tina. Nicht, daß sie eine von denen war, die einen regelrechten Putzfimmel hatten. Nein, das nicht. Aber ein gewisses Mindestmaß an Ordnung und Sauberkeit war doch wichtig für sie. Kevin wurde nun doch etwas verlegen, als er bemerkte, wie Tom seine Nase rümpfte. Er hatte es nur ganz kurz, und wie er selbst meinte, unmerklich, getan. Kevin hatte es dennoch bemerkt. Schnell wischte er daher mit seiner Hand kurz über den Küchenstuhl, auf den Tom sich setzen sollte. Dabei kam ihm der Tag in den Sinn, an dem Tina zum ersten Mal in seiner Wohnung gewesen war. Damals hatte es nicht viel anders ausgesehen. Ein wenig sauberer, kein schmutziges Geschirr, aber ansonsten doch auch recht chaotisch für außenstehende. Er selbst wusste immer ganz genau, wo sich was befand. Außer seine Schlüssel. Tina hatte damals genau dort gesessen, wo Tom nun saß. Er hatte ihr einen Kaffee gemacht. Aber nicht irgend einen nullachtfünfzehn Kaffee sondern seinen Kevin-Frauen-Spezial-Verführ-Kaffee. Mit weißer Schokolade drin, Curcuma, Nelkenpulver, Zimt und einem Hauch schwarzen Pfeffer. Und dabei hatte er unaufhörlich geredet. Und dann, während sie im zuhörte und ihren Kaffee genoss, hat er ihr die Schuhe ausgezogen und angefangen, ihre Füße zu massieren. Alles Weitere war ein Kinderspiel gewesen. Eigentlich sollte es nur eine Affäre werden. Für ihn zumindest. Aber dann, nachdem sie ihn einen Monat lang jeden Tag besucht hatte, war er es gewesen, der sie gefragt hatte, ob sie nicht ganz zu ihm ziehen wolle. Sie könne die Wohnung gestalten, wie sie wolle. Dann hatten sie sich gemeinsam eine neue Waschmaschine gekauft. Seine alte hatte keinen Wasserzufluss. Er hatte das Wasser immer selbst, mit einer Gießkanne zugeführt. Versonnen dachte er an diese Zeit zurück: Wow. Was für eine Frau! „Das ist sie", sagte Kevin laut zu sich selbst. Sein erster Impuls war, ihr gleich irgendeinen Kommentar auf ihrem Profil zu hinterlassen. Er hatte schon angefangen zu schreiben, als ihn eine Art Eingebung innehalten ließ. Er betätigte die Löschtaste. So wie bei allen anderen Frauen konnte er hier nicht vorgehen. Er fühlte instinktiv, daß sie anders war. Überhaupt war ihr Profil noch keine zwei Tage alt. Er beschloss abzuwarten. Sie würde auf ihn zukommen, wenn sie soweit war. Und tatsächlich, noch am selben Tag erhielt er „Post" von ihr. Er war beeindruckt. Sie war forsch und zurückhaltend zugleich. Sie machte ihn neugierig, diese Tina. Und so schrieb er zurück. Eine rege Korrespondenz begann. Und dann, weil ihm vom vielen Tippen schon seine Finger schmerzen, schickte er ihr seine Telefonnummer. Es sollte aber noch weitere zwei Tage dauern, ehe sie diese auch wählte. Als er sich meldete, sagte sie erst nichts und dann: „oh, Entschuldigung, da hab ich mich wohl verwählt" und legte auf. Kurz darauf erneutes Klingeln. Er meldete sich wie zuvor und wieder entschuldigte sie sich und legte erneut auf. Dann meldete sein Computer den Eingang einer Mail. Es war Tina. „Du hast mir wohl die falsche Nummer gegeben", schrieb sie. Nein, hatte er nicht. Und dann schlug er sich die Hand vor die Stirn und sagte: „ scheisse." Er hatte sein Profil mit einem falschen Namen angelegt, sich am Telefon aber mit seinem echten gemeldet. So ein Mist! Das ganze Vertrauen, das sie recht zögerlich zu ihm gefasst hatte, war dabei, den Bach runter zu gehen. Er blickte auf sein Handy. Dann nahm er es auf und sah sich das Anrufprotokoll an. Sie hatte ihre Nummer nicht unterdrückt. Ein weiterer Vertrauensbeweis. Er drückte die Wähltaste. Schon nach dem ersten Läuten war sie dran: „Ja?" „Hallo Tina, hier ist Kevin."

„Hallo, Kevin." Schweigen. Was sollte er ihr sagen? Er versuchte es mit der Wahrheit, redete ohne Punkt und Komma fast eine halbe Stunde lang und dann sprach sie fast eben so lang und dann fragte er spontan, ob sie Zeit und Lust auf einen Kaffee hätte und sie sagte zu. Keine viertel Stunde später saß sie vor ihm in seiner chaotischen Küche. Er hatte keine Zeit mehr gehabt, noch groß aufzuräumen, weil er sie unbedingt sofort sehen wollte. Sie hatten sich knapp acht Wochen lang nur geschrieben. Und dann, als er zum ersten Mal ihre Stimme gehört hatte, die genau so war, wie er es sich vorgestellt hatte, da dachte er einen kurzen Augenblick: „das ist die Frau meines Lebens." Die Frauen, die er zuvor in seinem Leben getroffen hatte, waren immer nur Mittel zum Zweck gewesen. Außerdem waren alle immer viel jünger gewesen. Kleine Mäuschen. Sie hatten zu ihm aufgeschaut und seine Liebeskünste genossen. Und er hatte ihre Unerfahrenheit genossen. Ein einziges Mal hatte er geglaubt, die Richtige gefunden zu haben. Sie hatten geheiratet und ein Kind bekommen, das allerdings nur drei Tage gelebt hat und am Ende in seinen Armen gestorben ist, weil die Ärzte bei der Geburt gepfuscht hatten. Die Trauer um dieses kleine Wesen, das nie eine echte Chance auf Leben gehabt hatte, hatte ihn damals fast umgebracht. Er hatte es immer noch nicht verwunden, auch nicht die Scheidung, die aufgrund ihres zu unterschiedlichen Ausdrucks dieser Trauer, unweigerlich hatte folgen müssen. Er war einfach nicht in der Lage gewesen, seiner Frau den Halt zu geben, den sie gebraucht hätte, und sie hatte ihn nicht verstanden. Sie konnte einfach nicht mit seiner Wesensart umgehen. Nach der Scheidung hatte er ein recht ausschweifendes Leben begonnen. Egal, ob eine dick oder dünn, schön oder hässlich war, wenn eine mit ihm ficken wollte, dann hat er nie „nein" gesagt.

Und nun saß Tina da, und er wusste nicht so recht, wie er nun weiter vorgehen sollte.

Also redete er, erzählte ihr alles. Auch, daß er mit gerade einmal sechzehn Jahren drei Tage mit einer Fünfundreißigjährigen im Gasthaus seines Dorfes verbracht hatte. Sie hatte ihm alles beigebracht. Zumindest was den Sex betraf. Ein wirklicher Frauenversteher war er trotz des regen Verkehrs mit ihnen, nie geworden. Aber Tina wollte er verstehen. Bei ihr fühlte er zum ersten Mal eine Verbundenheit, die er noch nie hatte. Das lag zum Teil auch daran, daß sie älter war und somit auf Augenhöhe mit ihm. Und sie hörte ihm geduldig und fasziniert zu. Sie war noch nie einem Mann begegnet, der so viel an einem Stück geredet hat. Tina war froh, denn so brauchte sie nichts von sich erzählen. Sie hätte auch nicht gewusst was, sie hätte erzählen sollen. Über ihre Ehe mit Jörg wollte sie nicht sprechen - noch nicht. Nach zwei Stunden Redeschwall war Kevin auf einmal still geworden. Was nun? Er wollte sie, aber das war ihr erstes reales Treffen. Er wollte nun auf keinen Fall mehr, daß dies wieder nur ein One-Night-Stand wurde. Er sah sie an und versuchte zu ergründen, was sie wohl gerade dachte. Wollte sie „es" auch? Sie wollte, aber auch sie war sich unsicher, ob das nicht doch zu früh wäre. Womöglich dachte er dann, daß sie auch nur „so Eine" sei. Eine die leicht rumzukriegen ist. Und dann nahm er ihre Füße auf seinen Schoß, zog ihre Schuhe aus und sie erhielt die erste Fußmassage ihres Lebens. Sie schloß genießerisch die Augen und da wusste Kevin, daß er sie im Sack hatte. Nur zehn Minuten später nahm er sie bei der Hand und führte sie zu seiner Matratze. Ein Bett besaß er nicht. Als er in sie eindrang, war es, als vereinten sich nicht nur ihre Körper, sondern auch ihre Seelen. Er wollte gar nicht mehr aufhören, nahm sie immer wieder, hielt sich so lange zurück, daß er am Ende nicht zum Abschuss kam. Aber das war egal. Es war einfach nur wunderschön. Er atmete ihren Geruch ein, konnte einfach nicht genug davon bekommen. Sie roch einfach nur nach Tina. Kein Parfum, kein Duschbad, kein Deo. Sie roch einfach nur nach „Frau". Genau so liebte er es. Aufgetakelte Frauen ekelten ihn an. Tina war einfach nur natürlich. Und sie war dabei noch wunderschön. Er sagte ihr das auch: „Du bist wunderschön." Sie lächelte verlegen. Keine drei Monate später, nachdem sie ihn jeden Tag besucht hatte, war sie bei ihm eingezogen.

Ein leises Hüsteln holte ihn in die Gegenwart zurück. Tom sah ihn fragend an. Was sollte er sagen? Wollte er, daß sie zu ihm zurückkam? Wieder schweiften seine Gedanken in die Vergangenheit:

Er liebte Tina wirklich, von ganzem Herzen. Aber manchmal machte sie ihn wahnsinnig. Sie war sehr anhänglich. Und Ordnungsliebend. Gerade putzte sie das Badezimmer. Kevin tigerte derweil im Wohn-Schlaf-Zimmer herum. Er wollte raus. Auf einmal wurde ihm alles zu eng. Ohne ein Wort zu sagen verließ er die Wohnung und begab sich in die nächstgelegene Spielhalle. Er warf zwei Euro in den Automaten, zündete sich eine Zigarette an (noch durfte man in Spielhallen rauchen), nahm den ersten Zug und drückte auf „Play". Dann tauchte er ein in eine Welt, von der Tina keine Ahnung hatte. Von seiner Spielsucht hatte er ihr nie erzählt, weil er naiver Weise geglaubt hatte, daß diese Zeit mit ihrem Erscheinen vorbei wäre. Aber nun holte sie ihn mit aller Macht zurück. Tina kam aus dem Bad und wollte in der Küche fortfahren mit ihrer Putzerei, als sie bemerkte, daß Kevin weg war. „Wird sich wohl Tabak holen", dachte sie. Als er nach einer Stunde immer noch nicht zurück war, versuchte sie ihn auf seinem Handy zu erreichen. Er ging nicht ran. Wo war er nur? Er war ihr die ganzen letzten Tage schon komisch vorgekommen. Zwei Stunden später und um 200 Euro ärmer, kam er dann endlich an. Er sagte kein Wort, ging einfach an ihr vorbei und kroch ins Bett, wo er augenblicklich einschlief. Es war erst fünf Uhr nachmittags. Tina stand da und verstand die Welt nicht mehr. Was sollte sie jetzt tun? Sich zu ihm legen? Sie zog sich aus und schlüpfte zu ihm unter die Decke, da stieß er sie einfach weg. Jetzt verstand sie die Welt noch weniger. Wieso war er auf einmal so gemein zu ihr? Was hatte sie falsch gemacht? Tränen stiegen in ihr hoch. Als sie aufschluchzte, setzte er sich auf und schrie sie an: „was heulst Du hier rum?! Hau ab!" Erschrocken sprang Tina auf und ging in ihr Zimmer, wo sie sich auf ihr Bett warf und nicht anders konnte, als nur noch zu weinen. Sie hatte erst ein einziges Mal in ihrem Leben so sehr geweint und damals gedacht, daß es nie mehr vorkommen würde. Sie konnte nicht ahnen, daß sie noch sehr oft so weinen würde, seinetwegen.

Kevin stopfte sich Oropax rein. Er hasste heulende Weiber. Mit sowas konnte er einfach nicht umgehen. Darum war auch seine Ehe damals gescheitert, weil seine Frau nach dem Tod des Babys nur geheult hatte. Das brachte doch nichts. War reine Energieverschwendung. Er realisierte nicht, daß seine Spielsucht nichts anderes war, als heulen. Es war befreiend.

Als Tina am nächsten Morgen aufwachte, war Kevin schon wieder in der Spielhalle.

Und wenn er zurückkam, strafte er sie mit Nichtbeachtung. Drei Wochen lang. Dann gewann er fast eintausend Euro. Er freute sich wie ein Schnitzel. Auf dem Nachhauseweg kaufte er noch zwei Flaschen Sekt, weil er wusste, daß Tina davon richtig geil wurde, stürmte fast durch die Haustür um Tina die freudige Nachricht und das Geld zu überbringen, doch, sie war nicht da. Naja, weit würde sie nicht weg sein. Wahrscheinlich nur einkaufen. Er ging in die Küche um den Sekt kalt zu stellen. Da hörte er ein Geräusch. Es kam aus dem Bad. Alarmiert lief er zur Badezimmertür, riss sie auf und hielt für einen Moment entsetzt inne. Tina lag in der Wanne, in der einen Hand noch die Rasierklinge haltend. Noch nie hatte er so einen traurigen und verzweifelten Blick gesehen. Tränen liefen lautlos über ihre Wangen, ebenso lautlos lief Blut aus ihrem linken Handgelenk. Niemals wieder würde er diesen Anblick vergessen. Und er war schuld! Langsam, um sie nicht zu erschrecken, näherte er sich ihr und nahm ihr die Rasierklinge aus der Hand. Sie schlang, immer noch weinend, ihre Arme um seinen Hals und ließ sich von ihm, wie ein kleines Kind, aus der Wanne heben. Er setzte sie auf den Klodeckel und legte ihr ein Handtuch um. Dann verband er das Handgelenk. Sie hatte nicht tief geschnitten. Sie weinte immer noch, konnte einfach nicht aufhören. Das turnte ihn an. Er trug sie zum Bett und gab ihr, was er ihr die ganzen Wochen über verweigert hatte. Sie verbrachten drei Tage lang im Bett, standen immer nur ganz kurz auf, um etwas zu Essen und zu trinken. Aber selbst in der Küche konnte er nicht von ihr lassen, nahm sie sogar einmal auf dem Küchentisch. Es war wieder wie ganz am Anfang. Zumindest für ihn. Er hatte schon völlig vergessen, wie schlecht er sie behandelt hatte. Tina nicht. Sie genoss den zügellosen Sex mit Kevin, fragte sich dabei aber die ganze Zeit über, wie lange es wohl dauern würde, bis er wieder Tage lang verschwinden würde. Er hatte ihr gesagt, wo er gewesen ist; schließlich musste er ihr ja seinen Gewinn übergeben. Warum er gespielt hatte, wusste sie allerdings nicht. Sie hatte nicht gewagt danach zu fragen, aus Angst, er würde gleich wieder verschwinden. Er hatte sie auch nicht gefragt, warum sie sich das Leben nehmen wollte. Für ihn hatte sie es nicht wirklich ernst damit gemeint. Er sollte sich noch gründlich täuschen. Auch wenn er meinte, daß sie sowas wie seelenverwandt sind, wusste er doch längst nicht alles über sie.

Ein Jahr später war Tina endgültig klar, daß Kevin krank war. Nur nicht wie sehr. Ihm hingegen war nun endgültig klar, daß sie ihm hörig war und er nutzte das nach Strich und Faden aus. Mit Zuckerbrot und Peitsche. Wobei das mit der Peitsche nicht wörtlich zu nehmen war. Er machte sie sich gefügig, indem er sie immer dann, wenn sie nicht das tat, was er von ihr erwartete, mit Liebesentzug strafte. Er liebte es, wie sie jedes Mal, wenn er sie nach längerem Entzug wieder fickte, abging, wie eine Rakete. Wie sie sich an ihn klammerte, wie sie erzitterte und vor allem, wie ihr dann die Tränen über die Wangen liefen. Man musste einer Frau keinen körperlichen Schmerz zufügen. So wie er es machte, war es doch viel einfacher. Und keiner merkte was. Doch langsam wurde ihm das zu langweilig. Er suchte sein kleines schwarzes Büchlein mit den Adressen und Telefonnummern all seiner „Mäuslein".

Nach dem ersten Treffen mit einer Verflossenen, packte ihn dann aber doch so was wie schlechtes Gewissen. Also überraschte er Tina mit einem gemeinsamen Besuch in einem Swinger Club. Tina wollte nicht „swingen", aber schön war es dennoch. Schöner als er erwartet hatte. Wohl, weil sie sich wirklich „geliebt" und nicht einfach nur gefickt hatten. Nach dem Clubabend lief es wieder einige Wochen sehr harmonisch zwischen ihnen. Dann kam wieder ein Spielsuchtsanfall. Er wusste nicht mehr zu sagen, was genau der Auslöser gewesen war. Tina wusste es noch viel weniger. Sie hatten sich unterhalten und dann, von einem Moment auf den anderen war er aufgestanden und gegangen. Sie hatte eine Stunde lang auf seine Rückkehr gewartet, dann war sie aufs Geratewohl zu dieser Spielhalle um die Ecke gegangen. Er war so vertieft, daß er sie nicht sofort bemerkte. Sie bat ihn, aufzuhören und mit nach Hause zu kommen. Aber er wollte nicht, konnte nicht. Er hatte zu diesem Zeitpunkt schon über einhundert Euro verspielt. Die musste er erst noch wieder zurück gewinnen. Das sagte er aber nicht. Stattdessen: „ hau ab, lass mich in Ruhe!" Wie ein geschlagener Hund verließ sie die Spielhalle. Es war schon nach Mitternacht, als er end-

lich zurückkam. Tina lag in ihrem Zimmer. Er ging nicht zu ihr. Er legte sich allein in sein breites Bett, das er sich inzwischen selbst gebaut hatte, und schlief ein wie ein Baby, während Tina wieder einmal lautlos weinte. Es tat so weh. Sie fühlte den seelischen Schmerz auch körperlich. Alles tat weh, am meisten ihr Herz. Sie wollte, daß dieser Schmerz endlich aufhörte. Sie hielt diese ständige auf und ab nicht mehr aus. Immer, wenn sie dachte, es könnte alles gut werden, ließ er sie wieder fallen. Und jedes Mal war der Sturz tiefer als der zuvor. Als Kevin am nächsten Tag die Wohnung verließ, nahm Tina wieder ein Bad. Und damit es diesmal auch klappte, trank sie reichlich Alkohol und nahm noch alles, was sie an Tabletten finden konnte, dazu. Als Kevin nach Hause kam, sah er sogleich die leeren Tablettenschachteln auf dem Tisch. Er hörte auch, wie im Badezimmer Wasser lief. Dieses Mal hielt Tina die Rasierklinge nicht mehr fest. Sie war schon fast im blutroten Wasser untergetaucht. Er sah dieses Bild noch so deutlich vor sich, als wäre es erst gestern gewesen. Und wieder hatte er sie gerettet beziehungsweise, in diesem Fall, der Notarzt.
Plötzlich wurde er durch Toms „Hallo?" in seinen Gedankengängen unterbrochen. Er war verwirrt. Das war er oft. „Was für ein Tag ist heute?" „Donnerstag", antwortete Tom. Und dann: „ willst du nun wissen, wo Tina ist, oder nicht?" Kevin nickte nur. Viel reden war nämlich nicht so sein Ding. Das hatte er bei Tina auch nur dieses eine Mal getan, weil er so aufgeregt gewesen war. „Sie ist zu Hause. Aber es geht ihr dort nicht gut. Psychisch meine ich." Kevin verstand nicht ganz oder doch, eigentlich verstand er das sogar sehr gut. Nach ihrem fast geglückten Suizidversuch war sie

fast drei Monate in einer Klinik gewesen. Er hatte sie dort so oft wie möglich besucht und sie hatte ihm viel erzählt. Darüber wollte er jetzt aber nicht mit diesem Tom reden. Stattdessen sagte er: „Und, was soll ich da jetzt machen?" „ Ich dachte, du kommst mit mir mit und holst sie zu dir zurück." Als ob das so einfach wäre. Wenn Tina ihn noch wollen würde, dann wäre sie doch längst wieder hier. Das sagte er dann auch. Aber Tom erwiderte darauf, daß Tina nicht wusste, was gut für sie war und oft schon die falschen Entscheidungen getroffen hätte. Dem konnte Kevin nicht widersprechen. Er hatte Tina im Laufe der Zeit als sehr labil kennen gelernt. Er selbst hatte aber auch so seine Macken, um es mal vorsichtig auszudrücken. Sein Psychologe hatte ihm diverse Persönlichkeitsstörungen und auch ganz massive psychotische Züge bescheinigt. Er war nicht nur spielsüchtig, sondern auch phasenweise sexsüchtig. Ein Wunder, daß Tina das alles so lange mitgemacht hatte. Und dann noch seine ständigen Eskapaden. Auch, wenn sie seine letzte, die wortwörtlich „das Letzte" gewesen war, als Grund für ihren Weggang angegeben hatte, ganz sicher steckte noch viel mehr dahinter. Er war sich durchaus bewusst, daß der Umgang mit ihm nicht einfach war. Daher sagte er zu Tom, daß er sein Vorhaben für keine so gute Idee hielt. Er wollte lieber, daß Tina selbst entschied, wie sie leben wollte und wo und mit wem. Er meinte, ihre Ehe mit Jörg war nicht eben gut gelaufen, und er wäre auch eher ein Griff ins Klo für sie gewesen. Sie hätte ein Recht auf Freiheit. Er war nicht bereit, sie weiterhin zu manipulieren. Ja, auch er hatte das getan, nicht nur Jörg. Sie war ja auch so leicht zu lenken. Das war ihm dann irgendwann zu langweilig geworden. Er war ein Jäger. Er brauchte auch mal Abwechslung. Er glaubte, wenn er ihr auch diese Abwechslung gestattete, dann würde er sich das auch erlauben können. Tja, leider denken liebende Frauen da völlig anders. Sie erwarten Treue. Frauen konnten Sex und Liebe nicht so strikt voneinander trennen. Es hatte lange gebraucht, bis er begriffen hatte, wie weh er ihr damit getan hatte. Komischerweise hatte er, seitdem sie weg war, keinerlei Bedürfnis mehr nach Sex mit anderen Frauen. Gleich, nachdem sie verschwunden war, hatte er es noch ganz bunt getrieben. Aber keine hatte ihr das Wasser reichen können. Keine von denen hatte ihn geliebt. Und daher hatte sich auch keine ihm so vollkommen hingegeben, wie Tina es immer getan hatte. Zu dieser Erkenntnis zu gelangen hatte allerdings ein paar Wochen in Anspruch genommen. Dann war er vollkommen abgestürzt. Er hatte wieder angefangen zu kiffen, um seine Gefühle zu betäuben. Alkohol vertrug er nicht. Nach drei Flaschen Bier musste er spätestens kotzen, und härteres ging gar nicht. Das lag irgendwie an seiner Leber. Da fehlte ihm ein bestimmtes Enzym. Aber Gras konnte er gut verkraften. Ein „Freund" baute das Zeugs selber an, sonst könnte er sich das nicht leisten. Wenn Tina tatsächlich wieder zu ihm käme, dann würde er aber sofort wieder damit aufhören. Er wusste, daß er das konnte, weil er vor Tina auch immer wieder mal so Phasen gehabt hatte, in denen er kiffte. Er hatte schon mit dreizehn Jahren damit angefangen, während einer Ferienwoche ausgerechnet mit der Kirche. Einer der Betreuer hatte beim Lagerfeuer einen Joint rumgehen lassen. Auch ein Grund, warum er mit Gott, und vor allem mit seinen Vertretern auf Erden, nichts am Hut hatte. Obwohl, er hatte ja noch Glück gehabt. Es waren nicht die Katholiken, sondern deren Konkurrenz -die Evangelen- gewesen. Diese Katholiken trieben ja noch viel Schlimmeres mit ihren Schutzbefohlenen. Obwohl Tina ja immer, wenn sie darüber mal eine Diskussion führten, gesagt hatte, daß nicht alle so wären. Aber was dachte er da alles nur wieder? Das war doch gerade sowas von nebensächlich. Jetzt galt es, Tina wieder zu holen. Er klaubte sich nun doch ein paar Kleidungsstücke aus seinen verschiedenen Haufen zusammen, dazu noch seine Zahnbürste und dann ging es auch schon los. Er war gespannt, wo Tinas Heimat überhaupt war. Sie hatte nie darüber gesprochen. Er kannte ihr Innerstes, aber sonst wusste er nichts über sie. Wie auch? Sie wusste ja selbst nichts, oder fast nichts. Außerdem, vertrat er die Meinung, im „Hier und Jetzt" zu leben, war der Idealzustand, den jeder Mensch anstreben sollte. Die Vergangenheit war eh nicht zu ändern und zog einen meistens eher runter, als das sie einen aufbaute. Das war zumindest bei ihm so und bei Tina mit an Sicherheit grenzender Wahrscheinlichkeit, auch. Während der Fahrt sprachen die beiden Männer nicht viel. Jeder hing seinen eigenen Gedanken nach. Und Tom musste sich auf den Verkehr konzentrieren. Es war immer noch Winter, die Straßenverhältnisse entsprechend schlecht und alle anderen Verkehrsteilnehmer hatten ihren Führerschein im Lotto gewonnen oder waren einfach nur Arschlöcher. Tom fluchte oft. Überhaupt hatte er einen sehr aggressiven Fahrstil. Aber Kevin sagte nichts dazu, schloß einfach seine Augen und tat, als würde er schlafen. Bei Tina war er kein so ruhiger Beifahrer. Dabei fuhr sie wirklich gut: ruhig,

gelassen und sehr ökonomisch. Trotzdem hatte er es nie lassen können, ihr drein zu reden. Er hatte sie manchmal damit so nervös gemacht, daß sie dann tatsächlich fuhr, als wäre es zum ersten Mal. Einmal hatte er es so weit getrieben, daß sie angehalten hatte und geschrien hatte er solle sofort aussteigen. Eine Weile war er dann ruhig gewesen, konnte dann aber wieder nicht an sich halten und schließlich hielt sie wieder an, stieg aus, ging ums Auto herum, öffnete die Beifahrertür und forderte ihn dazu auf, selbst zu fahren. Sie selbst hatte sich dann nicht neben ihn, sondern hinter ihn gesetzt. Und dann hatte er sich prompt verfahren. Und zwar total. Sie waren nachts auf dem Rückweg von Amsterdam gewesen und er hatte die falsche Autobahn genommen. Das waren dann am Ende fast 300 km Umweg gewesen. Nur gut, daß ihr Auto nur 5l brauchte. Tom bremste und fluchte laut. Ein Lastwagen hatte plötzlich auf die Mittelspur gewechselt. „Diese scheiß Brummifahrer! Warum machten die sowas?" Die linke Spur war voll. Keine Chance zu wechseln. Jetzt würde er mindestens fünf Kilometer hinter diesem Stinker hinterhertuckeln müssen. Er hasste das. Der LKW schaltete und blies zu allem Überfluss nun auch noch eine stinkende Abgaswolke aus. „Das macht der doch mit Absicht", schimpfte Tom. Da konnte Kevin nur zustimmen und dann fragte er„ wie lange fahren wir noch?"
„Heute nicht mehr lange. Werde die nächste Ausfahrt nehmen und uns ein Motel oder so suchen. Morgen müssten wir dann, je nachdem, wann wir starten und wie die Verkehrslage ist, so zwischen 21h und 22h ankommen." Das war die längste Konversation, die sie auf dieser Fahrt tätigten. Etwa zwanzig Kilometer weiter kam dann eine

Ausfahrt, die Tom auch wie angesagt nahm und nochmal zehn Kilometer weiter fanden sie einen Gasthof, der noch auf hatte und zudem eine Übernachtungsmöglichkeit bot. Allerdings nur noch ein Doppelzimmer. Kevin wollte erst ablehnen und Tom bitten, zur Autobahn zurückzufahren um dort eine Raststätte anzusteuern, aber Tom erriet sein Vorhaben sogleich und raunte ihm zu, er wäre nicht schwul und daß er diese eine Nacht mit ihm gemeinsam in einem Zimmer schon überstehen würde. Außerdem wäre er so fertig, daß er bestimmt sofort einschlafen würde. Und so war es dann auch. Kaum daß er die Laken berührte, schlief er auch schon und er schnarchte nicht mal. Trotzdem brauchte Kevin lange, bis auch ihn endlich der Schlaf übermannte. Um Sieben Uhr klingelte das Zimmertelefon. Kevin stand fast augenblicklich senkrecht im Bett. So ein lautes Geräusch, dazu noch zu so nachtschlafender Zeit, war er nicht gewohnt. Tom hingegen, brauchte etwas länger, bis er das Klingeln überhaupt wahrnahm. „Nimm doch endlich ab", murmelte er nur. Kevin verstand nicht gleich. Er war immer noch irritiert. Wer rief hier an? Es wusste doch keiner, daß sie hier waren. Er hatte nicht mitbekommen, wie Tom am Vorabend, bevor sie nach dem Abendessen aufs Zimmer gegangen waren, noch den Weckdienst angeordnet hatte. Die Klingelei nahm kein Ende, also hob Kevin schließlich ab: „Ja bitte?" „Guten Morgen Herr Brückelmeier, Sie wollten geweckt werden", säuselte ihm eine weibliche Stimme freundlich ins Ohr. „Ähm, ja, danke", sagte er nur und legte auf. Wieder Stille. Wie wohltuend. Gerade hatte er sich wieder in seine Decke eingemümmelt, um noch ein wenig weiterzuschlafen, da sprang Tom aus seinem Bett. „Auf,

auf, mein Freund, wir haben noch einen weiten Weg vor uns." Gott. Er hasste Menschen, die morgens schon so gut drauf waren. Das war eine Gemeinsamkeit zwischen Tina und ihm. Jeden Morgen hatten sie schweigend am Frühstückstisch gesessen und erst ab der zweiten Tasse Kaffee wurde gesprochen. Und selbst dann nicht viel. Sie brauchten beide eine gewisse Zeit, bis ihr Motor ansprang und sie gaben sich diese Zeit auch gegenseitig. Während Tom duschte, dachte Kevin an diese Zeiten des stillen Einverständnisses. Er hatte das immer genossen und gerade wurde ihm klar, wie sehr er das vermisste. Wie sehr er Tina vermisste. Tom kam aus dem Bad und sagte: „jetzt kannst du rein." Kevin hatte lange nicht geduscht. Sehr lange. Er badete lieber. Aber auch das nur selten. Rasiert hatte er sich auch schon ewig nicht mehr. Er besah sich im Spiegel und erkannte sich fast selbst nicht wieder. Er besaß zwar einen Spiegel, blickte aber selten hinein und wenn, dann sah er sich nicht wirklich an. Er war sich egal geworden. Alles war ihm irgendwie sinnlos erschienen. Er hatte jetzt keine Läuse oder so, seine Haare waren auch nicht verfilzt und er stank auch nicht. Aber wirklich gepflegt wirkte er auch nicht. Er wünschte, er hätte daran gedacht sich einen Rasierer einzupacken. Naja, wenigstens duschen konnte er ja. Alles andere würde sich dann schon finden. Dann mussten sie halt bei so einer Raststätte halten und er würde sich dann rasieren. Als er fertig war, fühlte er sich dennoch wie ein neuer Mensch. Zum Glück hatte er bei seiner Kleidung drauf geachtet, keine schon getragenen Teile einzupacken. Als er angezogen war und sich in dem großen Spiegel betrachtete, wünschte er sich jedoch, er hätte wenigstens das Hemd gebügelt. Tom meinte allerdings, das ginge schon so. „Sauber bist du ja, und wenn Tina dich vorher ungebügelt ertragen hat, dann jetzt auch." Das stimmte. Sie war schließlich trotz der chaotischen Zustände in seiner Wohnung nicht gleich wieder geflüchtet. Und wirklich schick gekleidet war er damals auch nicht gewesen. Sie packten ihre wenigen Sachen zusammen, frühstückten noch und dann ging die Reise weiter. Nach einer Weile des Schweigens fragte Tom, „ sag mal, warst Du noch nie in einem Hotel?" „Doch, schon. Wieso fragst Du?" „Na weil Du vorhin, als das Telefon geklingelt hat, so komisch reagiert hast." Kevin überlegte kurz. Das war in der Tat etwas sonderbar gewesen. Eigentlich hatte er so etwas schon in unzähligen Filmen gesehen. „Hab wohl noch geträumt", antwortete er dann. Diese Erklärung schien Tom plausibel zu sein, denn er fragte nicht weiter nach, sondern setzte die Fahrt schweigend fort. Mittags legten sie eine Pause ein, die Kevin dazu nutzte, sich eine Packung Einmalrasierer und Schaum zu kaufen. Nach dem Essen verschwand er damit auf der Toilette und als er wieder raus kam, hätte Tom ihn fast nicht wiedererkannt. Er hatte sich Bart und Haare abrasiert. Das hatte er früher immer so gemacht. Allerdings mit einem elektrischen Haar- und Bartschneider, den er auf die kürzeste Stufe eingestellt hatte. Jetzt war er ganz glatt. Das war selbst für ihn ungewohnt, hatte aber sein müssen. Es war ihm keine andere Möglichkeit eingefallen, wie er seine viel zu langen Haare sonst hätte kürzen können. Er glaubte nicht, daß es an der Autobahn einen Frisör zu finden gab und Tom darum bitten, abzufahren, um einen solchen zu suchen, wollte er nicht. Tom sagte nichts zu seiner neuen Haartracht, stand nur auf und sie gingen zum Auto. Erst dort fiel Kevin ein, daß er ja noch nicht bezahlt hatte. Er wollte gerade zurück, um dieses Versäumnis nachzuholen, als Tom auch schon sagte: „hab ich schon erledigt." Da zückte Kevin seine Geldbörse um ihm seinen Anteil zu erstatten, aber Tom meinte wieder: „passt schon." Kevin bedankte sich und stieg ein. Langsam wurde er doch aufgeregt. „Was sollte er sagen? Würde Tina ihn überhaupt anhören?" Tom sah ihm seine Gedanken an und sagte, er solle sich keine Sorgen machen. Im Grunde würde sie ihn noch lieben und nur darauf warten, daß er käme und sie holte. „Na, dein Wort in Gottes Ohr", dachte Kevin bei sich, obwohl er eiserner Atheist war. Ein wenig hatte Tinas Glaube wohl doch auf ihn abgefärbt. Obwohl sie nie versucht hatte, ihn auf ihre Seite zu ziehen. Sie hatte ihn immer akzeptiert, so wie er war. Und er hatte sie auch ihr Ding machen lassen, wie ihre sonntäglichen Kirchgänge oder ihre Pilgerfahrten. Als sie ihn verlassen hat, hatte sie noch gesagt, sie würde jetzt endlich ihren lang gehegten Traum verwirklichen und nach Santiago di Compostela fahren, aber er bezweifelte, daß sie es tatsächlich durchgezogen hatte. Sie hatte schon so vieles mit anfänglicher Begeisterung begonnen und dann mittendrin aufgegeben. Aber er brauchte nicht reden. Er war da um keinen Deut besser. Die Fahrt verlief ruhig und so nickte er langsam ein. Tom war das nur recht. So brauchte er ihn nicht zu unterhalten. Nicht, das er es getan hätte, wäre Kevin wach geblieben. Aber er hätte ständig das Gefühl gehabt, es tun zu müssen. Und dieses Gefühl der Gezwungenheit mochte er nicht. Das mochte wohl niemand. Es war schon genug, daß er sich nach wie vor dazu gezwungen fühlte, auf seine kleine Schwester achtzugeben. Das war sein einziger Daseinszweck, seit Tina geboren war. Deshalb hatte er keine Ehefrau, ja nicht einmal sowas wie eine feste Freundin. Was er als seine einzige Lebensaufgabe betrachtete, nahm in voll und ganz in Anspruch. Das verdankte er seinem Vater. Bevor er damals „verschwunden" ist, hatte er noch im Lotto getippt. Den Schein hat er dann immer zu Hause versteckt, damit er nicht verloren ging. Durch Zufall hatte Tom mal gesehen, wo. Fast ein ganzes Jahr nach dem Verschwinden seines Vaters sagten sie im Radio, daß ein Lottospieler seinen Gewinn immer noch nicht abgeholt hätte. Er war da schon zu Hause ausgezogen, beziehungsweise war er schon weg gewesen, als Tina aus dem Krankenhaus entlassen worden war, weil seine Mutter der Meinung gewesen war, es wäre so besser für Tina. Er erinnerte sich an das Versteck dieses Lottoscheins. Zu Hause einzubrechen, und sich das Ding zu holen war leicht gewesen, hatte er doch heimlich einen Schlüssel behalten. Man konnte ja nie wissen, und siehe da, seine Vorausschauende Denkweise war belohnt worden. Sehr fürstlich sogar. So fürstlich, daß er für den Rest seines Lebens keine Geldsorgen haben würde. In seiner Heimatstadt hatte ihn niemand beachtet, als er sich den Schein geholt hatte, aber das hatten die Leute auch zuvor nie getan. Er war ja auch kein typischer männlicher Teenager gewesen, sondern hatte sich immer ruhig und unauffällig verhalten. Er hatte schnell begriffen, daß wenn er keinen anschaute, den Blick immer auf den Boden richtete, dann wurde er nicht gesehen. Er war nahezu unsichtbar. Er kleidete sich modisch, aber nicht zu übertrieben, sodass er in der Masse unterging. Auch sein Auto war unauffällig.

Ein mit leichten Gebrauchspuren versehener Kombi in dunkelgrün. Es hatte Zeiten gegeben, da hatte er in seinem Auto gewohnt. Das hätte er nicht gemusst, aber so war es ihm leichter möglich gewesen, seine Schwester immer im Auge zu behalten. Wie oft war sie direkt an ihm vorüber gegangen ohne auch nur die geringste Notiz von ihm zu nehmen. Wobei, diesen Trick, mit dem Blick auf den Boden hatte er ihr auch beigebracht. „Schau keinem in die Augen, vor allem keinem Mann, dann lassen sie dich in Ruhe." Und so war es dann auch. Niemals war sie angemacht worden. Bis dann dieser Jörg aufgetaucht war. Mann, der Typ war noch kränker als er selbst. Aber Tina hatte sich in ihn verliebt, und irgendwie schien Jörg dann doch ganz okay zu sein. Also hat er nicht interveniert als sie ihn heiratete. Er hatte sich dann auch für eine ganze Weile zurückgezogen und nicht mehr täglich nach dem Rechten gesehen. Was innerhalb der vier Wände vor sich ging, konnte er ja nicht ahnen. Er hatte zwar reichlich Geld, aber ein Profi Spionage Equipment wollte er sich nicht zulegen. Er hatte Angst, seine Tarnung würde dann auffliegen, oder irgendein Geheimdienst - diese Auffassung teilte er unwissentlich mit Kevin - würde auf ihn aufmerksam werden und denken, er führe was im Schilde. Das war vielleicht paranoid, vielleicht aber auch nicht. Was Geheimdienste und deren Praktiken betraf, war sich die Internetwelt nicht so ganz einig. Aber er neigte dazu, mehr den, seiner Meinung nach, als zu Unrecht betitelten Verschwörungstheoretikern, zu glauben. Als er dann wieder zurück war, hatte Tina schon mit ihrer Therapie begonnen gehabt. Die Therapeutin war dann seinem Charme erlegen, was harte Arbeit für ihn gewesen war, aber gemeinsam war es ihnen gelungen, Tina insoweit zu beeinflussen, daß sie Jörg am Ende verlassen hatte. Das war eine Glanzleistung von ihm gewesen. Er hatte dieser Therapeutin ja schlecht sagen können, wer er war. Und direkt auf Tina anspielen noch weniger. Der Zufall war ihm dann zu Hilfe gekommen. Auch Therapeuten waren letztendlich nur Menschen, mochten sie auch noch so professionell sein. Es ergab sich einmal so, daß er direkt nachdem Tina eine der Hypnosesitzungen gehabt hatte, als nächster Patient dran war. Tina hatte ihn nicht sehen können, weil im Warteraum immer nur eine Person saß, und die Patienten die Praxis durch eine andere Tür verließen. Aber er wusste, daß Tina vor ihm dran gewesen war. Als er dann an der Reihe war, wirkte Nina, so hieß die Therapeutin mit Vornamen, sehr verstört und war ganz und gar nicht bei der Sache. Er sprach sie darauf an, und sie ließ sich tatsächlich dazu hinreißen, von diesem ungewöhnlichen Fall zu erzählen. Natürlich nannte sie keinen Namen. Das brauchte sie auch nicht. Er wusste ja um wen es ging. Sie hingegen hatte keine Ahnung, auf welch gefährliches Terrain sie sich begab. Mit der Zeit erwarb er ihr Vertrauen immer mehr und auf einmal war es so, als wäre er ihr Therapeut und nicht umgekehrt. Und dann kam diese eine entscheidende Stunde, wo sie es dann war, die sich auf die Couch legte und er derjenige, der zuhörte und Ratschläge gab. Von da an hatte es nur noch wenige Sitzungen gebraucht, bis Tina dort war, wo er sie haben wollte. Nina hatte ihr den Gedanken mit der Flucht während einer Hypnose eingepflanzt. Die Idee war von ihm. Er hätte ja nicht gedacht, daß sie das tatsächlich auch tun würde, als er ihr diesen Vorschlag unterbreitet hatte. Als Tina dann floh, hatte er schon am Bahnhof auf sie gewartet. Am Fahrkartenschalter hatte er direkt hinter ihr gestanden. Kurz hatte er die Diskretionslinie übertreten müssen, um mitzubekommen, wohin sie fahren wollte. Tina hatte ihn, wie schon so oft, nicht bemerkt, und die Schalterbeamtin hatte ihre Augen nur auf ihren Bildschirm gerichtet um nach dem Ziel „möglichst weit weg für 300 Euro" zu suchen. Es hatte etwas gedauert, bis dieses Ziel dann endlich gefunden war. Er kaufte sich sein Ticket dann auch dorthin. Kurz stutzte die Fahrkartenverkäuferin, oder hieß es Bahnbeamtin, er wusste es nicht, war auch egal. Diese ganzen Berufsbezeichnungen hörten sich heutzutage alle furchtbar wichtig an, wie zum Beispiel „Facility Manager". Früher hieß das einfach „Hausmeister". Was für sonderbare Gedanken er schon wieder hatte. Eine knappe halbe Stunde später waren sie dann in ihren Zug gestiegen; er allerdings eine Tür weiter. Er kannte ja ihr Ziel und würde nicht die ganze Zeit im Zug auf sie achten müssen. Sie würde schon nicht spontan woanders aussteigen. Tatsächlich hatte Tina bei einem längeren Halt über so eine Möglichkeit nachgedacht. Ihr war der Gedanke gekommen, daß Jörg vielleicht herausbekommen konnte, daß sie mit der Bahn gefahren war und auch wohin. Für unmöglich hielt sie das nicht. Aber dann, gerade als sie nach ihrem Koffer greifen wollte, war der Zug wieder angefahren und so setzte sie ihre Fahrt doch bis zum geplanten Ende fort. Das kam ihm inzwischen so vor, als wäre es schon Äonen von Jahren her.

Die paar Tage, wo er diesmal weg gewesen war, um Kevin zu holen, hatte sich hier viel Unerwartetes getan.

Tina, war ja zum See gegangen und gemeinsam mit Trixi war es gelungen, den Unfalltag zu rekonstruieren, während Tom mit seiner Mutter ein paar Cognacs gekippt hatte. Und dann hatten sie ja noch gemeinsam gegessen, alles schien in bester Ordnung zu sein. Daß die Mädels in Tinas Zimmer doch noch weiter über damals reden würden, hatte er nicht bedacht. Und noch weniger, daß der Cognac die Zunge seiner Mutter soweit gelöst hatte, daß sie zumindest auf ein paar der noch offenen Fragen bezüglich des Unfalls und Tinas Zeit im Krankenhaus geantwortet hatte, die ihr von Tina noch am selben Abend, nachdem Trixi gegangen war gestellt hatte. Tina hatte, im Gegensatz zu Tom, sehr wohl bemerkt, daß ihre Mutter schon beim Essen betrunken war und mit Trixi hatte dann die Idee gehabt, sie solle die Chance nutzen, und zusehen, ob sie dadurch endlich was rausbekäme. Alles war bestens gelaufen, bis sie dann Fragen über die Sache mit ihrem Vater stellte. Sie hatte dann versucht, ihrer Mutter noch mehr Alkohol einzuflößen, aber sie hatte dicht gemacht und war dicht geblieben. In dieser Nacht schlief Tina lange nicht ein und dann, als sie es doch endlich tat, träumte sie sehr seltsam: Sie war in einer Stadt, umgeben von einer dicken und hohen Mauer. Die Stadt war schön, aber sie wollte auch mal sehen, was sich außerhalb dieser

Mauern befand. Da tat sich auf einmal eine kleine Tür in der Mauer auf. Sie schlüpfte hindurch und fand sich in einer Wüste wieder. Vor ihr ragten Dünen auf. Sie erklomm eine dieser Dünen. Es ging schwer, weil sie immer wieder im Sand versank, aber sie schaffte es. Sie blickte zurück und sah, daß sie verfolgt wurde. Sie konnte nicht erkennen, was sie da verfolgte. Es fühlte sich aber groß und bedrohlich an. Dieses Etwas kam immer näher. Sie wollte sich davor verstecken, aber wo? Sie begann sich in den Sand einzugraben. Es wurde dunkel um sie. Dann wachte sie auf. Sie hatte immer noch dieses beklemmende Gefühl aus dem Traum, aber auch die befreite Erleichterung, die sie gefühlt hatte, als sie durch die Mauer nach draußen getreten war. Dann schlug sie das Wort „Wüste" in ihrem Traumbuch nach:

>Symbol der Einsamkeit, die uns trotz aller Kontakte zu unserer Umwelt innerlich quält. Der Ritt oder Marsch durch die Wüste im Traum ist der Hinweis darauf, dass man ein Ziel nur nach unsäglichen Entbehrungen und Kraftanstrengungen erreichen kann<

Sie musste nicht lange darüber nachdenken, um zu erkennen, daß das gerade wie eine Faust aufs Auge passte. Sie fühlte sich tatsächlich einsam. Und sie wollte nicht länger durch die Wüste irren. Fürs Erste hatte sie genug davon. Irgendwie wurde es ihr wieder mal zu viel. Die Halsstarrigkeit ihrer Mutter machte sie noch zusätzlich halb wahnsinnig. Aber ganz ohne Abschied wollte sie dieses Mal nicht gehen. Sie ging zu Trixi, um sich Rat zu holen. Trixi stimmte ihr voll zu. Sie sollte erst mal wieder etwas Abstand halten und verarbeiten, was sie erfahren hatte, auch wenn das nicht viel war und Tina kam daraufhin zu dem Schluß, daß sie hier tatsächlich erst einmal nicht weiterkommen würde. Was sie bisher herausgefunden hatte, war eh mehr, als sie erhofft hatte. Sie beschloss, die Sache vorerst auf sich beruhen zu lassen. Dann versprach Trixi noch, weiterhin Augen und Ohren für sie offenzuhalten, und sie über Neuigkeiten sofort zu informieren. „Wohin willst Du eigentlich fahren?" „Ich weiß es nicht. Einfach nur weg. Bisher habe ich mich von meinem Engel führen lassen." „Du, und deine Engel schon wieder", lachte Trixi. „Da gibt's nichts zu lachen, bin immer gut gefahren damit." „Ach ja? Und wo war dein Engel, als Du ins Eis eingebrochen bist?" „Er hat mir genügend Atem eingehaucht, sodass ich es überlebt habe, oder?" Dem konnte Trixi nichts entgegensetzen, da Tina ja wirklich unversehrt vor ihr saß. Zumindest körperlich unversehrt. Und so lange ihre Vergangenheit im hintersten Winkel ihres Gehirns verborgen blieb, war sie auch seelisch weitestgehend intakt. Sie redeten noch die halbe Nacht und obwohl es schon nach Mitternacht war, als Tina zu Bett ging, konnte sie lange nicht einschlafen. Ihr Gedankenkarusell drehte sich wieder und es gelang ihr dieses Mal nicht, einfach abzuspringen. Es drehte sich zu schnell. Und dann, als sie endlich doch in den Schlaf fiel, wurde sie wieder von Alpträumen gepackt. Den letzten, den sie kurz vor dem Erwachen hatte, schrieb sie auf:

>Hotel-Feuer-Trixi, herumgeirrt. Eigentlich hatte ich wieder denselben Labyrinth Traum, wie immer und doch war er anders- meine Gefühle waren anders.

Ich war in einem Hotel. Auf dem Weg nach unten platzte im Flur eine Glühbirne und es fing an zu brennen (Feuer). Trotzdem ging ich ganz ruhig weiter. Auf einmal war Trixi bei mir. Wir wollten in den Frühstücksraum oder raus? Dann war ich wieder alleine. Ich warnte die anderen Gäste vor dem Feuer, aber niemand beachtete mich, keiner hörte zu und wenn doch, dann glaubten sie mir nicht. Obwohl ich laut: „Feuer, Feuer!" rief. Als ich dann endlich draußen war, fiel mir ein, daß ich noch meine Sachen im Zimmer hatte. Also bin ich wieder hinein, fand aber den richtigen Treppenaufgang nicht mehr. Dann bin ich durchs Hallenbad irgendwie direkt über das Wasser geschwebt. Dann waren da wieder viele Gänge und Räume ohne Fenster. Ich traf einen Mann, der arbeitete dort, wusste aber auch keinen Ausgang, ebensowenig die Frau, die ich anschließend traf. Irgendwann kam ich in die Lobby und von dort nach draußen. Meine Sachen hatte ich vergessen, beziehungsweise, sie waren mir nun nicht mehr wichtig. Auf dem Parkplatz aber waren alle Autos kaputt. Ich kam nicht weg. Meine Sandalen rutschten mir immer wieder von den Füßen, aber nie ganz. Es war unangenehm so laufen zu müssen und zusätzlich waren meine Beine schwer wie Blei. Ich kam kaum vom Fleck. Kurz überlegte ich, wieder zurück in das Hotel zu gehen, um andere Schuhe aus meinem Zimmer zu holen.

Dann wachte ich auf. <

Was für ein Symbolträchtiger Traum.

Da war der Brand: Die Entdeckung eines Brandherdes im Traum kann eine Umstellung des bisherigen Lebens bewirken. Es liegt oft eine geistig-seelische Krankheit vor, die es zu erforschen und zu heilen gilt.

Dann der Flur: umschreibt den Weg aus einer Enge zu einem unbekannten Ziel. Der Träumer soll von seiner allzu engen Betrachtungsweise loskommen, um seine psychische Not zu überwinden (...)

Flucht: ist oft die Flucht vor sich selbst, vor der eigenen Unentschlossenheit, ob man sich im Lebenskampf durchsetzen kann. Gelingt die Flucht im Traum, haben wir guten Grund, endlich im Vertrauen auf das eigene Können zu uns selbst zurückzufinden.

Dann war da ja noch die zerplatzte Glühbirne, aus der auch noch Flammen schlugen.

Tina blättert in ihrem Traumbuch und findet etwas unter dem Stichwort Lampe:

Verlischt die Lampe im Traum, weiß die Seele sich keinen Rat mehr in einer für uns vielleicht prekären Lage. Das passte jetzt nicht so wirklich. Aber was dann folgte schon wieder wie die Faust aufs

Auge: Zerbricht die Lampe, mahnt das zur Vorsicht, da in unserem Inneren etwas zerbrechlich ist, oder zerbrochen sein könnte.

Und die Treppe, war ja auch wieder da. In diesem Traum flüchtete Tina nach unten. Die Richtung ist immer wichtig: geht es abwärts, warnt das Unbewusste vor einem möglichen Abgleiten.

Dann der Rauch: -...unklare Lage...

Fensterlose Räume: kein Ausweg.

Nicht zu vergessen die kaputten Autos. Selbst das war im Traumbuch zu finden.

Das Auto steht oft für das eigene Ich, das es zu beherrschen gilt (...) Pannen deuten auf Hemmnisse hin (...)

Für diese Erkenntnis hätte Tina nun kein Traumdeutungsbuch benötigt. Sie hätte sich zwar jetzt nicht mit einem kaputten Auto verglichen, aber dieses Bild war durchaus ausbaufähig. Sie hoffte, daß sie keinen kompletten irreparablen Motorschaden hatte.

Dann las sie ihren Traum und die Deutungen noch einmal langsam durch und dachte darüber nach: Sie hatte aus dem Gebäude hinausgefunden, im Gegensatz zu sonst, war dann draußen aber nicht mehr weiter gekommen, hatte sogar kurz überlegt, zurückzugehen. „Wieso?" sagt sie laut zu sich selbst. Wieso wollte ich in mein Labyrinth zurück? Womöglich, weil es mir vertraut ist. Ich kann zwar nicht raus, aber es kann auch keiner zu mir rein. Ich bin darin irgendwie geborgen, unsichtbar. Andererseits will ich raus da, will endlich Aufklärung.

Es klopft vorsichtig an ihre Zimmertür. Ihre Mutter stoppt damit erst einmal ihre Überlegungen. Sie antwortet nicht, steht stattdessen auf, öffnet die Tür und folgt ihrer Mutter wortlos nach unten in die Küche. Die erste Tasse Kaffee trinken sie schweigend. Obwohl Tina mit achtzehn weg gegangen ist und lange nicht hier war, kannte ihre Mutter ihre Vorliebe, morgens nicht gleich zu reden. War sie schon als kleines Kind so gewesen? Nach dem ersten Schluck aus der zweiten Tasse, fragte sie dann einfach danach und ihre Mutter erzählte ihr alles – fast alles. Über die Dinge, die ihren Vater betrafen, schwieg sie jedoch weiterhin beharrlich. Aber das war Tina nun egal- vorerst. Ihr Traum hatte genug Warnzeichen geschickt. Sie erzählte ihrer Mutter von dem Traum und was für Schlüsse sie daraus gezogen hatte, worauf diese ihr zustimmte, daß es besser wäre, erst einmal wieder abzureisen. „Gott-sei-Dank!" dachte sie. Sie hatte selbst all die Jahre hindurch die Vergangenheit erfolgreich verdrängt. Beinahe wäre es ihrer Tochter gelungen, alles wieder hervorzuholen. Fast hasste sie sie dafür. Dabei war es ihr gutes Recht, endlich die Wahrheit zu erfahren. Andererseits waren die Traumzeichen schon erschreckend eindeutig: Sie war noch nicht bereit. Sie würde es nicht verkraften. Die anhaltende Amnesie hatte schon ihren Grund. Ihr Körper und ihr Geist schützten sich damit selbst. Und so machte Tinas Mutter noch ein kleines Proviantpaket zurecht, während Tina oben ihre wenigen Habseligkeiten packte. Als sie wieder nach unten kam, und ihre Mutter zum Abschied umarmen wollte, hielt sie ihr dieses entgegen, mit den Worten: „damit Du mir unterwegs nicht verhungerst, Kind." Tina nahm es dankend, drehte sich um und ging. Als sie in ihrem Bulli saß, fuhr sie nicht sofort los, sondern dachte darüber nach, warum ihre Mutter nicht einmal zum Abschied eine Umarmung wollte. Wer wusste, wann sie wiederkommen würde, ob sie sich überhaupt noch einmal sehen würden?

Dann ließ sie den Motor an und fuhr vom Hof. Ihre Mutter sah ihr durchs Fenster nach. Eine einzelne Träne lief ihre linke Wange hinab, am Hals entlang um dann in ihrem Ausschnitt zu verschwinden. Als sie vom BH aufgesaugt wurde, war sie schon wieder vergessen. Fast brüsk drehte sie sich um und ging ihrem üblichen Tagesgeschäft nach. Wie ferngesteuert holte sie den Staubsauger hervor und der Staub der Vergangenheit verschwand in dessen Tiefen.

Nach zwei Stunden war sie damit fertig. Dann setzte sie sich in den Fernsehsessel und tauchte in fremde Welten ein. Welten, die nichts mit ihrer eigenen zu tun hatten. Wunderschöne, paradiesische Welten. Heute war es der Amazonas. Morgen würde es vielleicht China sein, oder Afrika. Egal. Hauptsache weit weg und ohne Menschen. In ihrem nächsten Leben, sollte es denn ein solches geben, wollte sie auch als ein Tier zur Welt kommen. Völlig egal als welches, ihretwegen auch als Ameise oder Regenwurm. Je schlichter, desto besser. Nur nicht denken und schon gar nicht sorgen müssen. Die letzten Wochen hatten sie mehr als erschöpft. Sie war fast an ihre Grenzen gelangt. Fast hätte Tina es geschafft, sie zu knacken. Sie war so nah dran gewesen, sie wusste gar nicht wie nah. Nur gut, daß sie allein gewesen waren. Mit Trixi oder gar Tom als Unterstützung – wer weiß. Obwohl, Tom war ja offensichtlich, wie sie schon bei seinem Auftauchen, vermutet und gehofft hatte, tatsächlich auf ihrer Seite, oder? Dann schlief sie friedlich ein. Ihr letzter wirklich friedlicher Schlaf.

Toms Pläne gingen wieder mal nicht auf.
„Wo ist sie hin?" Tom war fassungslos; Kevin nur verwirrt. Er stand da und sah zu, wie Tom diese alte Frau anschrie.
Tina war da schon über alle Berge. Wäre Tom gestern schon gekommen, anstatt erst noch eine Nacht mit Kevin in der Stadt zu verbringen, hätte er sie womöglich noch eingeholt. Er hatte ja nicht ahnen können, daß sie genau in dem Moment, wo er an dem einen Ende durch das Stadttor gefahren war, Tina am anderen Ende die Stadt verließ. Wohin wusste wieder einmal nur der Wind. Nicht einmal sie selbst war sich klar darüber, wohin sie fuhr. Tina war, ohne es zu merken, auf dem Weg zu Kevin. Ihr Unterbewusstsein lenkte sie dorthin.

Wüsste Tom das, er würde sich nicht so aufregen, wie er es gerade tat. Sie war ihm schon wieder entwischt. Er hasste es, keine Kontrolle über sie zu haben. Zumindest schrie er jetzt nicht mehr rum. Seine Mutter hatte nicht weiter auf seinen Ausbruch reagiert. Als er sich wieder beruhigt hatte, fragte sie nur: „ Und, wen hast du da im Schlepptau?" Tom hatte Kevin völlig vergessen. Scheisse, was musste der jetzt für einen Eindruck von ihm haben? Er räusperte sich verlegen und stellte Kevin als einen alten Schulkameraden vor. Seine Mutter glaubte ihm nicht, sagte aber nichts weiter dazu. „Geht schon mal ins Wohnzimmer, ich mache uns eine Kanne Kaffee." Das hörte sich wie Musik in Kevins Ohren an. Eine Kanne Kaffee, das hörte sich nach einem schönen, ganz normalen aufgebrühten Filterkaffee an. Bestimmt hatte Tina ihre Vorliebe daher. Während sie auf den Kaffee warteten, fragte Kevin dann doch, was hier eigentlich los wäre und warum er sich gerade so aufgeregt hätte. „Lange Geschichte. Nicht so wichtig", winkte Tom die Frage ab. „Dafür, daß es nicht so wichtig ist, warst du gerade eben aber ganz schön laut." „ Ich weiß. Tut mir leid. Manchmal gehen die Gäule einfach so, ohne jeden ersichtlichen Grund, mit mir durch. Sollte vielleicht doch wieder meine Pillen nehmen." „Aha", dachte Kevin, „auch ein Psycho" und sagte daher: „willkommen im Club." Toms Mutter kam mit dem Kaffee an. Was für ein wunderbarer Duft. Er liebte frischen Kaffeeduft. Tom stand auf, um seiner

Mutter das Tablett abzunehmen. Dann schenkte er auch noch die Tassen voll. „Ich weiß nicht, wohin sie gefahren ist, wirklich nicht", sagte Toms Mutter dann völlig unvermittelt. „ Wenigstens ging sie diesmal nicht nach einem Streit. Sie meinte, sie wäre jetzt lange genug hier gewesen, sie wüsste nun alles und müsse nun weiter." Tom wurde unwohl. Was genau wusste Tina plötzlich? Andererseits hatte er ja selbst gewollt, daß sie endlich wieder verschwand. Nur halt nicht so. Nicht wieder so spurlos. Vielleicht wusste Trixi ja näheres. Ja, genau. Als ihm diese Lösung einfiel, entspannte er sich etwas und es wurde noch ein recht schöner Kaffeeklatsch, zumal Kevin sich auf einmal sehr unterhaltsam zeigte. Er konnte das schon, wenn er wollte. Er erzählte Anekdoten aus seinem bisherigen Leben, aus der Zeit, wo er noch gearbeitet hatte. Die Zeiten, wo er Pornos gedreht hatte, ließ er jedoch unerwähnt. Tinas Mutter machte nicht den Eindruck, als würde sie derlei tolerieren. Er erzählte über seine Ausbildungszeit zum Hotelfachwirt. Es hatte ihm Spaß gemacht, so viel in der Welt herumzukommen. Sogar in Amerika und China war er gewesen. Mal als Kellner, mal als Page, einmal sogar als Concierge. Irgendwann waren die Jobs Im Hotel- und Gaststättengewerbe immer härter geworden und die Bezahlung immer schlechter. Sein letzter Arbeitgeber hatte ihm dann gekündigt, während er mit gebrochenem Bein und angeknackster Wirbelsäule, im Krankenhaus gelegen hatte. Er war die steile Treppe zum Keller hinabgestürzt, als er Kartoffeln holen sollte. Ein Arbeitsunfall also. Noch dazu einer, der gar nicht passiert wäre, hätte er sich nicht darauf eingelassen, kurzfristig für eine Küchenhilfe einzuspringen. Trotzdem war sein Chef mit der Kündigung durchgekommen. Die aufgelaufenen Überstunden hatte er auch nicht ausbezahlt. Einen ordentlichen Anwalt hatte Kevin sich nicht leisten können. Als er dann wieder genesen war, war er zum Arbeitsamt gegangen und hatte versucht eine Umschulung zu erhalten. Er wollte nach diesem Vorfall nie wieder in diesem Gewerbe arbeiten. Sein Betreuer war da anderer Meinung. Hotel- und Gaststättenpersonal wurden doch gesucht, das war ein sicherer Job. Er hatte erst jede vom Amt angewiesene Stelle angetreten, sie dann kurze Zeit später aber wieder verlassen. Dann hatte er angefangen zu studieren. Sozialpädagogik und Psychologie. Er hatte die Hoffnung gehegt, mit diesem Beruf etwas bewirken zu können. Er wollte anderen Menschen helfen. Leider hatte er dann keinen richtigen Abschluss gemacht, weil ihm auf einmal alles so sinnlos erschienen war. Keiner seiner Kommilitonen verstand wirklich, was in den Lehrbüchern geschrieben stand, nur er. Er hatte es einfach nicht mehr ausgehalten, jeden Tag von so viel Dummheit umgeben zu sein. Erst als Tina dann in sein Leben getreten war, dachte er daran, es doch nochmal mit sogenannter redlicher Arbeit zu versuchen. Hatte auch funktioniert, bis zu dem

Tag, wo sie ihn wieder verlassen hatte. Tom war erstaunt. Obwohl er die meiste Zeit auf seinem Beobachtungsposten gewesen war, wusste er doch relativ wenig über den Mann, mit dem seine Schwester ihr Leben geteilt hatte. Jetzt hörte er, daß Kevin sogar mal selbstständig gewesen war. Mit einer Sandwichbude; seine damalige Partnerin war Köchin gewesen. Es war toll gelaufen. Als der Verpächter das allerdings gerafft hat, hatte dieser die Pacht soweit erhöht, daß es sich für die beiden nicht mehr gelohnt hatte. Gastronomie war ein hartes Geschäft, wenn nicht sogar das härteste. Daß die versuchten Steuern zu „sparen" war kein Wunder. Personalkosten, Energiekosten, Miete, Pacht, Brauereiverträge. Und dann noch fast rund um die Uhr arbeiten, an sieben Tagen die Woche und Sonntag auch noch. Und die Kundschaft wollte billig essen, aber trotzdem Qualität haben. Aber billig und Qualität gleichzeitig hatte noch nie funktioniert. Es war ein Teufelskreis. Sie redeten noch die halbe Nacht lang über Gott und die Welt. Während dessen war Tina schon fast in Kevins Stadt und als die drei um halb zehn Uhr am nächsten Morgen beim Frühstück saßen, da steckte Tina gerade den Schlüssel, den sie behalten hatte, in die Wohnungstür. Als sie drin war, traf sie fast der Schlag. Die Wohnung war noch chaotischer als damals, wo sie zum Ersten Mal hier war. Und es stank nach... Huch! Fast hätte sie erneut der Schlag getroffen. Etwas hatte sie angesprungen. Eine Katze! Wo kam die denn auf einmal her? Sie rief nach Kevin, erhielt aber keine Antwort. Die Katze lief ihr immer zwischen die Beine. Er war weg und das wohl auch schon länger, so wie ihr diese Katze zusetzte. Sie ging in die Küche und suchte nach Katzenfutter, fand aber keines. Im Kühlschrank fand sie noch etwas Milch und ein altes Stück Wurst. Das musste fürs Erste genügen. Die Katze verschlang die Wurst so gierig, daß sie nur wenige Augenblicke später alles wieder auskotzte. Tina fing an zu bereuen, zurückgekommen zu sein. Sie widerstand nur der armen Katze wegen, der Versuchung, auf dem Absatz umzukehren und wieder zu verschwinden. Kevin würde bestimmt nicht merken, daß sie überhaupt hier gewesen war. Sie suchte nochmal nach dem Katzenfutter und fand genau noch eine kleine Dose. Damit das Vieh nicht nochmal kotzte, gab sie es ihr Löffelweise. Das half. Dann putzte sie die Kotze weg und begann aufzuräumen. Kevin würde sicher bald wiederkommen. Er mochte nie lange weg bleiben. Abgesehen davon hätte er sich eine längere Reise auch gar nicht leisten können. Wo war er bloß? In einem Wäschehaufen fand sie den Fotorahmen, der sie beide in glücklichen Tagen zeigte. Es war nur ein vergrößertes Handyfoto, und daher etwas verschwommen. Ein Selfie, aufgenommen vor dem Eifelturm. Sie waren damals spontan nach Paris gefahren. Einfach so, nachmittags um Vier hatte er zu ihr gesagt: „komm, Schatz, lass uns nach Paris fahren." Sie schloß die Augen und erlebte alles nochmal:

Kaum eine halbe Stunde später waren sie auch schon losgefahren. In Köln hatten sie ihren ersten Halt gemacht. Er hatte ihr gezeigt, wo er überall gearbeitet hatte, zuletzt im Wartesaal. Das hatte sie schon beeindruckt. Also nicht, daß er dort gearbeitet hatte, aber das er Biolek persönlich kannte. Dann waren sie in Kölns beste Dönerbude gegangen. Und natürlich zu Starbucks. Bis dahin hatte sie nicht gewusst, daß es Starbucks auch in Deutschland gab. Die Preise dort fand sie aber schon exorbitant. Dann der Dom. Den hatten sie nur von außen angesehen. Es war schon fast 22 Uhr. Er wollte nun weiter. Kurz vor Aachen steuerte er dann einen Parkplatz an. Sie schliefen im Auto. Als es hell wurde, fuhren sie nach Aachen hinein, parkten in einem Wohngebiet und suchten sich eine Frühstücksmöglichkeit. Es war Ende Mai und wurde schon früh hell, daher war das kleine Bäckerei-Café, das sie fanden noch geschlossen. Tina musste dringend pinkeln. In einem kleinen Park, der um diese Uhrzeit noch unbelebt war, hatten sie sich dann beide erleichtert. Etwa eine Stunde später hatte das Café endlich geöffnet. Sie setzten sich an einen der Tische draußen, da Kevin zu der Zeit noch rauchte. Es versprach ein schöner Tag zu werden. Nach dem Frühstück fuhren sie dann zu einem Kloster. Dort wohnte ein alter Priester, den Kevin von früher kannte. Woher genau, erzählte er aber vorerst nicht. Erst auf der Weiterfahrt erzählte er aus der Zeit, wo er mal kurzzeitig „anschaffen" gegangen war und daß dieser Priester damals ein Kunde gewesen wäre. Er hätte es aber immer, auch bei anderen Kunden, geschafft, so viel zu quasseln, daß für Aktivitäten keine Zeit mehr gewesen wäre. Außerdem hatte dieser Kunde ganz spezielle Wünsche. Einmal hatte er ihn schlagen sollen, und dann an einem Stachelhalsband durch die Wohnung führen. „Naja", hatte Tina damals gedacht, „besser als Kinder zu begrabschen". Priester waren halt auch nur Männer. Hormone konnte man nicht unterdrücken und Triebe schon gar nicht. Es ging auf Mittag zu und Kevin steuerte einen MC Donald an. Tina mochte kein Fast Food, aber Kevin hatte ihr versichert, daß belgische Pommes und Burger unschlagbar wären. Und so war es tatsächlich. Kevin erklärte ihr, das läge an der speziellen Mischung aus altem und frischem Frittieröl. Und die würzten ihre Burger auch besser und nahmen anderes Fleisch. Nach diesem feudalen Mahl fuhren sie nur noch ein kleines Stück weiter. Kevin suchte einen Parkplatz, der nicht so belebt war und fand auch einen. Und dann wollte er etwas Unerhörtes. Er öffnete die Beifahrertür und hielt ihr seinen Schwanz hin. Sie sollte ihm einen blasen. Ein Stück weiter vorne parkten ein paar LKWs, sonst sah sie niemanden, und daher tat sie es. Das war spannend und aufregend. Dann sollte sie auch aussteigen und sich über den Sitz beugen. Er hob ihren Rock hoch und nahm sie, mitten auf diesem Parkplatz am hellichten Tag! Da fuhr ein Auto an ihnen vorbei und parkte fast direkt neben ihnen. Hoffentlich hatten die nichts gesehen. Kevin packte sein Ding wieder ein, Tina schob sich ihren Rock wieder zurecht, dann setzten sie die Fahrt fort. Solche Pausen hatten sie dann noch ein paarmal gemacht. Am frühen Abend kamen sie in Brüssel an. Kevin wollte ihr das „Atomium" zeigen. Das war schon recht beeindruckend. Er erzählte ihr, daß auf dem Gelände mal eine Expo stattgefunden hätte und dieses Atomium das Überbleibsel davon war, so wie der Eifelturm in Paris. Viel los war nicht, wohl weil es ein ganz normaler Werktag war. Eine Bratwurstbude hatte noch geöffnet. Sie nahmen ihr Abendessen dort ein und dann sahen sie sich die Stadt an, bis es dunkel wurde. Erst wollte Kevin noch weiter fahren, aber dann meinte er, er wäre doch sehr müde und wolle wenigstens ein kleines Nickerchen machen. Der Parkplatz, auf dem sie sich befanden, war kostenfrei und was noch wichtiger war, dunkel. In Belgien war es nämlich so, daß sogar die Autobahnen beleuchtet waren. Zum Fahren war das ganz angenehm, aber auf so einem hell erleuchteten Parkplatz zu schlafen, war schier unmöglich. Leider war ihr Parkplatz zwar dunkel, aber nicht ruhig. Dafür, daß die ganzen Buden und kleinen Läden um dieses Atomium herum geschlossen hatten, herrschte die ganze Nacht lang reges Treiben. Tina jedenfalls hatte nicht geschlafen. Kevin hatten die Fahrt und der Spaziergang durch die Stadt ausreichend angestrengt, sodass zumindest er ein paar Stunden lang hatte schlafen können. Beneidenswert. Er gehörte zu den wenigen Menschen, die immer und überall schlafen konnten. Gegen zwei Uhr aber wurde er von einem vorbeifahrenden LKW geweckt. Er setzte sich wieder ans Steuer und sie fuhren aus Brüssel raus. Etwa eine Stunde waren sie dann gefahren, dann steuerte er wieder einen Parkplatz an. Dort standen nur Lastwagen. Zwischen zweien fanden sie noch Platz und so konnte auch Tina noch ein bisschen schlafen. Der erste Brummi, der am Morgen losfuhr, weckte sie beide auf. Es war kein Rasthaus hier, auch kein Klo, weshalb sie sich wieder in die Büsche schlagen mussten. Tina duschte nicht jeden Tag, aber langsam wünschte sie sich doch eine Dusche. Es war noch früh. Die Sonne war gerade aufgegangen. Kevin meinte, daß sie pünktlich zur Frühstückszeit in Paris wären. Er steuerte in das erste Parkhaus, das sich darbot, als sie kaum die Stadt erreicht hatten. Im Parkhaus war es heiß und stickig und Tina hatte langsam mächtigen Kohldampf, und, was noch schlimmer war, sie musste ganz dringend, und nicht nur Pipi. Obwohl Kevin schon mehrmals in Paris gewesen war, konnte er sich nicht mehr erinnern, welches der Hinweisschilder nun „Ausgang" bedeutete. Sie irrten gefühlte Stunden lang umher und kamen immer wieder zu dieser Tür, bei der ein lauter Alarm ertönte, sobald man diese öffnete. Das war wohl der Notausgang. Der Alarm war so laut, daß sie es nicht wagten durch diese Tür zu entschlüpfen. Und dann hatte sie nicht länger zukneifen können. In einer dunklen Ecke hatte sie sich einfach hinter ein Auto gehockt und ihre Notdurft verrichtet. Dann hatte sie den noch dampfenden Haufen in eine ihrer Mülltüten verpackt und gehofft, daß niemand ihnen begegnete, und womöglich roch, was da drin war. Kevin hatte ja erst gemeint, sie solle es einfach liegen lassen, aber das hatte sie nicht gewollt. Und dann war endlich ein weiteres Auto eingefahren hatte auch gleich eine freie Parklücke in ihrer Sichtweite gewählt, sodass sie dem Fahrer unauffällig zum Ausgang folgen konnten. Fast direkt vor diesem Parkhaus war dann der Eingang zur berühmten Metro (und ein Mülleimer). Aber Tina hatte Angst davor, mit einer Untergrundbahn zu fahren. Das tat sie nicht einmal in Deutschland, wenn es sich irgendwie vermeiden ließ. So kam es, daß Kevin Paris auf eine Weise zu sehen bekam, wie noch nie vorher. Nämlich aus der Perspektive eines Touristenbusses. So war es auch für ihn irgendwie, wie zum ersten Mal. Tja, dieses Foto, das sie gerade in der Hand hielt, war an diesem Tag um circa fünf Uhr nachmittags entstanden. Es war sehr heiß gewesen. Zweimal waren sie in das Parkhaus gegangen um sich ein frisches T-Shirt anzuziehen und Kevin hatte sich dann noch eine kurze Hose gekauft. Spät nachts hatten sie sich dann doch in ein Hotel eingemietet. Ein Doppelzimmer für 40 Euro, sogar mit eigenem kleinen Bad und einer Dusche, die Tina auch gleich genutzt hatte, egal wie spät es war. Es war immer noch sehr warm, sodass sie das Fenster offen ließen. Es ging auf eine Seitengasse hinaus, die so eng war, daß man das gegenüber liegende Haus fast berühren konnte. Auch dort waren fast alle Fenster geöffnet und sie konnten jedes dort gesprochene Wort hören, leider nicht verstehen. Nur die Laute, die nach einer Weile herüberflogen, waren eindeutig zu verstehen und sie fügten ihrerseits ihre eigenen dazu. Die Sprache der Liebe war überall dieselbe. Es ging schnell diese Mal, waren sie beide doch ziemlich geschafft, und dann schliefen sie endlich mal wieder richtig durch. Im Morgengrauen waren sie erwacht, hatten sich nochmal geliebt und waren dann erneut eingeschlafen. Beinahe hätten sie dann verschlafen. Um Zehn mussten sie draußen sein. Es war dann zehn Minuten nach Zehn, als sie unten an der Rezeption waren, um zu bezahlen. Aber der Typ dort war so freundlich gewesen trotzdem nicht mehr Geld verlangen, obwohl er es gedurft hätte. Das Frühstück war dann auch noch nett gewesen. Kevin hatte lange nach einem ganz bestimmten Lokal gesucht und als er es schließlich gefunden hatte, war die Frühstückszeit eigentlich schon um. Der Kellner meinte er würde nachsehen, was noch da wäre. Er kam dann mit zwei Croissons, zwei Tassen Kaffee und etwas Marmelade an. „Besser als nichts", hatte Kevin gesagt. Dann, folgten nach und nach diese komischen französischen Brötchen, von denen Tina immer noch nicht wusste, wie die hießen, noch mehr Marmelade, Eier, Butter, Käse und dann sogar noch ein Teller mit Wurstscheiben drauf. Das war dann fast schon ein Brunch geworden. Kaffeenachschub hatte er auch noch gebracht und Orangensaft. Der Clou war dann gewesen, daß sie das Ganze keine Zehn Euro gekostet hatte. Da war Tina dann auch klar, weshalb Kevin genau nach diesem Lokal gesucht hatte.

Die Katze kam wieder an und riss Tina aus ihren Erinnerungen. „Ja, ich weiß, du hast Hunger. Ich geh gleich los und besorg dir was." Tina hing das Bild an seinen alten Platz an der Wand über dem Wäscheberg in dem sie es gefunden hatte. Dann zog sie sich ihre Jacke wieder an, nahm sich den Einkaufskorb, der sich komischerweise an gewohnter Stelle befand, und verließ die Wohnung um was essbares, nicht nur für die Katze, zu besorgen.

Zur selben Zeit in ihrer Heimatstadt.

Kevin hatte Tinas Zimmer zugewiesen bekommen, während Tom im Gästezimmer schlief, was früher mal sein Zimmer gewesen war, bevor seine Mutter es umgewandelt hatte. Er hatte nie so ganz verstanden, warum er damals hatte verschwinden müssen. Nicht, das es ihm völlig unrecht gewesen war, aber zumindest hätte er sich gewünscht, daß es seiner Mutter schwer fallen würde, ihn wegzuschicken. „Tina braucht jetzt absolute Ruhe", hatte sie gesagt. Und: „Du würdest sie nur ablenken und verwirren." Dabei war er es doch gewesen, der sie gerettet hatte. Er hatte doch alles so hingedreht, daß sie nie die Wahrheit erfahren würde.

Er hatte sie immer beschützt und er würde das auch weiterhin tun.

Kevin konnte natürlich der Versuchung nicht widerstehen und schnüffelte in sämtlichen Schubladen, Kästchen und dem Schrank herum. Wirklich Verwertbares fand er aber nicht. Bestimmt hatte sie, falls es überhaupt solches gab, alles mitgenommen. Er war gerade dabei, einen kleinen Karton unter dem Bett hervorzuziehen, als sein Handy den Eingang einer SMS meldete: „Wo bist Du?" Er stutzte. Die Nachricht kam von Tina. Wieso interessierte sie auf einmal, wo er war? Und weshalb um diese Uhrzeit? Es war mitten in der Nacht. Auf die Idee, sie könnte in seiner Wohnung sein, kam er in diesem Augenblick nicht. Daher tippte er: > was juckt dich das? < Aber in dem Augenblick, als er auf Senden drückte, überkam ihn leiser Zweifel, ob dieser Worte, die nicht eben nett waren. So würde er sie bestimmt nicht zurück gewinnen. Aber die SMS war schon im Orbit und würde gleich bei ihr angekommen sein. Scheiß Technik. Segen und Fluch zugleich. Okay. Es gab nur eine Möglichkeit, das wieder grade zu biegen. Er drückte auf den grünen Telefonhörer. Sie nahm schon nach dem ersten Klingeln ab. „Wo, bist Du?" wiederholte sie ihre Frage. „ Ich bin in deinem Zimmer." „Wie, in meinem Zimmer? Was tust du da? Wie bist du überhaupt dorthin gekommen?" Tina war mehr als nur ein wenig verwirrt. Er wusste doch gar nicht, wo sie aufgewachsen war. Wie konnte er da in ihrem Zimmer sein? Daher sagte sie noch: „ das kann gar nicht sein.“ „Doch, kann es. Tom hat mich geholt.“ Die nächste Überraschung. Wieso hatte Tom ihn geholt? Was bezweckte er damit? „Hallo, bist du noch dran?“ fragte Kevin. „Ja, das ist nur alles ein wenig verwirrend grade“, sagte Tina. „ Für mich nicht weniger, das kannst du mir glauben.“ Dann redeten sie, bis Kevins Akku leer war. Blöderweise hatte er sein Ladegerät vergessen. Also keine Chance das Gespräch, das mitten im Satz abgebrochen war, fortzusetzen. Am liebsten wäre er sofort zu ihr gefahren. Sie war zurück. Den Karton unter dem Bett hatte er völlig vergessen.

Am nächsten Morgen erzählte er Tom, Tina sei bei ihm, in seiner Wohnung und er wolle sofort zurück. Also wirklich sofort. Auf der Stelle. Aber Tom wollte erst frühstücken. Für Kevin war es das längste Frühstück seines Lebens, obwohl es keine zwanzig Minuten dauerte. Tom fuhr ihn zum Bahnhof und setzte ihn kurzerhand in den Zug. Das würde schneller gehen, als mit dem Auto. Außerdem war er gerade nicht scharf darauf, Tina zu begegnen. Sie würde ihn wieder mit Fragen bombardieren, die er nicht beantworten wollte. Jedenfalls jetzt noch nicht. Stattdessen fuhr er direkt, nachdem er Tom am Bahnhof abgeladen hatte, zu Trixi. Sie wirkte nicht erfreut darüber, ihn zu sehen. Aber er musste unbedingt in Erfahrung bringen, was Tina zu dieser, wie er meinte, überstürzten Abreise, bewogen hatte. Trixi jedoch hielt dicht. Sie gab vor, selbst davon überrascht worden zu sein. Er glaubte ihr nicht. Sie wusste was. Die beiden hatten was rausgefunden, als sie zusammen am See unten waren. Nur was? Seine Mutter hatte ihm nur gesagt, sie wären dort gewesen, nicht mehr. Diese Frauen. So geschwätzig sie manchmal waren, so verschwiegen konnten sie auch sein, wenn sie es für notwendig hielten. Nun, denn, er war immer noch nicht verhaftet worden. Also wussten sie vielleicht doch nichts und taten nur so. Oder aber, sie wollten erst noch stichhaltigere Beweise finden. Einen ganz kurzen Moment lang spielte er mit dem Gedanken, einfach alles zu sagen, nur um endlich Ruhe zu haben. Ein Familiengeheimnis zu bewahren war auf Dauer sehr nervenaufreibend und zermürbend. Bestimmt hatte er in den letzten Wochen ein paar graue Haare mehr bekommen. Er fühlte sich alt und ausgelaugt. Na wenigstens war sein Plan, wenn auch auf Umwegen, doch noch aufgegangen. Tina war weg und bohrte nicht weiter hier nach. Und Mutter hatte auch dicht gehalten. Daran hatte er eigentlich auch nie gezweifelt. Nur bei Trixi war er sich immer noch nicht ganz sicher, ob sie nicht doch zumindest eine Ahnung hatte und darüber mit Tina auch gesprochen hatte. Er beschloss, ebenfalls erst einmal wieder von hier zu verschwinden. Seine Mutter würde ihrerseits bestimmt froh sein, wieder Ruhe zu haben. Und so packte er seine Tasche und ging, ohne ein Wort des Abschieds. Seine Mutter war tatsächlich heilfroh und auch nicht böse oder traurig, weil er einfach so wieder verschwunden war. Sie war in der Küche gewesen und hatte seine Schritte auf der Treppe gehört, und dann die Haustür. Obwohl sie nicht gesehen hatte, daß er seine Tasche dabei hatte, wusste sie, daß er abreiste und so schnell nicht wiederkommen würde. Auch sie hatte nun ein paar graue Haare mehr. Aber das war egal. Sie würde sie mit Stolz tragen, weil sie der Beweis dafür waren, wie standhaft sie trotz alledem geblieben war. Und sie hatte ansonsten keinerlei Schaden davongetragen. Jetzt konnte sie wieder einfach weiter machen, jeden Tag einfach so dahinleben. Sie vermutete, daß Tina Trixi beauftragt hatte, hin und wieder nach ihr zu sehen. Aber Trixi würde kein Problem sein. Und Sie sollte Recht damit behalten.

Kevin klingelte an seiner Wohnungstür. Er hatte zwar seinen Schlüssel, war aber zu aufgeregt und daher nicht in der Lage, ihn ins Schloß zu stecken. Niemand öffnete. Aber sie musste da sein. Er hörte das Radio. Und den Staubsauger. Sie hatte die Klingel wohl nicht gehört. Er drückte nochmal. Jetzt hörte er ihre Schritte. Sie spähte durch das Guckloch, um zu sehen, wer da Einlass begehrte. Fast im selben Augenblick riss sie die Tür auf, sprang ihm förmlich an den Hals und rief: „Kevin! Endlich!" Sie küssten sich lange und intensiv; gleichzeitig bugsierte Kevin sie beide hinein. Mit dem Fuß schloß er die Tür und schob sie weiter in

Richtung Bett. Auf dem Weg dorthin zogen sie sich gegenseitig aus, fast ohne sich voneinander zu lösen. Erst zwei Stunden später, Kevin brauchte dringend eine Zigarette, redeten sie miteinander. „Seit wann rauchst Du wieder", begann Tina das Gespräch. Kevin hob nur die Schultern und sagte „weiß nich genau, seit du weg warst, denk ich." „Und seit wann hast du eine Katze?" „Och, die hat mir mein Psychologe empfohlen. Ist übrigens ein Kater, kastriert, weshalb du wohl dachtest, es wäre eine „sie". Ich hab ihn Luzifer getauft, weil er manchmal so einen teuflischen Blick drauf hat. Manchmal sieht es so aus, als würde er darüber nachdenken, wie er mich umbringen könnte." Tina lachte. Luzifer hatte seinen Namen gehört und kam aus einem seiner Geheimverstecke hervorgekrochen. Seit Tina aufgeräumt hatte, waren das allerdings nicht mehr so viele. Kevin stand auf und gab ihm was zu fressen. Kaum hatte Kevin sich wieder hingesetzt, da hatte Luzifer auch schon alles verputzt. Das erstaunte ihn etwas. Tina sagte dann: „Du hast wohl vergessen, ihm ausreichend Futter hinzustellen, als du weg gefahren bist. Als ich dann ankam, war er total ausgehungert. Das wird er wohl so schnell nicht vergessen." „Stimmt", sagte Kevin, „daran hatte ich tatsächlich nicht gedacht. Ich hab ihn noch nicht so lange. Hab auch nicht an ihn gedacht, während ich weg war. Ich hab nur immer an dich gedacht. Was ich sagen soll, wenn wir uns begegnen. Und ich hatte Angst, du könntest nicht zurück wollen oder noch schlimmer, mich gar nicht erst anhören wollen. Und dann warst du nicht dort, wo wir dich erwartet hatten. Warst einfach fort. Wieder mal. Und dann kam deine SMS. Übrigens, dein Bruder scheint mir nicht ganz koscher zu sein. Also ich bin schon ein Psycho, ich weiß. Aber der toppt das noch." Tina konnte ihm da nicht ganz widersprechen. Tom war immer irgendwie eigenartig gewesen. So überfürsorglich. Aber dennoch lieb. Solange sie das tat, was er wollte.

Während sie mit Kevin über Tom und dessen Eigenheiten sprach, begann Tom schon wieder neue Ränke zu schmieden. Nochmal durfte Tina ihm nicht entgleiten. Er konnte nicht ahnen, daß Kevin aufgrund seines Studiums, das auch einige Semester Psychologie umfasste, dazu in der Lage war, ihn genauestens zu analysieren. Sie waren ihm näher, als ihm lieb sein konnte. Hätte er nur den Hauch einer Ahnung darüber gehabt, er wäre nicht erst in sein Geheimdomizil gefahren, um dort erst mal eine Weile auszuspannen. Er fühlte sich vollkommen sicher. Während er ganz entspannt in der Sonne lag, sprach Tina mit Kevin über ihre Erinnerungen und ihre Vermutungen.
„Ich glaube, mein Vater lebt nicht mehr und manchmal fühlt es sich so an, als wäre ich daran schuld. Die letzten Träume, die ich so hatte, deuten jedenfalls darauf hin, wenn ich diesen ganzen Symboldeutungen Glauben schenken darf. In ei-

ner der letzten Nächte zu Hause habe ich sogar direkt davon geträumt, was auch mit ein Grund für meine Abreise gewesen ist. „Was genau hast du denn geträumt" wollte Kevin dann wissen. „Weiß nicht mehr genau, hab's diesen Traum auch nicht aufgeschrieben, wie sonst, weil ich am Morgen nur noch Bruchstücke davon zusammenbekam. Wirklich hängen geblieben ist nur so ein ungutes Gefühl." „Versuch dich trotzdem zu erinnern, bitte, es könnte wichtig sein und uns einen großen Schritt in die richtige Richtung bringen." „Okay, ich versuch's." Tina schloss die Augen, um sich besser konzentrieren zu können. „Ich sehe mich in unserem Wohnzimmer. Allein. Dann ist auf einmal Papa da. Er kommt auf mich zu. Im nächsten Augenblick liegt er wie tot da. Dann kommt Mama rein. Ich erschrecke und hab Angst, was sie wohl sagt, wenn sie Papa so da liegen sieht. Aber da ist er mit einmal weg." Tina öffnet ihre Augen wieder und sagt: „ an mehr kann ich mich nicht erinnern. Trixi hat mal angedeutet, daß mein Vater mir was angetan hätte, beziehungsweise, daß ich mal sowas in der Richtung ihr gegenüber erwähnt hätte, damals. Aber auch davon weiß ich nichts mehr." Kevin nimmt sie wortlos in den Arm. Er wusste sich auch keinen wirklichen Rat, trotz Psychostudium. Der Traum war wirklich zu löcherig. „Und die Tagebücher?" fragt er dann nach einer Weile. „Da steht auch nichts drin. Zumindest nicht in denen, die meine Mama mir gegeben hat. Ich glaube es fehlt noch eines. Kann aber nicht sagen, wer es hat, ob es überhaupt wer in Verwahrung hat oder ob es wegen des brisanten Inhalts vernichtet worden ist." „Wieso glaubst Du, daß es noch eins gibt und der Inhalt brisant ist?" „Das sagen mir erstens mein Bauchgefühl und zweitens die Datumsangaben." „Okay, ich würde da mal auf deinen lieben großen Bruder tippen. Sorry." „ Da braucht du dich nicht für entschuldigen, ich hab da auch schon dran gedacht", sagte Tina dann. „Tom war immer sehr dominant, mir gegenüber. Aber nie so direkt, das andere was davon gemerkt hätten. Eher so unterschwellig. Irgendetwas muß auch er mit mir angestellt haben, oder warum sonst hat meine Mutter ihn mir nach diesem Unfall vorenthalten? Er hat sich auch oft ganz sonderbar verhalten, in den letzten Wochen die ich wieder daheim war. Schon sein plötzliches Auftauchen dort war ganz sonderbar. Und Trixi schien ihn regelrecht zu fürchten, obwohl sie das nie zugegeben hätte. Etwas wirklich, wirklich Furchtbares muss damals geschehen sein." Dem konnte Kevin nur zustimmen. Langsam erwachte sein Geist zu neuem Leben. Vielleicht war nun die Zeit gekommen, wo sich sein Studium lohnen sollte. Er ließ Tina wieder los, stand auf und durchsuchte sein Bücherregal. Diese Bücher waren sein einziger und ganzer Stolz. Das waren nämlich, wie er immer sagte, richtige Bücher. Alles Sachbücher, bis auf ein paar Literatur Klassiker. Er fand auch schnell das Gesuchte, weil dies die einzige Stelle in seiner Wohnung

war, in der wirkliche Ordnung herrschte. Was aber auch relativ zu sehen war. Tina hatte diese Art der „Ordnung" noch nicht durchschaut. Sie war weder Alphabetisch, noch nach Größe oder Farbe. Aber sie musste sich auch nicht damit zurechtfinden. Diese Art von Büchern las sie eher selten, waren die meisten auch noch viel zu schwer, nicht nur das Gewicht betreffend, auch den Inhalt. Kevin klatschte den Psychologie-Band auf den Tisch. Dann schlug er das Kapitel: „Gedächtnis" auf und begann zu lesen. Tina warf nun doch auch einen Blick mit rein. Sie las: Gedächtnis: Speichern und vergessen. Dann: Ausfallerscheinungen und Retrograde Amnesie. Das sie da noch nie selber draufgekommen war, mal so ein Buch aufzuschlagen? Wie oft hatte sie diese Bücher schon abgestaubt. Während Kevin aufstand, um nach Block und Stift zu suchen blätterte Tina etwas weiter. Bei „Assoziation" blieb sie hängen und las: (...) dasselbe reale Objekt kann eine von beliebig vielen zuvor mit ihm verknüpften Realitäten wach rufen- und bei all den wechselvollen Erfahrungen, die wir durchlaufen, tendieren wir immer wieder dazu, dasselbe Ding inmitten unterschiedlicher Begleiter wiederzutreffen. (...)
Ein William James hatte diesen Satz in seinem Werk –The Principles of Psychology- geschrieben. Sie musste ihn mehrmals lesen, bis sie zumindest ein klein wenig begriff, was genau damit gemeint war. Kevin fluchte. Er war immer noch nicht fündig geworden. Sie hätte ihm gesagt, wo er alles

findet, hätte er sie gefragt. Aber das war auch so eine seiner Marotten: er bat nur sehr ungern um Hilfe. Meistens musste sie ihn fragen, was er sucht. Aber meistens antwortete er, er würde es schon selber finden. Da sie eh noch etwas weiter lesen wollte, ließ sie ihn daher noch etwas weiter suchen. Beim Kapitel „Wille"

Blieb sie erneut hängen:

(…) Der Grund und Ursprung aller Realität – ob vom absoluten oder praktischen Standpunkt aus betrachtet – ist subjektiv. Liegt also in unserem Geist. Als bloße logische Denker, bar jeglicher emotionaler Regung, scheinen uns jene Wahrnehmungen, die wir uns aussuchen, denen wir uns *willentlich* zuwenden,

ein noch viel höheres Maß an Realität zu besitzen. (…)

Wow. Das klang echt kompliziert. Und das hatte Kevin alles verstanden? Sie wollte es nicht so recht glauben. Kevin begann nun Sachen aus den Regalen zu reißen. Sie stand daher ebenfalls auf, ging zu ihm, griff in das Regal, vor dem er gerade stand und gab ihm das Gesuchte.

Das „Schatz-wo-ist-die-Butter-Syndrom" hatte wieder mal mit voller Wucht zugeschlagen. Er war sich dessen auch gleich bewusst und grinste. „Danke". „Keine Ursache." Dann setzte er sich hin und verfiel augenblicklich in Arbeitsmodus, was bedeutete, er vergaß alles um sich herum, nahm nichts mehr wahr, außer dem, was er gerade las. Er wollte ihr wohl tatsächlich ernsthaft helfen.

Aber er alleine würde nicht genügen. Sie musste wieder zur Therapie gehen, allein schon weil sie das gerade Gelesene mit einer Fachkraft besprechen wollte. Kevin verstand zwar alles, konnte es aber nur schwer jemand anderem erklären. Während Kevin das dicke Buch durchstöberte, setzte Tina sich an ihren Laptop und googelte nach Therapeuten. Sie wurde schnell fündig und bekam auch zeitnah einen ersten Termin, nachdem sie erklärt hatte, daß sie aufgrund zweier Selbstmordversuche immer noch Antidepressiva einnahm, aber davon wegkommen wolle.

Die ersten paar Sitzungen liefen etwas zäh. Tina war natürlich wieder viel zu ungeduldig und hätte am liebsten die Lösung schon nach der ersten Sitzung gehabt, so wie damals. Wenigstens war sie dieses Mal nicht wieder vor lauter Verwirrung und Unsicherheit gegen eine Laterne gelaufen. Diese Therapeutin schien ihr auch um einiges kompetenter. Sie hatte ihr gleich von Anfang an klipp und klar gesagt, daß alles seine Zeit brauchen würde. Tina hatte ihr die Adresse ihrer letzten Therapeutin geben müssen und die Erlaubnis zur Überführung ihrer Patientenakte. Heute war ihre vierte Sitzung. Schon als sie sich hinsetzte, spürte sie, daß sich etwas verändert hatte. Die Therapeutin wirkte ernster – oder besorgter? – als sonst. „ Ich habe letzte Woche ihre Patientenakte bekommen. Ich bin noch nicht ganz damit durch, sie ist doch recht umfangreich. Meine Kollegin war da sehr gewissenhaft. Was ich jedoch jetzt schon dazu sagen kann, ist, daß ich glaube, eine erneute Hypnose könnte mehr Aufschluss bringen, als jedes normale Gespräch." „Okay, dann hypnotisieren sie mich", sagte Tina und war schon auf dem Weg zur Couch. „Nein, nicht heute schon. Ich will zuvor schon alles gelesen haben und muß mich auch anders darauf vorbereiten. Auch ist es, glaube ich, besser, wenn wir diesen Termin dann als letztes legen, weil man nie so genau wissen kann, wie lange der Patient in dieser Hypnose belassen werden kann und wie lange dann das Nachgespräch dauert. In der Regel dauern solche Gespräche länger." Tina war im ersten Augenblick etwas enttäuscht, aber die Argumente der Therapeutin leuchteten ihr dann ein. Sie versprach ihr dann auch noch, daß sie sich die Akte jeden Abend vornehmen würde und spätestens in zwei Wochen könnten sie es mal mit einer kurzen Hypnose versuchen.

Beschwingt trat Tina aus der Praxis. Sehr zum Leidwesen von Tom, der sich inzwischen wieder möglichst in ihrer Nähe aufhielt. Leider konnte er jetzt, wo sie wusste, wer er war, nicht mehr ganz so nahe an sie heran wagen. Und an diese Therapeutin war auch nicht ranzukommen. Sie war wirklich gut und hatte ihn sofort durchschaut. Sie wusste zwar nicht, daß er Tinas Bruder war, aber sie wusste, daß er gefährlich war. Nicht, daß sie ihm das direkt gesagt hätte, aber doch so, daß er es verstanden hatte. Und dann hatte sie ihm gesagt, sie würde in Erwägung ziehen, ihn an einen Kollegen zu überweisen, der mit solchen Fällen, wie er einer war, besser vertraut war. „Was dachte die eigentlich von ihm? Was für ein Fall war er denn?" Er selber sah sich ja ganz und gar nicht als "Fall".

Die Therapeutin war nicht die Einzige, die zu dem Schluß gelangt, war, daß es sich bei ihm um einen schweren Fall handelte. Da war auch noch Kevin. Kevin hatte aufgrund seiner Paranoia die Angewohnheit, seine Umwelt ganz genau zu beobachten. Und er hatte Tom schon an dem Tag entdeckt, an welchem er seinen Beobachtungsposten wieder eingenommen hatte. Tom war immer so auf Tina fixiert, daß er nicht bemerkte, daß er selbst auch beobachtet wurde. Leider hatte Kevin dafür nicht mehr so viel Zeit, weil er wieder arbeitete. Auch Tina hatte sich einen Job gesucht. Sie putzte bei einer alten Dame, erledigte Einkäufe und manchmal sollte sie ihr einfach nur Gesellschaft leisten. Sein Job war nicht so angenehm. Er kellnerte wieder, sein Chef beschiss ihn mit den Überstunden und die Leute gaben kaum noch Trinkgeld. Aber Tina hatte es zur Bedingung gemacht, daß er wieder was tat, andernfalls wäre sie nicht bei ihm geblieben. Ihre Recherchen hatten sie auch nicht wirklich weiter gebracht. Außer, daß sie nun schwarz auf weiß den Beweis hatten, daß Tom nicht alle Latten am Zaun hatte. Aber wer hatte das schon?

Daß Tom wieder in der Stadt war, verschwieg Kevin bis dato. Hätte er das mal besser nicht getan. Dann wäre es vielleicht nicht zu dem gekommen, was zwei Tage vor Tinas Hypnosetermin geschah. Tina und Kevin saßen noch, wie gewohnt, schweigend am Frühstückstisch, als in den Nachrichten von einem schweren Autounfall mit tödlichem Ausgang die Rede war. Es wurde noch gesagt, es handele sich dabei um eine Frau in den Fünfzigern. Genaueres wüssten sie noch nicht, da das Auto völlig ausgebrannt sei und die Leiche fast bis zur Unkenntlichkeit verbrannt wäre. Dann wurde dazu aufgerufen, vermisste Personen zu melden. Obwohl kein Name genannt worden war, hatte Kevin sofort das Gefühl, zu wissen, wer da „verunglückt" war, sagte es aber nicht laut. Bevor das nicht sicher war, wollte er Tina nicht beunruhigen. Es war auch nur so ein Bauchgefühl. Unterschwellig und vage, aber doch spürbar. Er hatte sowas oft und bisher hatte es sich im Nachhinein immer als richtig erwiesen. Er hofft um Tinas Willen, es ist in diesem Fall nicht so. Nur gut, daß er heute einmal keinen Dienst hatte, so würde er Tina folgen und notfalls beschützen können, falls Tom noch weitere Untaten im Schilde führen sollte. Denn, daß er dahintersteckte, dafür hätte Kevin beide Hände ins Feuer gelegt. Als Tina dann wie gewohnt die Wohnung verließ, folgte er ihr aber nicht sofort. Er wusste ja, wo sie arbeitete. Erst eine halbe Stunde machte er sich auf den Weg. Er ging langsam und ließ seine Augen ständig suchend umherschweifen, konnte Tom aber nirgends entdecken. Das verstärkte sein ungutes Gefühl. Als er Tinas Arbeitsstätte erreichte, wartete er daher, bis sie rauskam. „Was machst Du denn hier?" fragte sie, nicht eben erfreut, weil sie sich beschattet fühlte. Jörg hatte das immer gemacht. Das wusste Kevin auch, daher setzte er sein fröhlichstes Lächeln auf und sagte: „ wollte dich überraschen und heute mal zum Essen einladen." „Wieso?" fragte Tina, immer noch argwöhnisch. „ Einfach so. Mir ist einfach danach." „Warst du spielen und hast gewonnen?" Daran hatte Kevin als Ausrede gar nicht gedacht gehabt. Das war die perfekte Lösung, daher setzte er augenblicklich eine zerknirschte Mine auf und sagte: „ja, hab ich. Aber nicht viel. Für Pizza reicht's aber." Das wirkte. Gott sei Dank. Sie hakte sich bei ihm ein und dann schlenderten sie zu „ihrem" Pizza-Laden um die Ecke, der eigentlich mehr vom Bringdienst lebte, als von Gästen die direkt dort aßen. Aber seine Pizzen waren gut. Sie bestellten sich eine Familienpizza zum Mitnehmen und aus dem Kiosk ein paar Meter weiter nahmen sie noch eine Flasche Rotwein mit. Zu Hause feierten sie dann ausgiebig den angeblichen Spielgewinn wobei Kevin fast, aber nur fast, vergessen hat, warum er wirklich dort gestanden hatte.

Zwei Tage später ging Tina, wie vereinbart, zur Therapiepraxis und fand sich vor verschlossenen Türen wieder. Das war komisch. Wieso hatte die Ärztin den Termin nicht abgesagt? Sie rüttelt noch einmal ungläubig an der Tür, als ihr plötzlich jemand von hinten auf die Schulter klopft. Erschrocken fährt sie herum. Ein Mann mittleren Alters steht hinter ihr und stellt sich ihr sogleich als Kommissar Schröder vor. „Was wollen sie von mir? Ich hab nichts getan!" „Ich weiß, ich hab auch nur ein paar Fragen", erwiderte der Kommissar freundlich. „Wollen wir uns in das Café dort drüben setzen?" Noch während er das sagte, fasste er Tina am Arm und führte sie zu besagtem Café. Tina folgte ihm widerstandslos. Sie verstand nicht, was hier eigentlich los war, aber sie sollte es bald erfahren.

Kevin hatte an diesem Tag leider arbeiten müssen, und so konnte sie ihm erst spät abends alles erzählen. „ Stell dir vor, meine Therapeutin ist womöglich umgebracht worden", fiel sie auch gleich mit der Tür ins Haus, kaum daß Kevin seine Jacke abgelegt hatte. Sie war bleich und wirkte völlig verängstigt. Liebevoll nahm er sie erst mal in die Arme und führte sie dann ins Wohnzimmer. Sein übles Bauchgefühl hatte sich wohl doch mal wieder bewahrheitet.

„Setzt dich erst mal und dann erzähl mir alles in Ruhe, okay." Und dann erzählte Tina, daß sie verhört worden wäre, was so nicht stimmte, sie war nur als mögliche Zeugin befragt worden, es war ihr nur wie ein Verhör vorgekommen. Der Kriminalbeamte hatte auch nicht direkt von Mord gesprochen, sondern nur, daß sie aufgrund der ungeklärten Umstände in alle Richtungen ermitteln würden. Und dann fragte sie Kevin: „Und überhaupt, wer sollte eine Psychotherapeutin umbringen und warum? Bestimmt war es doch nur ein Unfall. Genau wissen sie es aber nicht." Tina war hochgradig verwirrt, schwankte mit jedem Satz zwischen Hoffen und Bangen. Mist. Jetzt musste Kevin beichten, daß er von Toms Anwesenheit wusste. „ Wie? Tom ist wieder da?! Seit wann?" Kevin druckste herum. Kurz ließ er seinen Blick umherschweifen, um zu prüfen, ob sich kein Gegenstand in Tinas Griffweite befand, der dazu geeignet wäre ihn zu verletzen oder gar zu töten. Er konnte nichts entdecken, also sagte er ihr die Wahrheit, nämlich, daß Tom schon seit Monaten hier wäre und sie beobachten würde und er seinerseits Tom beobachtete, so oft es sein Dienstplan erlaubte. „Aha", sagte Tina nur. Und dann wurde sie noch blasser und begann unkontrolliert zu zittern. „Was hast Du?" fragte Kevin. „Was ich habe?! Was ich habe?!" kreischte Tina. „ Du hast mir gerade gesagt, daß Tom ein Mörder ist. Und ich bin vielleicht die Nächste! Das habe ich!" Dieser Gedanke war Kevin noch nicht gekommen, leuchtete ihm aber augenblicklich ein. „Scheisse. Verdammte Scheisse." „Das kannst du laut sagen", erwiderte Tina wieder etwas ruhiger geworden. „Was sollen wir jetzt tun?" fragte Kevin.

Tina hob ihre Schultern und seufzte: „ich habe nicht die geringste Ahnung." Dann stand sie unvermittelt, auf, fasste Kevins Hand und sagte: „ wir sollten die Zeit, die uns noch bleibt für Schöneres nutzen." Er ließ sich bereitwillig hochziehen und zum Bett führen. Was für eine sonderbare Frau. Gerade noch zu Tode verängstigt und dann, im nächsten Augenblick, saß sie auf ihm und ritt ihn, als wäre es das letzte Mal, was hoffentlich nicht stimmte. Sie verbrachten dann fast zwei volle Tage mit der schönsten Sache der Welt. Kevin hatte sich kurzerhand krank gemeldet, Überstunden hatte er eh mehr als genug. Mussten die anderen halt ein bisschen mehr laufen, es war ihm egal. Überhaupt war doch die ganze Welt da draußen egal. Von denen kümmerte sich auch kein Schwein um ihn. Er beschloss, nach diesen zwei Tagen seinen Job hinzuschmeißen. Würden sie sich halt wieder ein bisschen einschränken müssen. Aber es würde schon gehen. Hatte ja schon mal geklappt. Tina würde nicht begeistert sein, aber sie konnte ihn auch nicht zwingen. Als Tina nach dem Frühstück gegangen war, weil sie ihren Job weiterhin machen wollte, griff er zum Telefon und sagte zu seinem Chef, er würde nicht mehr kommen. Der hatte wohl schon mit sowas gerechnet, weil er nur ganz gelassen „ okay, wenn du aber noch Geld haben willst, mußt du es dir abholen", antwortete. Kevins erster Gedanke war, zu sagen, er könne sich das Geld sonstwo hinschieben, besann sich dann aber und sagte stattdessen: „danke, werd ich machen." Es würde schon schwierig genug sein, Tina die Kündigung beizubringen, da wollte er ihr wenigstens ein paar Scheine rüber schieben. Das könnte sich eventuell strafmildernd für ihn auswirken. Natürlich hatte er dann längst nicht das ausbezahlt bekommen, was ihm zugestanden hätte, aber 500€ waren besser als nichts. Tina war da etwas anderer Meinung, aber schließlich gab sie doch klein bei. Sie war sich schon bewusst, daß er diesen Job nur ihretwegen angenommen hatte. Sie selbst hatte genug Geld, teilweise noch aus der Scheidung und Tom hatte ihr an einem Abend, wo er zu viel getrunken hatte, von seinem Lottogewinn erzählt und versprochen, ihr einen Anteil zukommen zu lassen. Sie hatte erst gedacht, er würde nur flunkern. Aber der Betrag, der letztens auf ihrem Kontoauszug gestanden hatte, hatte sie eines Besseren belehrt. Sie war nun fast reich. Das würde sie Kevin aber nicht auf die Nase binden. Sie sagte: „ gut, wenn das dein Wille ist und du dann glücklicher bist. Es hat ja auch was Gutes. Jetzt hast du wieder Zeit auf Tom aufzupassen." Ja, die hatte er. Und schon am folgenden Tag wollte er damit beginnen. Aber dann hatte er Tom wieder nirgends entdecken können. Das machte ihn nicht gerade unverdächtiger. Auf der anderen Seite, fand er es gut, wenn er tatsächlich weg war. Eine Sorge weniger.

Tina sah das nicht ganz so locker. Wenn sie aus dem Haus ging, dann sah sie sich ständig um. Sie begann sich zu fragen, weshalb Tom hergekommen war und sie offensichtlich beobachtet hatte. Sie war ja immer noch völlig ahnungslos, was seine Intentionen dazu betraf. Niemand, nicht einmal Kevin, wusste, daß er das schon ewig so machte, daß er Tinas leben lenkte. Und nachts, wenn sie nicht schlafen konnte, dachte sie an Jörg uns seine Methoden. Und sie fühlte sich so hilflos. Alles scheint sich ständig zu wiederholen.

Tinas Mutter machte sich auch so ihre Gedanken. Sie saß gerade auf Tinas Bell und las das „geheime" Tagebuch. Tina hatte wohl eine Art doppelte Buchführung betrieben, das aber selbst vergessen. Eigentlich hatte sie nur Tinas Zimmer aufräumen und sauber machen wollen. Dabei hatte sie die Kiste unter dem Bett entdeckt. Hätte sie das Zimmer nach Tinas erstem Verschwinden schon aufgeräumt, das Tagebuch gelesen und damals gewusst, was sie gleich erfahren würde, womöglich wäre dann alles komplett anders verlaufen. Aber das Schicksal hatte wohl gewollt, daß es erst jetzt gefunden wurde. Zögernd schlug sie es auf und begann zu lesen. Vieles war schwer zu entziffern, da es offensichtlich in sehr emotionalen Zuständen geschrieben wurde. Immer wieder schlug sie vor Entsetzen die Hand vor den Mund. Sie wollte das alles gar nicht wissen, konnte aber auch nicht aufhören zu lesen. Manche Stellen las sie mehrmals, weil sie nicht glauben konnte, daß da wirklich das stand, was da stand. Sie hoffte, sich verlesen zu haben. Aber das hatte sie nicht. Als sie schließlich nach knapp zwei Stunden damit fertig war, legte sie es hin und dann weinte sie, wie sie noch nie in ihrem Leben geweint hatte. Warum nur hatte sie zugelassen, daß ihrer Tochter so etwas angetan wurde. Sie hatte es geahnt, nein, nicht nur geahnt, sie hatte es tatsächlich gewusst. Aber die Leute waren ihr wichtiger gewesen. Das wäre ein Skandal gewesen, ihre Familienehre auf ewig besudelt. Das konnte sie doch nicht zulassen. Und Tina schien es nicht wirklich schlecht dabei zu gehen. Womöglich hatte dieses Luder sogar noch Spaß daran, mit ihrem Vater zu vögeln. Und dann hatte der Himmel es wirklich gut mit ihr gemeint. Er hatte Tina die Erinnerung genommen und Fred verschwinden lassen. Hoffentlich schmorte er in der Hölle. Obwohl, dann würde sie ihn dort sicher wiedertreffen. Denn den Himmel hatte auch sie nicht verdient. Sie war keine gute Mutter gewesen. Auch Tom gegenüber nicht. Aber sie hatte ihn gedeckt und deckte ihn noch. Sie war sich sicher, daß er seinen Vater beseitigt hatte, wenn sie auch keine Ahnung hatte, wie, wann und wo. Sie war sich deshalb so sicher, weil Tom auch gewusst hatte, was sein Vater mit Tina tat. Sie hatte zwar immer wieder versucht, es abzuwiegeln, wenn er sie darauf ansprach. Das hatte aber nur funktioniert, solange Tom noch klein war. Später nicht mehr. Aber Tom schien, wie sie, darauf bedacht, daß Tina nie wieder an diese unschöne Vergangenheit erinnert wurde. Er hatte damals, bevor sie ihn rausgeworfen hatte, die Idee gehabt, Trixis Eltern davon zu überzeugen, daß es für alle das Beste wäre, wenn man sie in ein Internat schicken würde. Sie hatten ihren Eltern weisgemacht, die beiden Mädchen hätten geplant, gemeinsam in dieses Internat in der Schweiz zu gehen. Trixi hatte alles abgestritten, aber ihre Eltern dachten, das täte sie nur, weil sie nicht alleine weg wollte. Als Trixi dann wieder zurück war, da hatte Tinas Mutter die beiden immer belauscht und dabei erfahren, daß diese Aktion gar nicht nötig gewesen wäre. Trixi wusste absolut nichts. Tina hatte sich wohl nur diesem Tagebuch anvertraut. Sie blickte neben sich. Es lag immer noch da, schweigend, bedrohlich. Wie ferngesteuert nahm sie es mit zitternder Hand wieder auf und betrachtete es lange. Sie überlegte, was sie nun damit tun sollte. Es zurück in die Kiste legen? Nein! Auf gar keinen Fall! Dann wäre ja alles umsonst gewesen. Es musste irgendwie verschwinden, und zwar endgültig und möglichst spurlos. Langsam stand sie auf und ging, immer noch unschlüssig, nach unten. Sie blickte durch das Küchenfenster in den Garten, das Tagebuch fest an ihre Brust gedrückt, als wäre es ein kleines Kind, das es zu beschützen galt. Aber dieses Buch brauchte keinen Schutz. Tina war es, die beschützt werden musste. „Vielleicht einfach in die Mülltonne?" denkt sie. Nein. Zu unsicher. Jemand könnte es wieder herausnehmen, oder auf der Müllhalde finden. Dann, auf einmal legt sich ein Lächeln auf ihr Gesicht. Der Grill. Das ist die Lösung! Kurze Zeit später hatte sie den letzten Beweis unter Zuhilfenahme von reichlich Brennspiritus, in Rauch und Asche verwandelt. Die Asche verteilte sie anschließend unter den Kompost. Somit waren nun alle Spuren der Vergangenheit restlos beseitigt. Nun konnte Tina jederzeit wiederkommen; sie würde nichts mehr finden, so tief sie auch graben mochte. Nur gut, daß die Polizei damals keinen Verdacht gehegt hatte, sonst hätten die das Haus auf den Kopf gestellt und das Tagebuch bestimmt gefunden. Warum hatte Tina es eigentlich nicht entdeckt? Wohl, weil sie sich einfach nicht mehr daran erinnerte. Obwohl, die Kiste stand nicht sehr weit hinten, sie hätte sie doch sehen müssen? Dann fiel ihr ein, daß Kevin ja in dem Zimmer geschlafen hatte. Hatte er die Kiste von ganz hinten hervorgeholt? Hatte er womöglich das Tagebuch gelesen? Und die Angst war wieder da. Aber nicht sehr lange, denn ihr wurde gewahr, wenn Kevin es gelesen hätte, dann wären beide längst wieder hier aufgetaucht. Niemand, außer ihr, kannte die schreckliche Wahrheit. Und so wie es aussah, würde sie auch niemals mehr ans Licht kommen, außer sie selbst brach ihr Schweigen. Dann fiel ihr ein, wie Tinas erste Therapeutin mal gesagt hatte, die Amnesie könnte möglicherweise nicht von ewiger Dauer sein. So eine richtige Amnesie war das nämlich gar nicht, sonst hätte sich Tina auch nicht an ihren Namen erinnert. Sie hatte bestimmte

Aspekte ihrer Vergangenheit einfach nur ausgeblendet. Und dann hatte sie die Therapeutin direkt auf möglichen Missbrauch angesprochen, den sie aber konsequent abgestritten hatte. „Mein Mann stand auf andere Frauen, aber niemals auf Kinder, schon gar nicht auf seine eigenen, niemals!" hatte sie fast geschrien, und war dann aus der Praxis gestürmt und hatte sie auch nie wieder aufgesucht. Also wirklich! Nur weil diese Tussi studiert hatte, wusste die noch lange nicht alles. Kurz dachte sie drüber nach, die Dame wegen Inkompetenz anzuzeigen, sah dann aber davon ab, weil sie zu der Einsicht kam, daß so etwas wohl kein Straftatbestand war. Einmal noch, war sie dann von dieser Therapeutin angerufen worden, hatte aber gleich, nachdem diese ihren Namen genannt hatte, aufgelegt. Dabei hatte sie ihr nur mitteilen wollen, daß sie zwar nach wie vor an einen möglichen Missbrauch glaube, aber zu dem Schluß gelangt wäre, nicht weiter danach zu graben, um Tinas Selbstschutzmechanismus nicht zu durchbrechen. Und schließlich war Tina wohl selbst draufgekommen, daß die nichts taugte.

Fünf Jahre später.
Kevin und Tina wollten gerade zu Bett, als eines der Handys klingelte. „Das ist deins", sagte Kevin. „Ich weiß", sagte Tina, „ich hab nur grad keinen Bock ran zu gehen." Doch das Klingeln hörte nicht auf. Und dann, als es endlich aufhörte, begann es kurze Zeit später von neuem. Tina packte es

schließlich und drückte, ohne nachzusehen, wer da angerufen hatte, auf „Aus". So, jetzt würde Ruhe sein. Am nächsten Morgen dachte sie nicht sofort daran, es wieder einzuschalten, erst am Nachmittag, als sie auf die Uhr sehen wollte, bemerkte sie dies. Sie schaltete es wieder an, sah aber immer noch nicht nach, welchen Anrufer sie verpasst hatte. Sie dachte einfach nicht mehr dran, weil sie zu viel zu tun hatte. Inzwischen hatte sie einen Fulltimejob in einer kleinen Boutique als Verkäuferin angenommen. Sie liebte Kevin wirklich, aber ihm den ganzen Tag beim Nichtstun zuzusehen, war ihr dann doch zu viel geworden. Hätte sie an dem Abend vor drei Tagen das Gespräch angenommen, dann hätte Trixi ihr gesagt, daß ihre Mutter im Sterben lag und ihr aufgetragen hatte, Tina zu sagen, daß sie noch was Wichtiges zu beichten hätte. Und Tina hätte diese Beichte, wäre sie denn sofort losgefahren, auch noch gehört. In Wahrheit hatte sie nie vorgehabt, irgendetwas zu beichten. Sie wollte sich vor ihrem Tod nur versichern, daß Tina immer noch unwissend war. Sie vermutete es, weil sie seither nicht mehr zu Besuch gekommen, sondern nur hin und wieder angerufen hatte. Aber sie wollte ganz sicher sein. Ihre letzten drei Jahre waren noch schrecklicher gewesen als alle Jahre davor. Immerzu diese unterschwellige Angst, die sich dann immer mehr gesteigert hatte. Am Ende hatte sie regelmäßig Panikattacken gehabt. Und zum Schluß hatte der Krebs sie buchstäblich zerfressen. Sie war zu keinem Arzt gegangen, weil sie der Überzeugung war, diese Krankheit genau so verdient zu haben. Sie hatte schließlich zwei Leben auf dem Gewissen, wenn nicht sogar drei: Fred, Tina und Tom. Sie wäre auch nicht ins

Krankenhaus gegangen. Aber Tina hatte Trixi beauftragt gehabt, hin und wieder nach ihrer Mutter zu sehen. Trixi hatte sie dann nach einer ihrer Panikattacken ohnmächtig vorgefunden und natürlich den Notarzt gerufen. Wäre sie bei Sinnen gewesen, keine zehn Pferde hätten sie in ein Krankenhaus gebracht. Sie war dann regelrecht auf den Kopf gestellt worden und dann hatten die Ärzte ihr eröffnet, daß sie Krebs im Endstadium habe. Sie hatten ihr maximal noch drei Monate gegeben. Tatsächlich waren es dann nur zwei Wochen gewesen. Hätte sie das geahnt gehabt, sie hätte Trixi viel früher gebeten, Tina herzuholen. Obwohl sie wusste, daß sie bald sterben würde, hatte sie gewartet, bis es zu spät für eine Aussprache war.

„Vielleicht ist das auch besser so". Das war ihr allerletzter Gedanke gewesen, und sie nahm das grausige Familiengeheimnis mit ins Grab.

Der Tag der Beerdigung war ein sehr kalter, ja regelrecht eisiger Tag. Alle standen schlotternd um das Grab. Nur Tina stand völlig reglos. Sie fühlte nichts. Keine Kälte, keine Trauer, einfach nichts. Ihr einziger Gedanke war: „hoffentlich wollen die mir nachher nicht alle noch die Hand schütteln." Der Pfarrer beeilte sich, die Grabrede war kurz. Und es hielten sich alle an den, in der Traueranzeige bekundeten Wunsch, nicht am Grab zu kondolieren. Sie schaufelten nur, einer nach dem anderen, das obligatorische Häuflein Erde ins Grab oder warfen eine einzelne Blume hinunter auf den Sarg. Kevin hielt sich im Hintergrund. Er versuchte angestrengt, Tom zu erspähen, fand ihn aber nicht. Der Kerl war wohl tatsächlich für immer untergetaucht. In Wahrheit war Tom schon da. Er hatte nur sein Aussehen radikal verändert, trug jetzt einen Vollbart und hatte sich die Haare gefärbt. Eine Brille vervollständigte seine Maske. Zudem stand er ein ganzes Stück hinter Kevin, außerhalb seines Blickwinkels. Er war ja nicht blöd. Ihm war schon klar, daß er immer noch des Mordes verdächtig war. Aber wie damals, bei seinem Vater, war er auch bei dieser Therapeutin vor knapp sechs Jahren unschuldig. Er war ihr damals hinterher gefahren. Dann war sie plötzlich ins Schleudern geraten und hatte sich auf dem Feld mehrmals überschlagen. Er hatte angehalten, um zu sehen, ob er helfen könnte. Aber als er am Unfallwagen war, sahen ihm nur noch zwei weit aufgerissene Augen entgegen. Und dann hatte er total irrational gehandelt. Er war zu seinem Wagen zurückgegangen, hatte den Benzinkanister geholt und den Inhalt über die Leiche geschüttet. Dann hatte er noch die Handtasche an sich genommen und den Wagen angezündet. Warum er das getan hatte, wusste er bis heute selbst nicht. Daß die Polizei nur ganz zu Anfang in alle Richtungen, also auch Mord, ermittelt hat, wusste er auch immer noch nicht. Genauso wenig wussten das Kevin und Tina. Niemand hatte sie je davon in Kenntnis gesetzt.

Endlich war der Beerdigungsspuk vorbei und alle wollten möglichst schnell das warme Wirtshaus aufsuchen. Tina wollte eigentlich keinen Leichenschmaus veranstalten, aber ihre Mutter hatte es testamentarisch verfügt und auch extra ein Sparbuch dafür angelegt. Das Geld würde für alle Kosten ausreichen, ja, es würde sogar noch etwas übrig bleiben, wenn die Leute sich mit dem Getränkekonsum zurück hielten. Wenn nicht, war es auch egal. Obwohl sie den Großteil von Toms Lottogewinn verspekuliert hat, weil sie, wie so viele ein Opfer der geplatzten Immobilienblase geworden war, kam sie ganz gut über die Runden. Sie benötigten nach wie vor nicht viel zum Leben, sparten auch viel ein, wenn sie mit dem Bulli unterwegs waren. Abgesehen davon, waren ihre Reisen immer total romantisch. Sofern man den Begriff „romantisch" etwas großzügiger auslegte. Kevin wusste nämlich nicht einmal, wie dieses Wort geschrieben wurde. Aber für Tina waren allein die Straßen, die sie fuhren, schon romantisch, verglichen mit der Autobahn. Und Kevin mochte keine Touristenaufläufe.

Sie hatten in den vergangenen Jahren unzählige kleine Städtchen gesehen, die zu Unrecht kaum irgendwo erwähnt wurden. Sie tauchte ein, in diese schöne Vergangenheit, vergaß die Kälte und bekam nicht mit, daß alle die Begräbnisstätte inzwischen fast fluchtartig verlassen hatten, bis Kevin ihren Arm fasste und sie den anderen hinterher führte. Als sie außer Sicht waren, trat Tom ans Grab und weinte. Zum ersten Mal in seinem Leben. Nein, das stimmte nicht ganz. Damals, als seine Mutter ihm gesagt hatte, daß er keinen Kontakt mehr zu seiner kleinen Schwester haben dürfe, da hatte er auch geweint. Nicht vor seiner Mutter, aber später, als er allein in seinem Bett lag und sich der Konsequenz dessen bewusst wurde. Wie er so in die Grube hinunterblickte, kamen ihm die Bilder von damals wieder in den Sinn. Er war von dieser Party nach Hause gekommen und hatte seinen Vater tot auf dem Wohnzimmerteppich liegend vorgefunden. Im ersten Moment hatte er gedacht, er sei nur betrunken, ist zu ihm hin und wollte ihn gerade schütteln, als ihm die fahle Hautfarbe und der offene Mund auffielen. Die Augen waren komischerweise geschlossen. Nicht immer sind sie beim Eintreten des Todes geöffnet, das wusste er damals aber noch nicht. Er hätte also durchaus einfach nur schlafen können. Allerdings in sehr unbequemer Lage. Eine Weile hatte er dann nur dagestanden und auf seinen Vater gestarrt, als ob er ihn damit wieder zum Leben erwecken hätte können. Dann war ihm seine Schwester eingefallen. Wo war sie? Er war die Treppe hochgerannt bis zu ihrem Zimmer. Da lag sie, friedlich schlafend, in ihrem Bett. Und dann ging die Phantasie mit ihm durch. Er war immer noch der festen Überzeugung, obwohl er seinen Vater immer noch nicht dabei hatte ertappen können, daß dieser seiner Schwester Schlimmes antat. Womöglich wollte er die Gelegenheit, daß niemand sonst im Haus war nutzen? Er stellte sich vor, wie sein Vater seine Schwester begrabschte und die sich dann gewehrt hat. Warum sie nach so einer Tat so friedlich schlafen konnte, darüber dachte er nicht weiter nach. Vielleicht hatte sie eine Schlaftablette genommen oder sein Vater hatte sie mit Alkohol abgefüllt. Wie auch immer, dort unten im Wohnzimmer lag eine

Leiche. Er ging wieder nach unten und dann tat er alles, als wäre er ein ferngesteuerter Roboter. Er rollte seinen Vater in den kleinen Teppich und zog ihn irgendwie hinaus bis zu dessen Auto. Wie er es geschafft hatte, diesen fast achtzig Kilo schweren Mann in den Kofferraum zu hieven, wusste er nicht mehr. Wahrscheinlich hatte ihm der unbedingte Wunsch, seine Schwester um jeden Preis zu beschützen, diese Kräfte verliehen. Dann war er einfach losgefahren, mit dieser Leiche im Kofferraum. Er fuhr einfach immer weiter, ohne ein rechtes Ziel vor Augen. Und dann war da dieses Schild am Straßenrand auf dem stand: Moorschutzgebiet. Es war Winter, der Boden hart gefroren. Er hatte nur noch das Seitenfenster einen Spalt weit aufgedreht und dann den Wagen samt seiner grausigen Fracht einfach in diesem Moor See versenkt. Den Rückweg hatte er dann größtenteils zu Fuß gemacht. Erst die letzten zehn Kilometer hatte ihn ein Postkurier aufgegabelt. Der hätte ihn eigentlich nicht mitnehmen dürfen, aber wo kein Kläger, da kein Richter. Der Kurier hatte dicht gehalten, auch als die Polizei öffentlich nach Zeugen wegen des plötzlichen Verschwindens seines Vater gesucht hatte. Vielleicht hatte er aber auch einfach keinerlei Zusammenhang darin gesehen. Für ihn war er damals wohl nur ein junger Typ auf dem Nachhauseweg von einer Party gewesen, aber bestimmt kein mutmaßlicher Mörder. Was ja auch der Wahrheit entsprach. Seine Schwester war die Mörderin, und das wahrscheinlich aus reiner Notwehr. Und dann hatte er sich die Sache mit dem Eisfischen ausgedacht, hatte sogar das Loch dafür schon einen Tag zuvor geschlagen. Dann hatte er seiner Mutter erzählt, sein Vater hätte angerufen, er würde nun doch einen Tag früher wiederkommen. Er hatte alle so schön an der Nase herumgeführt und dann wäre fast alles umsonst gewesen, weil seine Schwester in dieses blöde Loch gefallen war, was sich dann aber als Segen entpuppt hatte, weil sie sich danach an nichts mehr erinnerte. Andererseits hätte er schon gerne erfahren, was denn nun wirklich passiert war, damals in jener schicksalhaften Nacht...

Die Männer vom Bestattungsdienst kamen an, um das Grab zu schließen und rissen ihn aus seinen Gedanken. Jetzt fühlte er auch die Kälte wieder. Er wäre nur zu gerne der Trauergesellschaft in dieses schöne warme Wirtshaus gefolgt, hätte gerne seine Schwester wieder gesehen. Aber heute war nicht der richtige Tag für so ein Wiedersehen, daher ging er zurück in sein Pensionszimmer, das er schon seit geraumer Zeit bewohnte. Seine Pensionswirtin war ja erst ganz neugierig gewesen und hatte versucht ihn auszufragen, darüber woher er käme, was er so mache und so. Er hatte ihr dann ganz tief in die Augen geblickt und ganz ruhig und fast flüsternd zu ihr gesagt: „ich bin Auftragskiller und wenn du mir je wieder irgendeine Frage stellst, dann kille ich dich - ganz ohne Auftrag." Natürlich hatte sie ihm das nicht abgenommen. Wer gab schon zu ein Killer zu sein. Aber gefragt hat sie trotzdem nie wieder was, nicht einmal, was er gerne zum Frühstück wollte. Sie stellte ihm seither jeden Tag irgendwas hin und er aß es.

Endlich machten sich die ersten Trauergäste daran zu gehen und nach und nach verschwanden sie alle. Es musste halt nur wer den Anfang machen. Gegen 17 Uhr saßen dann nur noch Kevin, Tina und Trixi da. Kevin bestellte drei Gläser Cognac. Keiner sprach, während sie tranken. Das war ein sonderbarer Leichenschmaus gewesen. Keiner hatte die Verstorbene wirklich gekannt, weil sie ihr halbes Leben kaum aus dem Haus gegangen war. Trotzdem wurden über sie Geschichten erzählt, bei denen sich Tina manchmal regelrecht die Nackenhaare aufgestellt hatten. Vor allem bei der einen, die sie gehört hatte, als sie auf der Toilette saß. Diese Tratschweiber hatten nicht darauf geachtet, ob da noch jemand in der Nähe war. Ihr Vater hätte es einst mit ihr getrieben und ihre Mutter hätte dabei zugesehen, haben sie gesagt. Fast hätte sie die Kabinentür aufgerissen und gerufen: „das wüsste ich aber!" Aber dann machte sie sich wieder bewusst, daß sie an damals immer noch keinerlei Erinnerung hatte. Und, sie womöglich gar nicht so falsch lagen. Womöglich war das genau die Erinnerung, vor der ihre Mutter sie hatte bewahren wollen. Und hatte nicht Trixi auch mal sowas in der Richtung angedeutet? Sie wartete noch eine Minute, nachdem die Klatschbasen die Toilette verlassen hatten, bevor sie selbst auch wieder in die Gaststube ging. Sie musste fast den ganzen Raum durchqueren um zu ihrem Platz zu gelangen. Dabei musterte sie alle Frauen ganz genau und fragte sich bei jeder, ob sie wohl eine von denen ist, die das vorhin gesagt hatten. Sie hatte sie ja nicht sehen können, nur hören. Und anhand der Stimmen konnte sie keine identifizieren. Gott, sie war der Lösung des Familiengeheimnisses noch nie so nah gewesen. Aber irgendwie war ihr die Lösung auf einmal nicht mehr wichtig. Es hatten sich so viele Menschen, allen voran ihr Bruder und ihre Mutter, die ganzen Jahre über, solche Mühe gegeben, sie davor zu bewahren. Sie wollte nicht, daß diese Mühe vergebens war. Nur die Sache mit ihrem Bruder bereitete ihr noch Kopfzerbrechen. War er tatsächlich ein Mörder? Egal. Sie trank ihr Glas leer, Kevin und Trixi taten es ihr nach und dann verließen sie wortlos das Lokal. Draußen umarmten sich alle noch zum Abschied.

Kevin und Tina stiegen in den Bulli und schon auf den ersten Metern sagte Tina, sie wolle nie mehr hierher zurückkommen. Trixi würde bleiben. Ihre Eltern waren schon vor Jahren fast gleichzeitig gestorben und sie hatte die Wohnung übernommen. Es gefiel ihr hier, auch wenn sie immer noch allein war. Sie hatte sich damit abgefunden. Tom fuhr erst am nächsten Tag wieder weg. Auch er wollte nie mehr wiederkommen. Er wurde hier endgültig nicht mehr gebraucht. Alles war nun gut.

Nur wenige Wochen später bekam Tina auf einmal Post. Die Leute, die sie zwecks Entrümpelung des Hauses organisiert hatte, hatten einen Umschlag gefunden, auf dem „Testament" geschrieben stand. Sie waren so ehrlich gewesen, es Trixi zu geben, die, weil sie ja den Schlüssel bekommen hatte, und meistens zugegen war, um das Ganze ein wenig zu überwachen und zu dokumentieren, was diese Leute so alles davon trugen. Sie hatte den Umschlag, nicht geöffnet, sondern ihn zu einem Notar gebracht, der es dann, nachdem er es gelesen und für ordnungsgemäß befunden hatte, an Tina schickte. Jetzt lag es auf dem Küchentisch. Tina wollte es nicht öffnen. Sie konnte sich nicht denken, was ihre Mutter groß zu vererben gehabt haben sollte. Womöglich erbte sie nur Schulden. Sie hatte gedacht, endlich einen Schlußstrich ziehen zu können. Eigentlich hatte sie sich gerade erst wieder ein wenig gefangen. Und jetzt das. Sie seufzte, atmete tief ein und aus und dann schnitt sie den Umschlag mit einem Küchenmesser auf. Als sie es gelesen hat, weiß sie nicht, ob sie lachen oder weinen soll. Sie ist als Alleinerbin eingesetzt worden. Aber da war auch noch Tom, dem als ihr Bruder zumindest ein Pflichtteil zustand. Ihre Gedanken rasten, ebenso ihr Herz. Kevin kam in die Küche. Er setzte sich, sah sie fragend an, sagte aber nichts. Wortlos gab sie ihm das Testament. „Ich habe nicht gewusst, daß Mama das Haus gehört hat. Ehrlich gesagt hat es mich auch nie wirklich gekümmert, woher alles kam." Kevin nickt. Er versteht, was sie meint. Nach dem Unfall war sie regelrecht in Watte gepackt worden. Niemand hatte ihr damals gesagt, daß nichts einfach so vom Himmel fiel. Später hatte sie das zwar am eigenen Leib erfahren, als sie diesen Laden betrieben hatte, war bei Jörg aber trotzdem wieder in ihr altes Muster verfallen. „Und jetzt?" fragt er. Sie hebt die Schultern: „ich weiß nicht. Ich denke, ich werde doch nochmal zurück müssen." Dann greift sie zu ihrem Handy und wählt Trixis Nummer. Tom steht auf und verlässt die Küche. Manchmal zeigt er doch Feingefühl.

„Ich bin davon ausgegangen, daß Mama nichts Wertvolles besessen hat, sonst hätte ich doch niemals fremden Menschen das Ausräumen des Hauses überlassen."

Trixi antwortet: „das hast du nun wirklich nicht ahnen können, niemand wusste davon. Außer das Finanzamt, weil sie denen ja Grundsteuer zahlen musste. Und die von der Bank. Ist eigentlich auch noch Geld da?" „Ich hab wirklich keinen Schimmer. Am liebsten würde ich das Ding einfach verbrennen, aber das geht ja nicht, weil schon zu viele davon wissen. Allen voran dieser Notar."

„Stimmt", meint Trixi, „der hat ja reingeschaut." Sie macht eine Pause, um Tina Zeit zum Nachdenken zu geben. „Nein, das kann ich nicht tun" sagt Tina dann. „ Du könntest das Erbe ja ausschlagen." „Nein, das geht nicht" sagte Tina. „Es nützt alles nichts, ich werde wohl oder übel erneut packen und mich dann auf den Heimweg machen müssen."

Drei Tage später steht sie in dem nun fast leeren Haus. Die Einbauschränke sind noch da. Dafür hatte Trixi gesorgt, nachdem sie von Tinas Erbschaft erfahren hatte. Tina geht die Treppe hoch. Ihr Zimmer liegt am Ende des Flurs. Sie zögert kurz, bevor sie es betritt. Hier ist alles weg, bis auf die Vorhänge. Die wurden wohl vergessen. Oder sie haben den Leuten nicht gefallen. Sie geht zum Fenster und schaut hinunter in den Garten, der nun ziemlich verwildert ist. „Wie schnell die Natur doch Oberhand gewinnt, wenn man sie lässt", denkt sie. Sie steht lange da. Ihr Kopf ist leer. Ebenso ihr Herz. „Huch!" Trixi war von hinten an sie herangetreten und hatte ihre Hand auf ihre Schulter gelegt. „Tschuldige, wollte dich nicht erschrecken. Ich hab deinen Bulli unten gesehen." „Schon gut" sagt Tina und blickt auf ihr Handy. „War gut, daß Du gekommen bist, muß gleich los zu diesem Notar. Gibt ja einiges zu klären." Beide gehen hinunter. „Soll ich mitkommen?" sagt Trixi dann, bevor Tina in ihren Bulli steigt. „Danke, das ist lieb. Aber ich glaube nicht, daß du da mit rein darfst." „ Das sehen wir dann ja", sagt Trixi und steigt einfach mit ein. Die Fahrt ist kurz. Eigentlich hätten sie auch zu Fuß gehen können. Dann hätten sie wenigstes keinen Parkplatz suchen und auch noch dafür bezahlen müssen. Sie kommen zehn Minuten zu spät deswegen. Der Notar empfängt sie trotzdem äußerst freundlich. Er hat auch nichts dagegen, daß Trixi mit dabei ist. Tina übergibt ihm das Testament. Es ist sehr kurz gehalten, gerade einmal eine Seite. Obwohl er es schon kennt und auch eine Kopie davon vor sich liegen hat, liest er es nochmal kurz durch. Dann fragt er, ob Tina noch Geschwister habe. Sie bejaht die Frage, ergänzt aber, daß ihr Bruder als quasi verschollen gelte. Daß er mutmaßlich ein Mörder ist, und deshalb wohl untergetaucht ist, verschweigt sie. Sie will keine schlafenden Hunde wecken.

Der Notar nickt und streicht sich über das Kinn, während er überlegt. Dann erklärt er, daß das die Sache etwas kompliziert machen würde. Man müsse erst nach Tom suchen, womöglich ein paar Jahre. Trixi fragt dann, ob es nicht vielleicht doch eine einfachere Lösung geben könnte. Der Notar überlegt wieder. „Hmm, vielleicht." Er wolle sich mal schlau machen, sagt er dann. „Auf alle Fälle brauche ich eine genaue Aufstellung aller Wertsachen und ein Gutachten, das Aufschluss über den Wert der Immobilie gibt." Er weist seine Gehilfin an, Tina die entsprechenden Merkzettel und vorgefertigten Listen mitzugeben, bevor er die beiden verabschiedet. Als sie wieder draußen sind fragt Trixi: „Lust auf Spätstücken im Boef?" Tina hatte eigentlich keine Lust auf garnichts, sagt aber zu. Sie hatte am Vortag mittags zuletzt etwas gegessen, und auch da nur eine Kleinigkeit. Es war nicht viel los, am Nebentisch saß eine Frauengruppe, die wohl einen Geburtstag feierte, den Prosecco-Flaschen nach zu urteilen, die den Tisch bevölkerten. Sie waren laut und fröhlich (die Frauen, nicht die Flaschen).

Normalerweise hätte Tina sich von dieser Fröhlichkeit anstecken lassen. Aber heute war sie dazu nicht in der Stimmung. Am liebsten hätte sie Trixi gebeten, ob sie nicht woanders hingehen könnten, am besten zu ihr nach Hause. Aber Trixi hatte ihre Nase schon in die Karte vergraben und da kam auch schon die Bedienung an. Trixi bestellte das extra große Frühstück. Tina nur Kaffee und ein Croissant, das sie dann aber unberührt auf dem Teller liegen lässt. Trixi dagegen vertilgt alles mit großem Appetit und plappert dabei unentwegt. Sie will Tina etwas aufheitern, aber es will ihr nicht so recht gelingen. Schließlich fragt sie: „was ist los?" „ Ich hab so eine Wut in mir. Ich will dieses Haus gar nicht. Ich wollte einfach nur gehen und nie wieder zurückkommen müssen. Wollte nochmal neu anfangen. Alles war gut. Und jetzt kommt alles wieder hoch. Am liebsten würde ich den Schuppen einfach abfackeln. Ich will mich nicht mehr mit meiner Vergangenheit befassen müssen, nachdem die letzte Quelle des Wissens versiegt ist. Ich hatte mich schon damit abgefunden, nie die volle Wahrheit zu erfahren." Trixi zuckt zusammen. Die volle Wahrheit war so nah. Sie lag in einer Schachtel, ganz hinten in ihrem Kleiderschrank, wo sie ihre eigene Vergangenheit aufbewahrte. Tina meinte, ihre Mutter hätte sich einfach aus dem Staub gemacht, ohne ein Wort des Abschieds, ohne jegliche Erklärung. Aber das hatte sie gar nicht. Sie hatte noch einen Brief geschrieben. Einen sehr langen Brief. Noch könnte sie Tina diesen Brief geben. Sie sagt: „vielleicht hat deine Mama ja doch noch mehr hinterlassen. Vielleicht hat sie einen Brief geschrieben?" „Mama und Briefe schreiben? Kann ich mir ehrlich gesagt nicht vorstellen. Nein. Sie hat alle Geheimnisse mit ins Grab genommen. Wenn sie nicht schon tot wäre, würde ich ihr ins Gesicht sagen, daß sie daran ersticken soll!" Trixi konnte nicht verstehen, warum Tina aufeinmal so hart war. Aber Tina war nicht hart. Innerlich war sie wieder ein Stückchen mehr zerbrochen. All das Selbstbewusstsein, das sie sich über die Jahrzehnte mühevoll erarbeitet hatte, war wie weggeblasen. Sie wollte nur noch weg und diesmal wirklich nie mehr zurückkommen. Sie brachte Trixi nach Hause und machte sich dann auch tatsächlich wieder davon. Was sollte sie auch noch hier. Der Notar würde sie schon benachrichtigen, wenn sich etwas tat.

Zwei Jahre später kam dann auch endlich die Nachricht, daß sie das Haus verkaufen könne. Vom Erlös würde dann der Pflichtteil für Tom abgezogen und auf ein Anderkonto geparkt. Über den Rest, der nicht unerheblich sein würde, könne sie frei verfügen. Somit hatte Tina genügend Kapital für ihre Altersversorgung. Irgendwie hatte sie, obwohl im Moment alles gut zwischen ihr und Kevin lief, das Gefühl, sie würde dieses Geld noch sehr gut brauchen können. Kevin dachte schon lange nicht mehr an dieses Testament. Tinas finanzielle Verhältnisse hat er nie hinterfragt. Obwohl sie zusammen lebten, hatten sie immer getrennte Kassen. Das hatte Tina wegen seiner Spielsucht, die immer noch latent vorhanden war und mal mehr mal weniger aufflammte, so gewollt. Als sie wegen der endgültigen Regelung dieser Erbschaftsangelegenheit erneut in ihre Heimatstadt musste, hatte sie ihm gesagt, sie würde Trixi besuchen, was ja nicht ganz gelogen war. Sie liebte ihn, aber sie vertraute ihm nicht und es sollte sich noch zeigen, daß sie Recht damit hatte.

Erneute zwei Jahre später:
Jaaa. Das hatte er wieder gut gemacht. Eigentlich hatte er das nie wieder mit ihr tun wollen. Er hatte sich nach ihrer Rückkehr geschworen, immer gut zu ihr zu sein, so gut wie sie zu ihm war. Aber das ging ihm mit der Zeit doch zu sehr gegen den Strich, Er liebte es einfach, Menschen zu manipulieren. In seinen Büchern hatte er genau studiert,

wie das ging und wollte es auch anwenden. Besonders bei ihr. Sie war noch immer Wachs in seinen Händen. Und sie merkte es nicht. Sie meinte tatsächlich, die Psychotherapie, die sie nach dem Tod ihrer Mutter wieder angefangen hatte, hätte sie wieder stärker gemacht. Sie hielt sich an manchen Tagen sogar regelrecht für immun gegen ihn. Aber es gelang ihm dann immer ganz schnell, ihr diesen Zahn zu ziehen. Ihre Hartnäckigkeit, es trotzdem immer wieder zu versuchen, imponierte ihm dennoch. Aber Mitleid empfand er niemals, wenn sie auch noch so weinte. Im Gegenteil. Ihre Tränen turnten ihn regelrecht an, immer noch, genau wie damals. Er musste sich dann immer sehr zurückhalten. Es kostete ihn jedes Mal eine enorme Kraft und Willensstärke um sich nicht sofort auf sie zu stürzen. Er „quälte" sie immer erst. Nicht körperlich. Das würde er niemals tun. Dazu war sie einfach zu schön, auch jetzt noch. So einen perfekten Körper und so edle Gesichtszüge beschädigte man nicht. Seine Qualen waren subtiler. Er wusste ja genau, wie er sie treffen konnte. Und sie erduldete alles, weil sie glaubte, er wäre krank und könne nichts dafür. Er hatte ihr erst kürzlich erzählt, daß er als Kind von seinem Großvater missbraucht worden war, was natürlich gar nicht stimmte. Und dann hatte er so „ganz aus Versehen" ein ärztliches Gutachten von einem seiner Aufenthalte in einer Psychiatrischen Klinik herumliegen lassen. Das Gutachten war schon alt aber echt. Was hatte er die Ärzteschaft damals an der Nase herumgeführt. Aber nicht alles war gespielt. Er meinte das nur. Sein Narzissmus erlaubte ihm nicht, die Wahrheit zu erkennen. Aber Tina erkannte sie. Sie beobachtete ihn ganz genau. Wie er sich jedes Mal freute, weil er der festen

Überzeugung war, er würde sie nach wie vor manipulieren. Andererseits hatte sie immer noch keinen Schimmer, woher er wusste, wie er sie immer wieder so treffen und so tief verletzen konnte. Aber es tat inzwischen immer ein bisschen weniger weh. Es hatte eine Weile gedauert, aber dann hatte sie begriffen, was ihre Tränen bei ihm bewirkten. Das Spiel lief immer nach dem gleichen Muster ab: erst sprach er zwei bis drei Tage lang nicht mit ihr, ließ sie völlig links liegen, dann entschuldigte er sich bei ihr oder sie bat ihn um Verzeihung für alles, was sie womöglich falsch gemacht haben könnte und dann gab es drei Tage lang fast ununterbrochen, Sex. Und wirklich. Das war es ihr wert. Es erregte sie immer noch, wenn er sie erniedrigte. Würde das jemals aufhören? Würde sie je begreifen, daß sie nicht schuld war und nicht bestraft werden musste? Wie lange würde sie Kevins Spielchen noch aushalten? Wollte sie das überhaupt noch aushalten müssen? Und dann noch die Angst, Tom könnte doch noch eines Tages vor der Tür stehen oder schlimmer noch, ihr irgendwo auflauern und sie auch noch töten. Oder Jörg. An manchen Tagen hatte sie auch vor seinem Auftauchen Angst. Nicht ganz zu unrecht.

Jörg plante seit Jahren ihren Tod. Er starrte gerade die gegenüberliegende Wand des Zimmers an, in das sie ihn eingesperrt hatten. Er dachte daran, wie er überhaupt erst hierher gelangen konnte. Es lief alles nochmal wie ein Film vor seinem inneren Auge ab:
Nun war es doch wieder passiert. Wieder war ihm eine Frau davongelaufen. Dabei hatte er dieses Mal doch alles richtig gemacht. Hatte nichts von

ihr verlangt, außer das Haus in Ordnung zu halten und für ihn da zu sein. Und er war nur für sie da gewesen. Hatte nie auch nur einen Blick an andere Frauen verschwendet. Er verstand die Welt nicht mehr. Fieberhaft durchsuchte er das ganze Haus nach Hinweisen, fand aber nichts. Sie war alleine weg, nicht mit einem anderen Mann. Auch nicht zu einem anderen, das wusste er ganz sicher. Aber warum war sie dann gegangen? Ganze Nächte schlug er sich mit dieser einen Frage um die Ohren: „warum?"

Dann wurde ihm eines Tages vom Postboten so ein gelber Umschlag übergeben. Er hatte dafür unterschreiben müssen, mit Datum und Uhrzeit. Er nahm den Brief, legte ihn auf den Küchentisch und betrachtete ihn. Er fühlte sich wie damals als er noch ein Junge war, und er den Brief seiner Mutter gefunden hatte. Nur dieses Mal war der Brief an ihn gerichtet. Er würde ihn öffnen müssen. Aber er wollte nicht. Er ahnte, daß nichts Gutes darin stehen würde. Es war schon dunkel geworden, als er sich endlich ein Herz fasste und den Umschlag öffnete. Obwohl er schon erwartet hatte, daß es keine Glückwunschkarte sein würde, traf ihn der Inhalt wie ein Schlag: Scheidungsantrag.

Und dann schöpfte er Hoffnung. Jetzt konnte er herausfinden, wo sie war. Er nahm den Umschlag um zu sehen, wo er abgestempelt war. Hier in der Stadt. War sie wirklich noch in der Nähe? Aber selbst wenn, alleine würde er sie nicht finden. Also suchte er gleich am nächsten Tag wieder eine Privatdetektei auf. Vergeblich. Tina blieb unauffindbar. Vier Wochen später bekam er dann eine Vorladung zum Scheidungstermin, beziehungsweise einer Anhörung. Jetzt würde er sich doch einen Anwalt nehmen müssen. Natürlich hatte er diesem nicht die volle Wahrheit erzählt. Sie hätte ihn böswillig verlassen, und sollte deshalb nichts bekommen, verlautbarte er. Der Anwalt hatte ihm dann erklärt, daß es so etwas wie die „Schuldfrage" schon lange nicht mehr gäbe und er zumindest für einen gewissen Ausgleich würde sorgen müssen. Das wollte er zuerst nicht, aber dann kam ihm der Gedanke, daß sie ja bei der Scheidung anwesend sein würde und dann würde er sich großzügig zeigen und sie damit bestimmt zurück gewinnen. Und so sehnte er diesen Termin förmlich herbei, nur um dann feststellen zu müssen, daß wieder einmal gar nichts so lief, wie er geplant hatte. Tina war nicht anwesend. Warum nicht? Herrschte bei einer Scheidung keine Anwesenheitspflicht? Und dann musste er sich von Tinas Anwältin seine Schandtaten anhören. Und die Scheidungsrichterin, (warum waren eigentlich alles Frauen hier?), schlug dann in dieselbe Bresche. Er hörte gar nicht mehr richtig hin, verstand nur, daß sie aus Angst um Leib und Leben gegangen war und daher nicht von ihr verlangt werden könne, ihm nochmal gegenüber zu treten. Er hatte ihr aber doch nie nach ihrem Leben getrachtet! Hatte sie auch nie geschlagen, außer dieses eine Mal, und das hatte sie selbst so gewollt. Was hatte sie dieser Anwältin alles für Lügen erzählt?! „Alles Lügen!" rief er dann auch laut aus. Aber es war zu spät. Frauen glaubten sich untereinander.

Da hatte er keine Chance. Obwohl, vielleicht, wenn er sich großzügig zeigte? Die Anwältin schob ihm Papiere zu: Scheidungsvereinbarung. Er las sie durch und unterschrieb sie sofort, obwohl ihm gesagt worden war, er könne sie mitnehmen und in Ruhe durchlesen, sich dann mit seinem Anwalt beraten und gegeben Falls Änderungen vorschlagen. Es war nichts mehr zu ändern. Nur, daß er über die Kontoverbindung Tinas Aufenthaltsort herausbekommen würde. Erneute vier Wochen später kam dann die Zahlungsanweisung. Er musste drei Mal lesen, bis er realisierte, daß ihm auch dieser Weg versperrt war: Anderkonto. Das Geld sollte auf ein Konto der Kanzlei gehen und von dort dann weiter zu Tina. Scheisse. Aber er würde nicht aufgeben. „Eines Tages finde ich dich, du Hure." Da war es wieder, dieses Wort, der Name seiner Mutter, die ihn verlassen hatte. Sollte sein Vater am Ende doch Recht behalten? Waren wirklich alle Frauen, seine Tina eingeschlossen, Huren? Noch wollte er es nicht glauben. Noch glaubte er daran, daß sie zurückkommen würde. Spätestens, wenn ihr Geld alle sein würde, würde sie wieder angekrochen kommen. Sie würde keinen neuen Laden eröffnen. Viel zu gefährlich. Dann würde er sie ausmachen können. Sie würde auch keinen Job finden, weil sie, wie er meinte, strohdumm wäre. Aber Tina war nicht dumm. Sie schlug sich ganz gut durch, teilweise auch als, wie er es nennen würde „Hure". Von irgendetwas musste sie ja leben. Und sie tat es nur gelegentlich, wenn Männer sie von sich aus bezahlten, weil sie irrtümlicher Weise dachten, sie mache das beruflich. Aber davon sollte Jörg nie erfahren. Lange hatte er versucht, sie zu finden, es aber dann doch irgendwann aufgegeben. Vergessen hatte er sie aber nie. Er fühlte sich Zeit seines Lebens mit ihr verheiratet, hatte die Scheidung für sich nie anerkannt und daher auch, wie sein Vater einst, keine andere Frau mehr über seine Schwelle geführt. Stattdessen hatte er regelmäßig Bordelle und Clubs besucht. In manchen war er gefürchtet, weil er nun wirklich hart zuschlug, wenn er zuschlug. Aber es gab auch Frauen, die hart angefasst werden wollten. Die mochte er aber nicht so gerne. Lieber waren ihm die, die jammerten und zappelten. In manchen Clubs hatte er deswegen schon Hausverbot, weil er die Codewörter regelmäßig „überhörte". Die, mit ihren Scheißregeln. Wenn eine Frau sich auf so ein Spiel einließ, dann wollte sie es. Davon war er felsenfest überzeugt und handelte auch stets danach. Bis er dann zu weit gegangen war. Nach einer seiner „Spezialbehandlungen" war eine Frau fast gestorben. Er hatte sie mit zu seiner Hütte genommen, in die er auch Tina damals entführt hatte. Und dann hatte er sich drei Tage lang mit ihr vergnügt. Er war in einen regelrechten Rausch verfallen. Niemand hatte ihre Schreie gehört. Er hatte alles an ihr ausprobiert, was in den Clubs verboten war. Es durfte dort zum Beispiel niemals Blut fließen. Er weidete sich an dem Anblick der blutigen Striemen auf ihrem Rücken, ihrem Hintern, ihren Oberschenkeln. Doch das hatte ihm nicht genügt. Er hatte dann auch ihre Brüste malträtiert. Diese roten Streifen auf dieser weißen Haut. Welch ein köstlicher Anblick. Kein Fick der Welt war so erregend. Sie bat ihn um was zu trinken. Er gab ihr was- nur kein Wasser. Sie hatte versucht, den Kopf wegzudrehen, als er sich über sie gestellt hatte und ihr in den Mund pisste. Aber es hatte nicht viel genützt. Danach tat er noch, was er damals auch bei Tina getan hatte, er wichste auf Ihre Brüste. Das befriedigte ihn erst einmal für eine Weile und er legte sich schlafen. Seine Gespielin ließ er gefesselt auf dem Boden liegen. Und dann wurde er plötzlich unsanft von jemandem hoch gerissen. Es war ein Polizist. „Wo kam der denn so plötzlich her?" Alles war dann ganz schnell gegangen. Die Frau hatte ihre Rettung damals der Technik zu verdanken. Ihr Handy war eines der neuesten, es war mit GPS ausgerüstet. Leider war um die Hütte herum kein Empfang gewesen, weshalb es auch drei Tage gedauert hatte, bis sie gefunden worden war. Der Bauer, dem das Feld um die Hütte gehörte und der die Hütte verpachtet hatte, gab letztendlich den entscheidenden Hinweis. Danach hatte er die Hütte nie wieder verpachtet und sah regelmäßig nach dem Rechten. So etwas Schreckliches sollte auf seinem Grund und Boden nie wieder geschehen. An seine Untersuchungshaft, die Verhandlung, die Urteilsverkündung, konnte er sich nur noch sehr vage

erinnern. Er hatte da gesessen, und sich angehört, wie sie behauptet hatten, er wäre ein Psy-
chopath, ein regelrechtes Monster. Aber das war
er nicht. Sie hatten ihn zu Unrecht eingesperrt.
Und dann auch noch in Einzelhaft, weil er als zu
gefährlich, selbst für seine Mithäftlinge, eingestuft
worden war. Seit einem halben Jahr war er in „Si-
cherheitsverwahrung", wie die das so schön nannten. Er wurde mit Medikamenten vollgepumpt, die
in ruhigstellen sollten und seine Libido töteten.
Was für Idioten. Sein Sex spielte sich in seinem
Kopf ab, nicht in seinem Schwanz. Und in seinem
Kopf hatte er viel Spaß mit seiner Tina, sehr viel
Spaß...
Doch davon ahnte niemand etwas. Nicht die Ärzte
und noch weniger Tina.

Die hatte ganz andere Sorgen. „Fifty shades of
Kevin", dachte sie insgeheim, obwohl es bei ihm
eigentlich nur zwei unterschiedliche Wesenszüge
gab. Dieser ständige Wechsel zwischen den beiden, war es, was sie so fertig machte und die Tat-
sache, daß sie nie wusste, wann wieder so ein
Wechsel bevorstand. Es konnte Monate lang alles
ganz normal laufen, ganz so, wie bei vielen alten
Ehepaaren, nur mit etwas mehr Sex als beim
Durchschnitt. Und dann von einem Moment auf
den anderen konnte die Stimmung komplett um-
kippen. Als sie noch jünger gewesen war, und vor
allem noch gearbeitet hatte, da hatte sie alles
noch ganz gut wegstecken können, weil sie Tags
über Abstand von Kevin gehabt hatte. Aber nun
war sie in Rente. Sie hätte gerne in Teilzeit wei-

terhin ihn „ihrer" Boutique gearbeitet, aber ihre Chefin meinte, sie solle ihren Ruhestand genießen. Die konnte ja nicht wissen, daß mit Kevin etwas zu genießen, manchmal sehr schwer sein konnte. Er wurde immer unberechenbarer. Bereits acht Monate nach ihrem Renteneintritt war es dann auch tatsächlich wieder mal soweit. Kevins Stimmung kippte, von einem Moment zum nächsten und Tina wusste nicht, warum eigentlich. Und wieder war es zwei Tage vor ihrem Geburtstag.

Aber dieses Mal sollte Kevin die Rechnung ohne den Wirt gemacht haben. Sie wollte nicht mehr mitspielen. Auch wenn es wehtun würde, sie musste einen Schlußstrich ziehen. Nicht nur ihretwegen, auch seinetwegen. Sie war kürzlich beim Arzt gewesen zur Vorsorge. Seine Diagnose war nicht erfreulich gewesen, aber für Tina auch nicht überraschend. Auch wenn sie keine tödliche Krankheit hatte, so wollte sie ihr Leben nun doch nochmal umgestalten. Sie wusste zwar noch nicht genau wie, aber es würde auf alle Fälle ohne Kevin sein. Und dann kam ihr Trixi in den Sinn. Sie griff zum Telefon und wählte die Nummer ihrer Freundin. Sie redeten lange und dabei nahm und ihre Zukunft nach und nach Gestalt an. Als sie auflegte, stand alles fest. Armer Kevin.

Kevin hingegen zog sein Spiel wie gehabt durch. Er sprach einfach nicht mit ihr, ignorierte sie und merkte dabei nichts von ihren Plänen. Er realisierte nicht, daß sie nicht mehr nach seiner Pfeiffe tanzte. Auch am vierten Tag des Schweigens meinte er noch, als Sieger hervorzugehen. Und dann kam sie auch an, mit hängendem Kopf und bat um Verzeihung, weinte und legte sich zu ihm.

Aber irgendetwas war anders. Sie war noch hingebungsvoller. Sie liebten sich lange und oft in dieser Nacht. Sein anfänglich ungutes Gefühl verflog dabei sehr schnell. Er ahnte nicht, daß dies seine letzte Liebesnacht mit Tina sein sollte. Er war der Meinung, für immer und ewig diese perfide Spiel mit ihr treiben zu können und daß sie es im Grunde auch genau so wollte. Das war seine Auffassung von Liebe. Eine Weile hatte sie es auch wirklich so gewollt, aber jetzt nicht mehr. In den vorangegangenen zwei Tagen hatte sie schon ihre Koffer gepackt. Als Kevin eingeschlafen war, stand sie auf und packte den Rest, was nicht mehr viel war. Sie hatte ja damals bei Jörg schon einen Großteil ihrer Habe zurückgelassen und sie hatte sich kaum Neues zugelegt. Dann legte sie sich ebenfalls schlafen. Sie hatte schließlich eine weite Reise vor sich. Jetzt, wo für sie alles klar war, schlief sie wie ein Baby: friedlich und traumlos. Am nächsten Tag wachte Kevin gegen Mittag auf. Tina war kurz zuvor aufgestanden. Sie war schon dabei Kaffee aufzubrühen. Er ging zu ihr, legte seine Arme um sie und sagte „ ich liebe Dich." Zu spät. Tinas Entschluss stand fest. Wie all die Jahre hindurch sprachen sie während der ersten Tasse Kaffee kein Wort. Aber es war kein friedliches Schweigen. Es lag etwas in der Luft. Kevin wurde unruhig, hätte fast gefragt was los ist, noch bevor ihre Tasse leer war. Und dann war der Augenblick der Wahrheit gekommen. „Ich muß gehen", sagte Tina. „Ich verstehe", antwortete Kevin, obwohl er absolut nichts verstand. Tina war das vollkommen klar und so ergänzte sie: „ es tut mir leid, aber ich kann einfach nicht mehr so weiter machen." „Aber..." sie legte ihm ihren Zeigefinger auf seinen Mund. „Nein, kein aber. Ich muß jetzt endgültig mal an mich denken." Dann stand sie auf, holte ihre Koffer aus ihrem Zimmer und ging. Sie hatte ihn bewusst nicht zum Abschied geküsst, sonst hätte sie es nicht geschafft. Es war auch so schon schwer genug. Tränen strömten lautlos über ihre Wangen, als die Tür hinter ihr ins Schloss fiel. Nur schwer trugen ihre Füße sie nach draußen, die Strecke durch den Hausflur und dann die zwei Stockwerke nach unten erschienen ihr endlos lange. Unten bleibt sie kurz stehen um Luft zu holen und die Koffer abzustellen. Bloß nicht umdrehen! „Du mußt stark bleiben", sagt sie laut zu sich selbst. Während Tina unten noch mit sich ringt sitzt Kevin oben am Küchentisch und starrt auf die Tür. Er kann nicht glauben, daß sie einfach so gegangen ist. Nicht nach dieser Nacht. So schön war es schon lange nicht mehr gewesen. Er liebte sie doch, hatte ihr das eben noch gesagt. Trotzdem war sie nun fort. Er wusste, sie würde nicht wiederkommen. Er wusste auch, daß es keinen Sinn hatte, ihr nachzulaufen. Auch sie hatte ihre Phasen: starke und schwache. Jetzt war sie stark und wahrscheinlich würde sie ohne ihn nie wieder schwach werden. Auch wenn er wohl nie verstehen würde warum sie gegangen war, so verstand er durchaus, daß sie es musste. Nach schier endlosen drei Minuten hob Tina ihre Koffer auf, ging damit zu ihrem Auto, welches sie im Jahr davor gegen ihren heiß geliebten Bulli eingetauscht hatte, hob sie hinein und fuhr dann ohne weitere Verzögerung los. Die ersten Meter sah sie nicht viel, weil ihr immer noch Tränen aus den Augen liefen. Aber es half ja nichts. Als sie an der folgenden Ampel halten musste, putzte sie sich Nase und Augen, straffte sich und fuhr dann, mit in jeder Hinsicht klarem Blick, weiter.

Tom war die ganzen Jahre über in seinem selbst gewählten Exil in der Toskana geblieben. Ein kleines Anwesen nebst Weinberg, welches er sich schon vor Jahrzehnten gekauft hatte. Anfangs hatte er alles verpachtet, da er selbst zu selten vor Ort war, und es nicht selbst bewirtschaften konnte. Nur ein Zimmer musste in dem Haus immer freigehalten werden. Das hatte er dann auch regelmäßig genutzt. Immer dann, wenn er geglaubt hatte, Tina würde seiner Aufsicht gerade nicht bedürfen Er war auch so schlau gewesen, den Großteil seines Geldes nach und nach rüber zu schmuggeln und auf verschiedene Banken einzubezahlen. Dann hatte er sich eine falsche italienische Identität aufgebaut, wobei ihm sein dunkles Haar und sein ebenso getönter Teint, sich als sehr hilfreich erwiesen hatten. Die Sprache war nicht schwer zu erlernen gewesen, vielerorts sprach man auch Deutsch. Nachdem er endgültig „übergesiedelt" war, hatte er sich angewöhnt, Deutsch mit italienischem Akzent zu sprechen. Niemand würde je herausfinden, wer er wirklich war und was er getan hatte. Über lange Jahre lebte er zusammen mit seinen Pächtern, weil er es alleine nicht aushielt und die ganze Arbeit auch gar nicht geschafft hätte, abgesehen davon, hatte er auch keine Ahnung von Wein. Also nicht von der Herstellung, vom Trinken dafür umso mehr. Er trank ihn fast wie Wasser, oft schon am Vormittag. Bis zu jenem Tag, an dem er Romana kennen lernte. Sie war vierunddreißig Jahre jünger als er. Giovanni und Stella, das Pächterehepaar, hatten sie als Haushaltshilfe eingestellt. Ein wirklich nettes und sehr zurückhaltendes Mädchen - er betrachtete sie als Mädchen, obwohl sie längst eine erwachsene Frau war. Ihr Wesen erinnerte ihn sehr an Tina, obwohl sie ihr äußerlich überhaupt nicht ähnlich sah. Eines Abends, es war im Spätherbst des selben Jahres, in dem er endgültig dort sesshaft geworden war, der Wein war geerntet und reifte in den Fässern, saßen alle vier zusammen und feierten die gute Ernte. „Das wird ein guter Jahrgang", meinte Giovanni und hob sein Glas. Es wurde reichlich getrunken, außer von Tom. Er hielt sich zurück, wollte einen klaren Kopf haben, für später. Den ganzen Sommer über hatte er Romana nur von weitem bewundern dürfen. In dieser Nacht sollte sich das ändern. Stella bemerkte die verstohlenen Blicke, die sich die beiden immer wieder zuwarfen. Bisher war sie der Meinung gewesen, eine Romanze zwischen den beiden wäre nicht gut, vor allem wegen des Altersunterschiedes, obwohl sie Toms Alter immer nie so recht einschätzen konnte. Aber sie wusste auch, daß Tom einsam war, und daß etwas Schweres auf ihm lastete. Seit Romana hier war, hatte sie allerdings eine Veränderung an ihm wahrgenommen. Er trank tagsüber nicht mehr und war gelöster. Und heute wirkte er regelrecht verliebt. Und Romana schien nicht abgeneigt. Schließlich packte Stella ihren Giovanni unvermittelt am Arm, sagte sie sei müde und wolle jetzt sofort ins Bett. Giovanni verstand absolut nichts, und sträubte sich erst. Aber auch, wenn italienische Männer sich in der Öffentlichkeit machohaft benahmen, zuhause hatten fast immer ihre Frauen die Hosen an, und so fügte er sich in sein Schicksal, nahm aber noch eine Flasche Wein mit. Jetzt war Tom allein mit Romana, diesem feenhaften Wesen. Einen Moment lang waren beide etwas verlegen, aber dann packte Tom die Gelegenheit beim Schopf und küsste sie einfach und sie erwiderte seinen Kuß. Und etwas später folgte sie ihm in sein Schlafzimmer und im darauf folgenden Frühjahr Hatten sie geheiratet. Alles schien nun auch für Tom endlich gut zu sein.

Dann jedoch, sie waren noch nicht mal ein Jahr verheiratet gewesen, kamen seine Alpträume zurück. Er begann wieder zu trinken, weil er, wenn er betrunken einschlief, nicht träumte. Es wollte Romana nicht gelingen, ihn davon abzuhalten oder ihm sonst irgendwie zu helfen. Dazu war sie einfach zu jung und eines Tages war er aufgewacht und sie war weg. Daraufhin hatte er sich intensivst seinem Selbstmitleid hingegeben und am Ende hielt er sich fast nur noch in seinem Zimmer auf. Schließlich war auch noch der Tag gekommen, an dem ihn auch Stella und Giovanni verließen, weil sie inzwischen zu alt geworden waren um das Gut weiterhin zu bewirtschaften. Neues Personal wollte Tom nicht mehr einstellen. Was er brauchte, konnte er sich täglich frisch auf dem Markt besorgen. Diese kurzen Ausflüge holten ihn dann nach und nach wieder für eine Weile ins Leben zurück. Er kam mit den Standbetreibern ins Gespräch und vereinbarte eines Tages mit einem von ihnen, daß dieser seine Trauben ernten dürfe, ohne Bezahlung. Das lief dann wieder einige Jahre so dahin. Ein Tag war wie der andere. Das konnte nicht ewig gut gehen. Im Winter verfiel er regelmäßig wechselweise in tiefe Depression und Panikattacken.

Der Tag der Sühne rückte immer näher, er fühlte es. Selbst wenn er sich mit Alkohol betäubte, konnte er es noch fühlen. Der Wein war längst nicht mehr stark genug, aber härteres wollte er nicht trinken. Sein Leiden war die verdiente Strafe, die Gott ihm auferlegt hatte, er wollte sie so lange wie möglich erdulden. Hätte er geahnt, daß er trotz seines exzessiven Alkoholkonsums so lange leben würde, er hätte sich nicht auf diesen stillen Handel mit Gott eingelassen. Es hatte ihm nie jemand gesagt, daß Gottes Mühlen langsam mahlen, in seinem Fall sogar besonders langsam. Tina hätte ihm wohl gesagt, er befände sich jetzt schon im Fegefeuer. Es verging kein Tag, an dem er nicht an sie dachte – seine kleine Schwester.

Tina wiederum dachte überhaupt nicht mehr an ihn. Während Tom in seinem Fegefeuer schmorte war sie gerade dabei, ihren neuen Lebensplan in die Tat umzusetzen. Und dieses Mal wirklich ohne Mann. Nie wieder.
Trixi stand gerade unter der Dusche, als ihr Handy klingelte, daher hörte sie es nicht sofort. Aber Tina war hartnäckig. Als Trixi den Wasserhahn zudrehte, hatte es bestimmt schon zehnmal geklingelt und es klingelte noch. Sie hat keine Mailbox aktiviert. Den Bruchteil einer Sekunde, bevor die Ansage, daß der gewünschte Teilnehmer nicht erreichbar sei, ertönt, hebt sie ab. Tina redet ohne Punkt und Komma. Trixi hat auf Lautsprecher gestellt, und trocknet sich nebenher ab. Sie weiß, sie muß kein „aha" oder sonst einen Kommentar sagen. Abgesehen davon, wäre das auch gar nicht gegangen, so schnell wie Tina redete. Dann, plötzlich Stille. Trixi blickt auf ihr Handy. Die Verbindung steht noch. Sie hört Tina fragen: „Hallo, bist Du noch dran?" „Ja, klar." „Und, was hältst

Du davon?" „Na, ja, ehrlich gesagt würde ich da schon erst drüber nachdenken wollen."

Aber Tina will nicht mehr warten. Sie will sofort eine Entscheidung. Sie will weg von Kevin, muß weg von ihm. Das sagt sie auch nochmal ganz eindringlich. Sie diskutieren noch eine Weile, dann stimmt Trixi zu und dann planen sie ihre fortan gemeinsame Zukunft. Als das Telefonat notgedrungen, weil Trixis Akku schon piept, zu Ende ist, setzt sie sich, immer noch im Bademantel ins Wohnzimmer. Sie kann es kaum fassen: endlich würde sie nicht mehr allein sein. Sie freut sich auf ihren Lebensabend, den sie gemeinsam mit ihrer besten Freundin verbringen würde dürfen. Es dauert dann noch einige Monate, fast ein dreiviertel Jahr, bis sie ein Domizil finden, das ihren Wünschen und Anforderungen entspricht, und auch ihrem Geldbeutel. So ein Heim konnte, auch auf den ersten Blick ansehnliche Summen, recht schnell schrumpfen lassen. Sie lebten sich sehr schnell ein dort und Tina meinte dann eines Tages, in einem Anflug von Übermut, Kevin, den sie immer noch liebte und nie ganz vergessen konnte, doch sagen zu müssen, wo sie war und warum. Trixi hatte sie dann überzeugt, daß das vielleicht keine so gute Idee wäre und sie einigten sich darauf, sie solle ihm nur sagen, es ginge ihr gut und daß sie nun zusammen wohnten. Als Tina nach dem Gespräch erzählte, wie traurig Kevin geklungen hätte, da rief Trixi ein paar Tage später selbst heimlich bei ihm an und erzählte ihm von dem Heim, aber nicht von Tinas Krankheit und auch nicht wo genau sie waren. Kevin fragte auch nicht nach. Er hatte sich auch bei ihr irgendwie traurig angehört, aber auch etwas gleichgültig.

„Nun, denn, er wird schon klar kommen" denkt sie, als sie auflegt, „das tat er immer."

Einige Jahre später, dachte Trixi darüber nach, ob es nicht doch langsam an der Zeit wäre, Tina die ganze Wahrheit zu sagen. Aber was war eigentlich die ganze Wahrheit? Auch Trixi kannte nur Bruchstücke. Mit Sicherheit wusste sie, daß Tinas Vater beruflich viel unterwegs gewesen war. Eigentlich war er mehr weg als daheim. Und wenn er da war, dann war Tina immer irgendwie anders. Fahrig und nervös und manchmal auch aggressiv und dann wieder total verschlossen, in sich gekehrt, ja nahezu abwesend, gewesen. Trixi hatte damals öfters versucht, Tina darauf anzusprechen, herauszubekommen, warum das so war. Aber Trixi war keine Therapeutin und war daher nicht subtil genug vorgegangen, was zur Folge hatte, daß Tina sich umso mehr verschlossen hatte. Mit der Zeit hatte Tina dann gelernt, sich so zu verstellen, daß alle Welt glaubte, alles wäre in bester Ordnung, und sie litte einfach an pubertär bedingten Stimmungsschwankungen. Und nach Tinas Unfall war sie, Trixi, ja weggeschickt worden. Sie hatte versucht, brieflich mit Tina in Kontakt zu treten, aber bestimmt waren diese Briefe abgefangen und vernichtet worden. Wahrscheinlich weil sie darin den Verdacht geäußert hatte, Tom könnte ihren Vater umgebracht haben oder ihre Mutter oder gar beide gemeinsam. Über diesen Verdacht hatten sie dann auch später mal gesprochen, aber Tina hatte nie weiter in die Tiefe gehen wollen.

„Es ist vorbei" hatte sie gesagt und dann das Thema gewechselt. Und wenn sie ehrlich war, so hatte Tina vollkommen recht damit. Es gab nichts zu erzählen, weil sie nichts mit Sicherheit wusste, und selbst wenn, was würde das heute noch für einen Sinn machen? Es würde erstens nichts ändern und Morgen würde Tina es eh wieder vergessen haben und falls nicht, dann würde es ihr womöglich den Rest ihres Lebens verderben. Sie hatten alle so lange geschwiegen und das Geheimnis bewahrt, da kam es auf ein paar Jahre mehr nicht an. Damals, als Tina auf der Suche nach der Wahrheit gewesen war, da hätte es vielleicht noch Sinn gemacht. Trixi war damals bei Tinas Mutter im Krankenhaus gewesen, und die hatte ihr dann von dem geheimen Tagebuch erzählt, allerdings nicht darüber, was genau dringestanden hatte, nur, daß sie es vernichtet hatte. Anschließend hatte sie Trixi einen dicken Briefumschlag für Tina übergeben. Diesen Umschlag hatte sie dann lange versteckt bei sich aufbewahrt. Sie hatte den richtigen Zeitpunkt abwarten wollen. Irgendwo musste diese Ding auch noch stecken, kam ihr gerade in den Sinn. Kurz, aber nur ganz kurz, dachte sie darüber nach, den Umschlag zu suchen, kam dann aber, wie schon unzählige Male zuvor, zu dem Schluß, daß das wirklich keinen Sinn mehr machte. Es war gut so, wie es jetzt war.

Damit ging sie aus ihrem Zimmer hinüber zu ihrer besten und einzigen Freundin um gemeinsam den obligatorischen Nachmittagskuchen und Tee zu genießen. An Wochentagen wurde nebenher aus einem Buch gelesen und samstags gab es Tanztee, in der Weihnachtszeit sogar einmal mit Livemusik. Sonntags verbrachten sie meistens irgendwo außerhalb, weil die anderen Besuch von Verwandten bekamen, sofern sie denn welche

hatten. Es war an manchen Tagen einfach zu schmerzhaft, die Enkelkinder der Mitbewohner rumtollen zu sehen. Das war das Einzige, was die beiden Freundinnen gleichermaßen reute: nie Kinder in die Welt gesetzt zu haben. Nach ihrem Tod würde niemand um sie trauern oder sie vermissen. Es würde nichts von ihnen bleiben. Garnichts. Umso mehr wollten sie jeden einzelnen Moment, der ihnen noch blieb, in vollen Zügen genießen, und sich die Tage durch nichts verderben lassen. Körperlich waren beide noch bei bester Gesundheit, nahmen sie doch regelmäßig am häuslichen Fitnessprogramm teil. Das sogenannte Diätessen schlugen sie aber weiterhin kategorisch aus. Sie aßen und tranken, was ihnen schmeckte und gönnten sich auch hin und wieder einen kleinen Schwips. Trixi musste spontan kichern, als sie an ihren letzten Ausflug dachte. Sie waren im Spielcasino gewesen und hatten doch tatsächlich fast fünftausend Euro gewonnen. Dafür hatten sie dann echten Champagner gekauft und Kaviar und was ihnen sonst noch dekadent genug erschien. Der Feinkostladen hatte alles geliefert und dann war die Seniorenresidenz zur Partymeile erwacht. Das war eine Nacht gewesen! Wenn das die Enkel wüssten. „Woran denkst du gerade?" fragte Tina. „Och, nur an unsere Party."
„Welche Party?"
Ja, welche Party.
Sie hatte es schon wieder vergessen.

Epilog

Es ist ein glasklarer Wintertag. Der Himmel ist blau und wolkenlos. Die Bäume sind mit unzähligen glitzernden Eiskristallen überzogen.

Kevin vegetiert in seiner Wohnung dahin. So jedenfalls würden Außenstehende sein Dasein beschreiben, könnten sie ihn sehen. Er selbst findet, daß es ihm ausgezeichnet geht. Alles was er benötigt, kann er sich im Internet bestellen und liefern lassen. Eine Nachbarin hat „Essen auf Rädern" für ihn organisiert. Das holt er sich auch jeden Tag vor seiner Wohnungstür ab. In seine Wohnung hinein war schon jahrelang keiner mehr gekommen, und er hat sie ebenso lange nicht mehr verlassen. Ungefähr ein Jahr nachdem Tina durch seine Tür für immer gegangen war, hatte sie ihn angerufen und ihm mitgeteilt, daß sie nun mit Trixi zusammen wohnen würde. Trixi hatte ihn dann ein paar Tage darauf heimlich angerufen und ihm gesagt, daß Tina ins Heim gegangen war, freiwillig, was er immer noch nicht begriff. Von da an hatte er sich von der Außenwelt abgekapselt. Wieso nur hatte sie das getan? Sie hatten doch mal gemeinsam beschlossen, niemals in so ein Heim zu gehen, selbst dann nicht, wenn sie auf dem Bauch kriechend ihr „Essen auf Rädern" würden holen müssen. Er hatte ihr immer wieder versichert, daß er alles für sie tun würde: sie waschen und kämmen, füttern, falls nötig auch die Windeln wechseln. Sie hatte immer nur gelächelt, ihm über seinen Kopf gestrichen und gesagt: „Ach, Kevin." Mehr nicht. Dabei hatten sie so viel zusammen durchgestanden. Er hatte nie wieder auch nur einen Gedanken an andere Frauen verschwendet, nachdem sie zu ihm zurückgekehrt war. Trotzdem hatte sie nicht bis zum Ende bei ihm bleiben wollen. Seine Psychospielchen, die er mir ihr getrieben hatte, hatte er längst vergessen, beziehungsweise sah er diese immer noch nicht als Grund. Er würde jedenfalls nur mit den Füssen voran diese Wohnung verlassen. Ob seine Tina überhaupt noch lebte, wie es ihr ging, es juckte ihn nicht mehr. Wahrscheinlich hatte sie ihn eh längst vergessen. Komischer Weise hatte sie das in Wahrheit nie. Aber davon wusste er nichts, wollte es auch gar nicht wissen. Sein ganzes Leben hatte er sich für seelisch unverwundbar gehalten, weil sein Psychologe ihm einmal gesagt hatte, ihm würde ein Hormon - oder war es ein Enzym? – fehlen, welches Menschen überhaupt erst zur Liebe befähigte. Alles sei nur ein chemischer Vorgang im Gehirn. Offensichtlich hatte sich dieser geirrt. Er hatte Tina wirklich von Herzen geliebt und mit ihrem Fortgang hatte sie ihn echt verletzt. Dabei hatte sie ihn damit nur schützen wollen. Als sie bemerkt hatte, wie ihr Kurzzeitgedächtnis immer schlechter wurde, dafür aber ihre Erinnerungen an die frühe Kindheit immer deutlicher wurden, war sie zum Arzt gegangen. Und der hatte ihre Befürchtung, sie könnte an Alzheimer erkrankt sein, bestätigt. Sie musste nicht lange darüber nachdenken, um zu dem Schluß zu kommen, daß Kevin auf Dauer nicht in der Lage sein würde, sie zu pflegen. Dazu war er selbst einfach zu instabil, auch wenn er selbst sich das nie eingestanden hätte. Er hatte ihr ja versprochen, sie, falls nötig zu pflegen, aber sein Wille allein genügte ihr nicht. Also hatte Tina sich mit ihrer Freundin Trixi verabredet und dann waren sie zusammen auf die Suche nach einer geeigneten Altersresidenz gegangen. Sie hatten es sich beide leisten können. Sie hatte Kevin nicht gesagt, warum sie geht und auch nicht wohin. Als sie weg war hatte er geweint, sie angefleht zu bleiben, so, als stünde sie noch in der Wohnung, sie am Ende sogar beschimpft, weil sie hart geblieben war, sich nicht mal mit einem Kuss verabschiedet hatte. Er ahnte nicht, daß es auch ihr das Herz zerrissen hatte und es nie wieder verheilt ist. Gleich in den ersten Wochen im Heim hatte sie ihm in einem Brief alles erklärt, ihn aber nicht gleich abgeschickt. Das tat sie erst zwei Jahre später. Er hat ihn auch erhalten, ihn aber ungeöffnet zerrissen und dann verbrannt.

Jörg ist tot. Aber noch nicht sehr lange, obwohl er fast zehn Jahre älter als Tina war. Die letzten Tage hatte er nur an sie gedacht und an die Frau, die ihn hierher gebracht hatte, in diese Anstalt. Tina hatte nie davon erfahren. Sie hatte damals zwar einen Zeitungsbericht darüber gelesen, daß ein Mann in einer abgelegenen Hütte eine Frau als Sexsklavin missbraucht und fast getötet hätte,

hatte aber keinen Zusammenhang zu Jörg herge-
stellt. Vielleicht hatte sie aber auch insgeheim
geahnt, daß er es gewesen war, hatte es aber,
wie so vieles, einfach verdrängt.

Tom steht an diesem eisigen Wintertag am Rand
eines kleinen Sumpfloches in genau jenem Moor-
gebiet, wo er einst seinen Vater verschwinden
ließ. Ein Seil ist um seinen Rumpf geschlungen,
das andere Ende um einen großen Stein. Er kann
diesen Stein gerade so hochheben, so schwer ist
er. Und dennoch nur ein Bruchteil so schwer, wie
die Last, die seit jeher auf sein Herz drückt. So
lange hatte er sich selbst eingeredet, daß er seinen Vater getötet hat, bis er es am Ende selber
glaubte. Er hatte sich alles so zurechtgesponnen,
daß er sich nicht in Widersprüche verwickeln würde, falls die Polizei doch mal auf die Idee gekommen wäre, genauer nachzufragen. Tina sollte da
vollkommen rausgehalten werden. Daher hatte er
sich ausgedacht, zu sagen, er hätte sie schlafend
in ihrem Zimmer vorgefunden. In Wahrheit hatte
er seinen Vater leblos auf dem Teppich vor dem
Kamin gefunden und Tina sturzbetrunken daneben. Er hatte sie hochgetragen und ihr noch
Schlaftabletten, ebenfalls mit Alkohol, gegeben,
was zur Folge hatte, daß sie am Folgetag einen
völligen Blackout hatte. Und dann ihr Unfall , das
Koma, ihre Amnesie. Was für glückliche Umstände. Eigentlich hätte er sich für den Rest seines
Lebens keine Sorgen mehr machen müssen. Lei-

der funktionierte sein Gedächtnis prächtig und er verfügte auch nicht über die Kunst des kompletten Verdrängens, wie seine Schwester. Daher war er eines Tages genau am Jahrestag des Todes seines Vaters, aus seinem Exil zurückgekehrt. Seine Heimatstadt erkannte er kaum wieder. Eigentlich stand nur die Kirche noch an Ort und Stelle. In seinem Elternhaus wohnten schon lange fremde Menschen. Von seiner Erbschaft hatte er nie erfahren. Und selbst wenn, er hätte, als vermutlich gesuchter Mörder, niemals darauf zugreifen können. Mord verjährte nicht. Ja, auch sein Gehirn spielte Streiche, wenn auch auf andere Weise, wie bei Tina. Und das brachte ihn am Ende dazu, zu glauben, daß es nun die Zeit der Sühne gekommen war. Er würde seinem Vater nachfolgen.

Nur ein kleiner Schritt noch und alles würde vorbei sein. Das Wasser war kalt, doch das spürte er nicht. Der Stein zog ihn schnell in die Tiefe. Er wehrte sich nicht, ließ sich einfach sinken, hinab in die ewige Finsternis, wo ihn sein Vater und seine Mutter gewiss schon erwarteten.

Zur selben Zeit im Seniorenheim:
Martina Riedmayer schreit und versucht den Altenpfleger von sich zu stoßen. Sie hat offenkundig große Angst vor ihm. Der Pfleger weiß nicht, daß sie gerade mal wieder in der Vergangenheit weilt. Sie ist wieder fünfzehn Jahre alt und allein zu Hause. Ihr Vater kommt überraschend einen Tag

früher von seiner Geschäftsreise zurück. Er schenkt Tina Wein ein. Sie soll betrunken und dadurch williger werden. Aber Tina trinkt nur zögerlich. Er selbst schenkt sich Whisky ein und trinkt ziemlich schnell ziemlich viel. Das macht ihn ungeduldig. Er hatte vorgehabt, sie sanft zu verführen. Niemals hätte er seiner Liebsten Gewalt angetan. Das hatte er nie getan. Er liebte sie doch. Er war immer sehr vorsichtig vorgegangen. Aber jetzt fand er, daß es an der Zeit war, die Kirschen zu pflücken. Sie war reif. Und sie war schön, so schön. Ihre Haut war so zart. Sie hatte ihm gestattet, sie auszuziehen. Jetzt standen beide nackt auf dem Teppich vor dem Kamin. Diesen Kamin hatte er kurz nach ihrem zwölften Geburtstag einbauen lassen. Genau für diesen Abend. Er hatte sich alles so schön ausgemalt. Er drückt ihren Körper an sich, fährt mit seinen Händen durch ihr seidiges Haar und dann küsst er sie. Alles scheint gut zu laufen. Doch dann windet Tina sich aus seinen Armen, stößt ihn von sich, schreit, schlägt um sich. Sie will nicht. „Wir dürfen das nicht, Papa!" Er versucht sie zu packen, aber er ist schon zu betrunken, um sie fassen zu können. Wieder gibt sie ihm einen heftigen Stoß und da passierte es. Er verliert das Gleichgewicht, fällt rücklings um und stößt unglücklich mit dem Genick auf die Tischkante.

Und dann, von einem Augenblick zum nächsten ist sie wieder vollkommen ruhig. „So", sagt sie zu dem Pfleger, den sie gerade noch wegstoßen wollte, „das hast Du nun davon."

Das ist nicht immer so, nur an manchen Tagen. Besonders schlimm ist es zur kalten Jahreszeit weil da die Erinnerungen besonders heftig und schrecklich sind. An solchen Tagen kann nur Trixi sie wirklich beruhigen. Aber wie lange noch? Auch sie ist inzwischen, genau wie Martina, jenseits der achtzig. Tinas Amnesie ist weitgehend geheilt, stattdessen leidet sie immer stärker an Alzheimer. Sie erinnert sich nun an fast alles, hat es am Folgetag aber meist schon wieder vergessen. Das ist schlimmer, als früher, wo sie noch auf der Suche nach der Wahrheit gewesen war, sie aber nicht hatte finden können. Und ob Tom nun tatsächlich ihren Vater umgebracht hatte, oder sie selbst es gewesen war? Manchmal behauptete sie das. Es sei aber ein Unfall gewesen, er wäre einfach unglücklich gestürzt, hätte sich an der Tischkante das Genick gebrochen. Dann behauptete sie wieder, genau wie ihre Mutter damals, ihr Vater wäre einfach nie mehr von seiner letzten Geschäftsreise heimgekehrt. Da immer noch keine Leiche gefunden worden war, glaubten alle irgendwann nur noch an letztere Version, egal was Martina Riedmayer erzählen mochte. Sie war offiziell nicht mehr bei klarem Verstand, selbst dann nicht, wenn sie es, was immer seltener vorkam, war. Trixi hatte die Anfangszeit im Heim noch alles aufgeschrieben, was Tina so erzählte. Dann aber, wurde ihre Arthritis so schlimm, daß sie den Stift

nicht mehr richtig halten konnte. Eine der Pflege-
schwestern hatte sich dann erboten, alles in einen Computer zu tippen, auch die Tagebücher,
die sie bei jeder Flucht sorgfältig eingepackt hatte. Als sie damit fertig war, übergab sie Trixi das
Manuskript mit den Worten: „Da könnte man
durchaus einen Roman daraus machen.‟ „Ach‟,
meinte Trixi dann, „wen interessiert schon ein Leben, das eigentlich nur aus Vergessen besteht?‟
Die Pflegerin war da anderer Meinung. Sie fand
die Geschichte durchaus spannend. Vor allem hatte sie ihre Neugier geweckt und sie begann auf
eigene Faust Nachforschungen anzustellen. Erst
wurde sie nicht so recht fündig, aber dann las sie
eines Tages einen Zeitungsartikel mit der Über-
schrift:

<Leiche im Moor gefunden>

Tom war wieder aufgetaucht. Daß es sich um Tom
handelte, vermutete aber nur die Pflegerin, die im
übrigen Adelheid hieß. Adelheid hatte sich das
zusammengereimt. Es schien ihr schlüssig, daß
der Mörder wohl an den Ort des Verbrechens zurückgekehrt war. Toms Vater lag immer noch am
Grund des Sees. Er würde nicht auftauchen, weil
es bei ihm kein Seil gab, das sich lösen konnte.
Außerdem war er, wie in einer Konservendose, in
seinem Auto eingesperrt, inzwischen auch noch
unter einer dicken Schlammschicht begraben. Und
Tom war in ein anderes Loch gesprungen. Das
war ein Versehen gewesen. Er hatte seinem Vater
nachfolgen wollen. Aber es war dunkel gewesen,

damals. Und er hatte sich beeilen müssen. Zudem hatte nach so vielen Jahrzehnten alles anders ausgesehen. Die Natur steht nicht still. Die Zeit auch nicht.

Wieder eine paar Jahre später, es ist erneut ein klarer, kalter Wintertag, hat Tina ihren allerletzten klaren Moment und erzählt Adelheid alles, was sie weiß, oder glaubt zu wissen. Als sie geendet hat, weinen beide. Tina sollte an diesem Tag zum letzten Mal geweint haben. Sie sitzt fortan jeden Tag im Wintergarten des Pflegeheims und starrt ins Leere. Niemand weiß, was sie denkt, ob sie überhaupt noch denkt. Manchmal lächelt sie versonnen. Sie bekommt nicht mehr mit, daß Trixi vor ihr stirbt. Adelheid kümmert sich bis zuletzt rührend um sie, so als handelte es sich um ihre eigene Mutter. Sie selbst hatte ihre Mutter nie kennen gelernt. Trotz moderner Medizin kam es immer noch vor, daß Frauen bei der Geburt starben. Eine Vene war gerissen, sie war einfach verblutet.
Einen Tag nachdem Tina gestorben ist, packt Adelheid ihre persönlichen Dinge in einen Karton. Als sie das Manuskript in Händen hält zögert sie. Die Geschichte hatte sie nie wirklich losgelassen. Die Verlockung ist groß. Keiner würde es vermissen, oder? Und eigentlich gehörte es doch ihr, wo sie es doch gewesen ist, die es getippt hat. Sie nimmt es mit. Zu Hause liest sie alles nochmal. Dann setzt sie sich erneut an ihren PC und beginnt zu schreiben: Ewiges Vergessen...

Nachwort

Danke.

Danke an alle die Frauengruppen, die in Cafés, Eisdielen, beim Brunch oder in Restaurants, mit ihren Gesprächen jede Menge Stoff für dieses Buch geliefert haben. Nur gut, daß ich mir angewöhnt habe, immer Notizblock und Stift mitzuführen. Und meine großen Ohren sind auch hilfreich. Wobei die meisten sich nicht einen Deut darum scheren, ob am Nachbartisch eventuell wer mithört. Nicht einmal, wenn es sich um so pikante Geschichten, wie diese Paris-Reise oder einen Besuch im Club handelt. Männer, Ehemänner, Freunde und Lebensabschnittsgefährten werden reihenweise rücksichtslos durch den Kakao gezogen - um es mal vornehm auszudrücken. Und je schlimmer die Dinge sind, die diese Männer verbrochen haben, desto lauter wird darüber gesprochen. Frei nach dem Motto: alle sollen wissen, was für ein Schwein er ist. Alles, was ich zu hören bekam, konnte ich hervorragend in die Grundidee meiner Geschichte mit einbauen. Natürlich habe ich die erwähnten, unfreiwillig mitgehörten Gespräche abgewandelt, indem ich hier was weg gelassen und dort etwas zugefügt habe. Es soll ja niemand kompromittiert werden, am wenigsten ich selbst. Daher betone ich ausdrücklich, daß alles rein fiktiv ist, auch wenn Menschen, die meinen, mich zu kennen, glauben, das ein oder andere wäre autobiografisch – nein, ist es nicht!

Danke auch an meinen Schatz, auch deine lie-
benswerten Macken habe ich eingebaut. Aus dra-
maturgischen Gründen habe ich natürlich maßlos
übertrieben, wir beide wissen, du bist nicht einmal
halb so schlimm.

Also liebe Leserschaft, was meinen ganz persönlichen "LAG" betrifft, ist alles gelogen, nur das mit
den schlauen Büchern stimmt. So ein Psychologie-
Wälzer ist ganz hilfreich um verrückte Charaktere
zu konstruieren.

Und nun begebe ich mich, bewaffnet mit Stift und
Papier, ins nächste Café.

Das echte Leben bietet immer noch den besten
Stoff für Geschichten.

Bereits erschienene Titel

Schlüsselloch-Geschichten
Ich, der liebe Gott und mein Atheist
ISBN 9783744800327

GELD - FREI
Der Weg zurück ins Paradies
ISBN 9873743102859

E-Short Kurzgeschichten:

Batzi - mein Leben als Dorfhund
ISBN 9783743180028

Von Krokussen und Getränkedosen
ISBN 9783743136625

Schnüffeltag im Seniorenheim
ISBN 9783746025728

Welt der gestohlenen Zeit
ISBN 9783752830583

Meine Webseiten:

Katharina Kuntzer – Meine Buecher

katharina.kuntzer@gmail.com